么女的逆襲

4 完

昭華 著

風文創 299

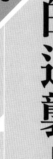

目錄

第三十八章 …… 005
第三十九章 …… 029
第四十章 …… 055
第四十一章 …… 083
第四十二章 …… 113
第四十三章 …… 133
第四十四章 …… 159
第四十五章 …… 181
第四十六章 …… 205
第四十七章 …… 229
番外一　踏雪尋 …… 259
番外二　念春歸 …… 279

第三十八章

萬老在王家單獨住一個園子，平日裡也沒丫鬟、小廝伺候，就他一人。

王錫帶著偽裝成男子的榮寶珠跟王公說了聲，就過去找萬老。

榮寶珠去萬老的園子敲了門，萬老道：「進來。」

萬老瞧見是她，朝她招了招手，笑道：「來來，再陪老頭子我對弈兩局。」

榮寶珠哭喪著臉。「萬老，我總是輸給您，沒意思。」

萬老笑道：「我覺得有意思就成，快，過來坐下。」

榮寶珠無奈，只能過去坐下跟萬老對弈了兩局。

不用說，自然都是萬老贏，此時差不多是晌午了，萬老收了棋盤，道：「今兒特意過來找老頭子可是有什麼事情？」

榮寶珠坐直身子，恭敬地道：「我來找萬老的確是有事相求。」

「你說說看。」萬老道。「若是我能夠幫上忙，我定然會幫你的。」

榮寶珠有些不好意思。「其實不是為了我，是為了另外一個人。萬老，實不相瞞，前些日子來府中求見萬老的人我也認識，是我表哥，我只希望萬老能夠見他一面。」

「你說蜀王？」萬老的笑意收斂了些，神色帶了幾分玩味。「你真是他表弟？」

榮寶珠遲疑，一時不知該怎麼開口。

萬老道：「妳是王妃吧，之前我認出妳是個姑娘家，卻沒想過妳會是王妃。」

「萬老……」榮寶珠驚愕。「您怎麼看出來的？」

萬老笑道：「我活了幾十年了，若是連這點本事都沒有那我也不用再活了。」

榮寶珠羞愧。「之前瞞著萬老，還請萬老見諒，我來江南會易容成男子也是迫不得已。」

「難得妳有這個心。」萬老道。「既然妳都求到我跟前來了，我自然會見他一面，不過我不會給妳其他的承諾。」

榮寶珠歡喜道：「多謝萬老，如此就足夠了。」只要讓殿下見萬老，其餘的事情相信殿下自會辦妥。

榮寶珠回去後沒把這事告知趙宸，翌日一早，趙宸又去王家，直到榮寶珠從藥堂回來他都還未歸家。榮寶珠睡下後，後半夜，迷迷糊糊地覺得有人摟住了她。

榮寶珠翻了個身，抱住他的腰，迷糊地道：「殿下，您回來了？」

趙宸嗯了一聲，把她摟得越發緊了。

榮寶珠又睡下了，身後的男人開始密密麻麻地親吻她。

隔日一早，兩人用膳的時候，趙宸連眉宇間都帶著笑意。

榮寶珠笑問：「殿下的事情都解決了？」

趙宸嗯了一聲。「都解決了，萬老決定同我一塊兒走。」

榮寶珠心裡也跟著輕鬆下來。「恭喜殿下。」

趙宸深深地看了她一眼，伸手握住她白嫩的手。「我知道是妳幫我引薦萬老的，寶珠，謝謝妳。」

榮寶珠開玩笑般道：「那殿下答應我一個請求好不好？」

趙宸笑道：「別說一個，再多個都同意。妳說。」

「殿下，我還沒想好呢。」她也就是一時這麼想，順口就說出來了，其實沒什麼想求的。「那等我想好了再告訴殿下，可好？」

趙宸笑道：「好。」

趙宸既然勸動了萬老幫他，就要離開江南了。

隔天，他帶著舒灕跟萬老離去，走的時候對榮寶珠很不捨。

趙宸要走之前跟四個侍衛說了幾句話，告訴他們，王妃這段日子萬萬不可回廬陵。他做的事太后跟皇上似乎已經察覺了，怕他們會對寶珠出手，況且他打算開始反擊，榮寶珠這段日子還是待在江南更安全些。

日子漸漸安定下來，轉眼就到了三月，江南的天氣慢慢暖和起來。

這個冬天她沒覺得有多冷，她甚至連披風都沒穿上過。

榮寶珠白日在藥堂坐診，從不私藏，把她所會的教給方大夫和小學徒，現在方大夫的醫術提高了許多，晚上她會去集市或者夜市逛逛。

趙宸自從一月中旬離開後一直沒消息，榮寶珠有點想他，也有些想念榮家人，如今好久都未曾有榮家人的消息，也不知他們現在如何了。她這幾天心中總有點不安，但說不清楚是為何。

這日到了申時末，藥鋪關了門，身穿男裝的榮寶珠又去夜市走了一圈，挑了個餛飩攤子坐下，打算吃點餛飩。

旁邊坐的是兩個約莫三、四十歲的男子，看穿著打扮像是走南闖北做生意的。

榮寶珠也沒在意，餛飩端上來後就吃了起來。

旁邊的兩人正在說閒話，其中一個人說：「聽說京城最近出了件大事。」

另外一個人道：「什麼大事？京城距離這裡少說有一個月的路程，你是如何得知的？」

那人嘿嘿直笑。「我自然是知道的，你也知道我大哥是個生意人，前些日子剛去了京城一趟，去的時候那事正鬧得滿城風雨，前兩日回來就跟我說了，如今這事還沒傳到外地去，也就我一人知道而已。」

「哎，你就別賣關子了，快說說是什麼事。」

那人湊在另外一人耳邊小聲道：「是京城鎮國公府榮家出事了。」

榮寶珠方才聽見兩人說話的時候沒怎麼在意，京城那種地方，達官顯貴又多，起起落落的，她也就只當作閒話來聽聽，哪曉得他們竟突然說到榮家，她只覺腦子轟的一聲炸開了，手也開始抖了起來，筷子都拿不穩，直接掉落在桌面上。

榮寶珠面色發白，眼前也有點發黑。她暗暗告誡自己莫要瞎想，上輩子榮家這時候還好好的，沒什麼大事，只怕並不是很大的事情吧。

「我大哥去京城的時候，榮家那事正鬧得嚇人，聽說是榮家被抄家了。」

榮寶珠猛地站起來，弄倒了凳子，砰的一聲響動。

榮家被抄家了？怎麼可能？怎麼好好的會被抄家，除非犯了極嚴重的事情……可榮家一直安守本分，從不做出格的事情，況且大伯是國公爺，三伯父跟爹，還有幾個堂哥都在官場上混，別人若是想誣衊他們也不容易，莫不是……

榮寶珠只覺心跳如擂，莫不是皇上想動榮家？可到底是為何？如今……如今榮家人到底怎麼樣了？

那人繼續道：「聽說榮家被抄出不少好東西，榮家人全部被發配到邊關做苦力去了。哎，真是淒慘，這麼大的世家，說倒就倒了。」

榮寶珠起身，慘白著臉，搖搖晃晃走到那人身側，猛地抓住他的衣袖。察覺不妥，又慌忙放開，站在那裡緊緊抓住了桌沿。「這……這位大哥，請……請問您說的事都是真的嗎？」

今兒跟著榮寶珠的是馬龍，他走過來擔憂地道：「公子？」

榮寶珠胡亂揮了揮手，示意他莫要開口。

那說閒話的人莫名其妙地看著榮寶珠。「這跟你有什麼關係，你亂打聽什麼？」

榮寶珠都快哭了，紅了眼睛。「大哥，你就告訴我吧，我……我阿妹嫁到榮家去了，我實在擔心得很。」

那人的目光由莫名其妙變成了同情。「哎，不騙你，榮家真出事了，那麼大的家族說抄就抄了，皇上也真是厲害，聽說榮家不少姻親都是世家大族，卻全都幫不上忙，只能眼睜睜看著榮家被抄家。」

榮寶珠緊緊攥著拳，指甲已經深深地陷進手心了。「為……為何？皇上為何要抄了榮家？」

「聽說是因為販賣私鹽，還是挺大數目的，所以皇上一怒之下抄了榮家。」

販賣私鹽？榮寶珠真想大笑，榮家怎會販賣私鹽？榮家根本不缺那些錢，娘的鋪子榮家人都有份，他們不缺銀子，怎麼可能販賣私鹽，欲加之罪，何患無辭？

不過之前不是好好的嗎？皇上為何會突然找榮家的麻煩？

「那榮家出嫁的姊妹們可受到了牽連？」

那人道：「沒有，就是榮家本家的人全部被發配邊疆，已出嫁的、分宗的人並沒有受到牽連。哎，你真是榮家的姻親啊？聽說榮家一直都還算不錯的，怎麼突然做出這種事情？」

另外一人道：「哎，還是別擔心榮家了，聽說最近的商稅又要漲了，這不是逼死人嗎？

本來就是做小本生意的，再漲錢可就全拿去交稅了。」

「能怎樣？你還能鬥得過朝廷不成？不僅是商稅漲了，其他不少稅也都漲了，江南還算好，據說有不少地方民怨載道，哎，日子都沒法過了。」

榮寶珠眼前越來越黑，感覺自己快要昏死過去，旁邊的兩人瞧出她的不對勁，急忙讓開讓她坐下，又幫著倒杯茶給她。

「小兄弟，你可要撐住，你阿妹要真是嫁到榮家去了，就趕緊去打探消息吧，這都是半個月前的事情了，如今也不曉得到底如何。」

榮寶珠喝了杯水終於緩過來，跟兩人道謝後就起身離開了。

她這會兒反而平靜下來，如今可不是擔心受怕的時候，她必須回盧陵一趟，去打探消息。

馬龍也聽見了那些話，跟在榮寶珠身後勸道：「王妃，妳莫要太擔心，殿下若是知道這事，不會放任不管的，況且只是發配邊疆，並沒有其他懲處。榮家又是大族，姻親不少，路上那些士兵絕不敢虐待他們。」

榮寶珠吸了兩口氣，還在微微發抖的雙手握成拳。「我曉得。」

馬龍說的都是實話，榮家人若只是被抄家的話應該不會有生命危險，她怕的是榮家人會承受不住，在路上病倒了。發配邊疆比要了他們的命還要打擊人，只怕大伯跟爹他們會受不住。

回去的路上，榮寶珠一直都在想，皇上為何會突然對榮家人出手？

回到家後還是沒什麼頭緒，一到家，榮寶珠立刻讓四個丫鬟幫她收拾東西打算回盧陵了。

四名侍衛一聽，立刻勸說道：「王妃，萬萬不可，如今您回去也沒什麼辦法，況且榮家人若真是發配邊疆，只怕這會兒還在路上，不如讓屬下們去盧陵打探情況即可。」

上次殿下臨走時可是交代過了，這段日子萬萬不可讓王妃回盧陵。

榮寶珠厲聲道：「讓開！」

四名侍衛頭疼不已，王妃是殿下的心尖肉，可當時殿下又交代過了，這會兒真是為難。

四位丫鬟絕對聽從寶珠的話，很快就收拾好東西，榮寶珠對四名侍衛道：「你們若是不肯回去，我就自個兒回去。」她打算快馬加鞭趕回去，不打算坐馬車，坐馬車太慢了，至少需要一個半月才能到盧陵，騎馬只用十來日的時間就能到了。

四個丫鬟道：「王妃，您不帶我們回去嗎？」

榮寶珠道：「妳們先待在江南，我可能還會過來，若是不回來會讓人來接妳們。」

四個丫鬟點頭，沒異議了。

榮寶珠又道：「木棉，妳去方家藥堂說一聲，就說我恐怕不能再去坐堂了。春蘭，妳去王家一趟，跟王二爺說我有事要離開江南一段日子。」

木棉跟春蘭點了點頭。

榮寶珠只揹了個包袱，帶著幾件換洗的衣裳，一些藥丸、銀兩和乾糧，她如今還是男子打扮，這樣在路上也方便些。她沒有搭理四名侍衛，直接去後院牽了小九，小八也一塊兒跟著。

四名侍衛當然不可能讓王妃一個人回去，只能去牽馬一起跟上。

榮寶珠路上沒停，可第一次騎馬趕路，磨得她大腿內側生疼，日夜趕了數天，她有些熬不下去，也怕小八跟小九受不住，路過一座小鎮時找了間客棧休息一晚。

昨日大腿內側還是疼的，今兒就好多了，榮寶珠晚上梳洗時還以為大腿內側會被磨破，沒想到一檢查，竟一點事都沒有。

榮寶珠曉得是她身體的恢復力太好了些，她發現有時候身上碰了個小傷口，幾乎翌日就能癒合，不留一丁點的疤痕，這大概是她常年用瓊漿的效果。

後面幾日榮寶珠差不多都習慣了，除了有些累也沒什麼其他的感覺，很快就到了廬陵。不過快進城時，榮寶珠停住了，想了想還是直接去邊關，打算先去找五哥。她派了王朝跟王虎先去廬陵看看蜀王是否在，順便打探一些情況，接著又跑了大半天才到邊關。

榮琤在軍營，邊關又苦，所以只有一間一進的小宅子，榮寶珠之前就知道位址，很快就尋去了。

守門的是個五、六十歲的老婆子，開門時瞧見是位公子哥兒有些愣住。

榮寶珠往裡張望了一眼，面上異常疲憊，還帶了幾分焦急。「我找榮五少爺，他可在？」

婆子道：「我家五少爺不在，公子還是改日再來吧。」

「既然不在，我找五少奶奶就是了。」榮寶珠如今是男裝打扮，而且下意識不想讓別人知道她是王妃，總覺得還會有其他的事情發生。

那婆子上下打量了榮寶珠一眼，哼道：「你個爺兒們的，找我們家五少奶奶做甚！快讓開，別來惹事。」

榮寶珠心裡焦急，這會兒也沒好臉色，沈了臉。「我尋榮五少爺跟五少奶奶有事，若是因妳耽誤了，妳可承擔得起？還不趕緊滾開！」

那婆子遲疑了下，道：「既然如此，我去跟五少奶奶通報聲，若是不見也怪不到老婆子頭上了。」

榮寶珠點頭，婆子這才進去通報了聲。

尤曦悅聽聞是個公子哥兒，有些猶豫，想了想還是讓人進來了。

當尤曦悅見到跟著婆子進來的榮寶珠時，發現自己根本不認識他，抱著孩子起身疑惑道：「這位公子是？」

榮寶珠忍不住看了五嫂懷中的孩子一眼，當初離開盧陵的時候，五嫂還有孕在身，這會兒都生了，那孩子正躲在五嫂的懷中睜著大眼睛看著榮寶珠。

榮寶珠朝五嫂身邊的丫鬟和婆子揮了揮手。「妳們先下去，我有事同五少奶奶講。」

那婆子怒道：「你個公子好生無禮，我家五少奶奶豈是你能私下見的！」

尤曦悅也有些疑惑，她這會兒正擔心著，心裡就有些不耐煩了。

榮寶珠看著五嫂道：「榮家……」

尤曦悅臉色大變，相公前兩日收到一封書信，看完後立刻就要出門，走的時候告訴她，說榮家被抄家了，他要去路上看看。這位公子竟知道榮家的事情？

尤曦悅立刻把丫鬟、婆子屏退了下去，這才問道：「這位公子，你怎麼知道榮家的事情？」

榮寶珠一聽，心就沈了下來，之前她在路上還忍不住回想，許是說閒話的那人弄錯了，其實出事的根本不是榮家。可眼下五嫂的話證實榮家的確出事了，只怕京城那邊早有書信送了過來。

榮寶珠恢復了聲音，沈聲道：「五嫂，我是寶珠。」

「寶珠？」尤曦悅猛地起身瞪大了眼。「妳……妳是寶珠？怎麼這身打扮？」

榮寶珠挨著五嫂坐下，疲憊地道：「我之前一直在江南，無意中聽聞榮家出事了，就立刻趕了回來，在路上穿男裝要更方便一些。」說著抬頭看著尤曦悅。「五嫂，榮家真的出事了嗎？」

尤曦悅這幾日也擔心得厲害，聞言，臉色有些灰敗。「是真的，前兩日妳五哥收到了京城快馬加鞭來的書信，說是榮家因販賣私鹽，被抄家發配邊疆了。」

懷中的孩子卻是什麼都不知，好奇地看著榮寶珠，咿咿呀呀地朝她伸出了小胖手。

榮寶珠勉強朝孩子笑了下，伸手接過孩子，把小傢伙抱在懷中。

尤曦悅恨聲道：「榮家怎麼可能販賣私鹽，也不知是誰陷害了榮家！夫君說出事的那天早上，有許多士兵去榮家的貨船上，從中搜了幾船的私鹽出來，寶珠，這……」

「不可能。」榮寶珠道。「榮家不可能販賣私鹽，榮家的仇人不多，況且榮家的姻親不少，一般人根本不敢動榮家，這事只怕是皇上做的。」

尤曦悅點頭。「妳五哥也是這麼說，前兩日他已經派人去京城打探情況了，自個兒也親自去路上接榮家人，只盼著他們都好好的，都還活著。」

是啊，只要還活著就什麼都不怕，只要還活著以後就還有機會，這天下快變了，只要活著，榮家就還能起來。

尤曦悅問道：「妳可回去過盧陵？殿下可知道這事？」

榮寶珠搖頭。「我直接來這邊，也不清楚殿下到底知不知曉。不過我派了人過去打探情況了，明兒應該會來通報。」

尤曦悅道：「妳趕了這麼多天的路，先去休息會兒吧。」

榮寶珠哪裡睡得著，幾乎是煎熬著等到了翌日。

翌日一早，王虎就過來跟榮寶珠說明盧陵的情況，只說蜀王不在盧陵，盧陵也還不知榮家被抄家的事情。又道，王朝已經派府中的侍衛去路上，看看能不能接到榮家人。

榮寶珠的心微微有些下沈，心底越發不安。她現在並沒有打算要回廬陵，回去也沒什麼用，殿下不在，況且王朝已經派人去打探情況了，她決定繼續在五哥這裡等消息。

過了兩天，還是沒什麼消息回來，但榮寶珠卻等來一個意料之外的人。

尤曦悅帶著人進門時，榮寶珠還呆了下，才猛地起身站起來，快步迎了上去。「阿玉，妳怎麼來了？」

來人是高陽郡主楚玉。

楚玉初見榮寶珠也有些呆住，她從未見過榮寶珠男裝的打扮，等聽尤曦悅把事情經過說了一遍，她才點了點頭。「妳這樣的裝扮不錯，如今榮家正在風頭浪口上，妳小心些，莫要被人發現了身分。」

說著卸了身上的披風，跟著榮寶珠一塊兒進了房，三人關上房門，楚玉才又道：「寶珠，妳先別急，榮家人沒事，這會兒正在來邊關的路上。這次皇上雖然抄了榮家，可狄家、岑家、魏家、駱家、杜家……各家都出了力，所以榮家人並無大礙，都好好的。榮家的姻親這麼多，交情也都好，皇上就算抄了榮家，也不可能動榮家人的。」

楚玉之前一直在京城，她清楚知道這事。

榮寶珠聞言，心裡鬆了口氣，卻越發納悶。「阿玉，榮家這事很奇怪，到底是怎麼回事？」

楚玉嘆息一聲。「抄家是皇上直接下令的，在榮家的貨船上發現了私鹽，我們都知曉這不可能，所以怕是皇上要動榮家。」她說著看了榮寶珠一眼，似猶豫該怎麼繼續開口。「寶珠，我覺得這次的事可能同妳有些關係，也可能同蜀王有些關係。」

榮寶珠心中一凜。「這話如何講？」

「榮家這會兒還在孝期，按理說皇上不該動榮家的，可有次我進宮的時候，太后似乎十分震怒，我偶然聽到一句什麼『他們竟敢騙我！』當時長安也在，好似是她跟太后說了些什麼，太后才如此震怒。我懷疑這事跟妳有關，事後長安還故意來找我，跟我說榮家要倒大楣了。」

楚玉繼續道：「我問她是怎麼回事，她告訴我，蜀王與王妃伉儷情深，王妃的容貌恢復了，竟瞞著太后，太后很是不滿，所以榮家要受牽連倒大楣了。這事是長安告訴太后的，怕是她還記恨著妳和我，才故意跟我這樣說。」連楚玉都察覺出太后跟蜀王的關係似乎並不好，哪有兒子跟兒媳感情好，做母親的會如此生氣的？

榮寶珠臉色發白，想不到到頭來竟是她的原因害榮家落難。她曉得太后恨蜀王，若是知道蜀王喜歡上她，知道她的容貌恢復肯定會大怒的，所以一直瞞得很嚴，卻不想還是被太后得知了。

只是太后是如何得知的？莫非是長安公主說的？長安公主就算知道蜀王對她有情，又是如何得知她容貌已經恢復了？

楚玉道：「妳先別自責，我認為太后跟皇上不可能為了這點事情動榮家，我覺得……」她的聲音頓了下，看向榮寶珠的目光有些擔心。「我覺得太后似乎不喜殿下。總感覺蜀王若是過得好，太后跟皇上就不喜，許是因為蜀王的關係，他們才會拿榮家人開刀。」

榮寶珠一時無言，如今太后對蜀王的不喜都已經到明面上了嗎？上輩子似乎還知道掩飾。她也知道這輩子和上輩子畢竟不一樣了，上輩子榮家可沒出過這種事情。

「蜀王這一年行事越發猖狂，且還聽說他跟不少豪傑結交，皇上與太后很不喜，我聽說太后跟皇上似乎打算召蜀王和妳回京。」楚玉擔憂地道。「寶珠，若真有聖旨過來，妳萬萬不可回京，太后跟皇上或許不會動榮家人，可一定不會放過妳的。」

她在京城久了，也知道太后跟皇上是什麼樣的人了。

「我曉得。」榮寶珠點頭，心裡卻在為蜀王擔憂。蜀王既能讓人察覺到他的行事，只怕是早有打算，這天，怕是要變了。她唯一慶幸的就是榮家人並不在京城，若是等蜀王真的開始篡位，太后又得知她與蜀王的感情好，榮家人若還留在京城才是真的危險了。

楚玉也是快馬加鞭趕來邊關，臉上全是憔悴神色，榮寶珠給她服用了一顆養生丸讓她先去休息。

楚玉服下養生丸後休息了一晚，疲憊全無，翌日精神就恢復了。

三人用了早膳在房裡說著話，榮寶珠問了榮家出嫁的姊妹如何了，楚玉道：「既然出嫁了，自然不算是榮家人，況且榮家姻親不少，所以皇上不會動她們，也不敢動她們。」

如此又過了半個月，三人終於把榮琤等了回來，一同回來的還有被抄家的榮家人。
榮家人經歷這一個多月，萬分疲憊，榮寶珠見到他們的時候每個人都是風塵僕僕、心力交瘁，不過身上還算整潔，可見來的路上並沒有受到什麼不好的對待。
榮家被抄家，大大小小、老老幼幼的還有一些家生子加起來差不多有六、七十口人，榮琤的宅子都快塞不下了。
榮家人進院子後最先看到的是尤曦悅跟楚玉，根本沒認出易容的榮寶珠。
榮寶珠瞧見榮家人卻很是激動，最先見到的就是兩位老祖宗，兩位老祖宗年紀大了，還要受這個罪，她心裡自責到不行。
「老祖宗。」榮寶珠迎了上去，眼睛發酸。
「妳……妳是寶珠？」榮家人這才聽出這公子哥兒的聲音竟是寶珠的。
「寶珠……」岑氏瞧見女兒這一路的擔心都沒了，對她來說，只要家人都還健在就好，其他都沒什麼大不了的。
「爹，娘。」榮寶珠終於忍不住落了淚。「祖母，大伯父，三伯父，你們一路上可好？」
狄氏拉著榮寶珠過去坐下。「別擔心了，我們都沒事，抄家就抄家了，只要人沒事就好了，是不是？好了，寶珠快別哭了，妳哭得祖母心都疼了。」
榮大老爺道：「如今我們已經想開了，況且人都沒事，說不定以後還能再起來。這次還是多虧了蜀王，我們剛出京城，蜀王的人就來接應了。」

狄氏也道：「可不是，這一路幸好有蜀王的人接應，不然我們想平安到達邊關怕是不容易。」

榮寶珠怔住。「殿下一早就派人接應了？」她還以為殿下並不知這事。

狄氏點頭。「我們出了京城沒多久就遇上蜀王的人，說是蜀王一早就知道了這事，特意派他們來接應的。」

榮家人對於這事情是糊裡糊塗，根本不知道到底是怎麼發生的，榮寶珠也不好多問，讓榮家人都先去休息了。

榮寶珠卻是睡不著，一直在想這到底是怎麼回事，越來越覺得這事太過蹊蹺了些，難道真是皇上陷害榮家人？

兩個老祖宗的身子不好，榮寶珠留在這裡替他們調養身子，榮家人一直有服用瓊漿製成的果酒和養生丸，這一路就算辛苦也都沒什麼大礙，休息幾天就緩過來了。

雖說皇上把榮家人發配到邊關做苦力，可天高皇帝遠，誰也不知他們在邊關的生活到底如何，更何況榮家人就算被抄家了，大多數人也不敢得罪他們，所以並沒有官兵來強行要他們去做什麼苦力。

由於榮琤的宅子根本住不下這麼多人，他立刻在附近尋了座三進的宅院，先把榮家人都安頓下來。

這時候都差不多四月了，榮寶珠還是沒有任何關於蜀王的消息，她有些想回去盧陵一趟。

不過未等榮寶珠回去，翌日一早，王朝從盧陵過來，說是蜀王已經回了盧陵，想見見王妃。

榮寶珠立刻騎著小九返回盧陵。

回去時蜀王正在玉華院裡，因為有王朝領著榮寶珠，一路通行無阻，快到書房門口的時候，榮寶珠耳朵靈敏，正聽見子騫道：「榮家人如今已經安全了，幸好他們都無大礙，殿下雖是為了王妃著想，可這棋也太……」

還不等他說完，趙宸已經揚手阻止了他，子騫立刻閉嘴。

趙宸看了眼書房門外，淡聲道：「你先出去吧，晚點我還有事吩咐。」

子騫退出，剛出了書房就瞧見不遠處的王朝跟一位眼生的俊俏公子哥兒，他不由得多看了那公子哥兒一眼，那公子哥兒的神色有些不好，臉色陰沈得厲害。

子騫正想問問王朝這人是誰，不想那公子哥兒已經走到他面前開口道：「榮家的事情是怎麼回事？」

榮寶珠還以為是自己聽錯了，方才她聽見那句話的意思明明就是，榮家人的事情跟蜀王脫不了關係，她怎麼都沒想到，榮家會被抄家是因為蜀王。

子騫一聽這聲音就瞪大了眼。「王妃？」

「榮家的事情是怎麼回事！」榮寶珠的聲音越發冷了。

子騫回神，心底也不知該如何回答，正遲疑著，趙宸從書房裡走出來，站在房檐下定定地看著榮寶珠。「妳進來吧，這事我同妳說就是了。」

原本還想著，這事不能讓寶珠曉得，否則她又要鬧了。趙宸剛聽見書房外有腳步聲就打斷子騫的話，沒想到她還是聽見了。

榮寶珠攥著拳進了書房，留下房外的王朝跟子騫乾瞪眼。

王朝忍不住嘲笑。「你闖大禍了。」

這樣的事給王妃聽見，也不知王妃待會兒要怎麼鬧。

趙宸讓兩人把所有人都趕出玉華院，讓兩人在院子口守著，不許任何人進來。

榮寶珠心裡難受得厲害，若這事真跟她猜測的一樣，她真不知該如何面對他了。

趙宸瞧見她，心裡就軟了些，忍不住把人摟進懷中低頭封住了她的嘴。

還不等他親到她的唇，榮寶珠猛地一把推開了他，目光複雜地看著他。「殿下，榮家的事情到底是怎麼回事？」

「乖，先讓我親親，我一直想念著妳，寶珠，我很想妳，妳可有想我？」趙宸把人拉過來抱在懷中，溫言溫語地在她耳邊呢喃，他有些動情，低頭親住她的嘴角，密密麻麻的吻落在她的臉上。

榮寶珠被迫承受著，他摟得緊，她根本掙不開，她眼睛發酸，有些想哭，有些難受，自己提心弔膽一個月，就怕榮家人出了什麼事情。可如今知道榮家的事情可能是殿下做的，可他卻不急著解釋，只想跟她親熱。

他的手漸漸往下，握住她的豐盈，榮寶珠再也受不住，趁他情迷用力推開了他，後退了幾步。

趙宸的神色由迷離漸漸清醒，他皺了下眉，表情冷凝了兩分，朝榮寶珠伸出了手。「過來。」

「殿下，您先告訴我榮家的事情吧。」榮寶珠有些忍不住了。「之後殿下想要如何都可以。」

因為她的話，趙宸的臉色更冷了，瞧她快要哭出來的模樣，心又有些軟，在心底嘆息一聲，上前兩步把人拉到貴妃榻上坐。

「好，既然妳想知道，我就從頭告訴妳。」

趙宸說了事情的始末。

「兩個月前，我安插在太后身邊的人告訴我，太后知曉我中意妳，知曉了妳容貌恢復的事情，氣惱不已，想讓妳回京。」趙宸打算把一些事情告訴她。

榮寶珠只能裝作不知地問道：「殿下……殿下為何要在太后身邊安插人？」

趙宸嘆息一聲，神色淡然。「其實我並不是太后的親生子，我出自玉太妃的肚子，這其中關係著一些皇家的私事，我不好與妳說得太清楚，妳只需記得，太后並不喜歡我，一直把我視作眼中釘。」

趙宸繼續道：「因為他們對我不喜，自然不願意我日子過得好，否則當時怎會把毀了容貌的妳嫁給我？就因為這事，太后跟皇上打算給榮家人一個小教訓，我想著今後京城會有些動盪，與其讓榮家人留在京城中，倒不如安排他們出京。」他說著深深地看了寶珠一眼。「再過些日子，我打算要篡位。」

榮寶珠佯裝有些驚訝地看著他，沒想到他會親口告訴自己此事，雖然自己早就知道了。

「妳身為榮家女兒，又是王妃，日後若是戰亂，榮家人留在京城會受到牽連，所以我將計就計，在榮家人的貨船上放了私鹽，皇上的小教訓就變成抄家發配邊疆。」

瞧見榮寶珠震怒的模樣，趙宸撫了撫她的背。「妳先莫要生氣，我安排得很好，我知道皇上的脾氣，他顧慮太多，他至多下令抄家，不會要榮家人的命，榮家人只有到邊關才是最安全的。」

榮寶珠的身子有些抖。「殿下，你有沒有想過，若皇上不是抄家，而是要誅九族可怎麼辦？販賣私鹽是重罪，史上因為販賣私鹽被誅九族的世家不在少數，你就如此肯定皇上不會殺了榮家人？還是你根本從沒為榮家人考慮過？」

榮家人如今在孝期，想要避開麻煩，還有其他的辦法，根本用不著這麼鋌而走險。

趙宸沈默，他這麼做的原因的確不是為了榮家人，而是為了她，或者說是為了他自己。

因為他怕將來皇上拿榮家人威脅他，他怕自己會做出錯誤的決定，將來若真是因為榮家人被威脅，他不管做出什麼決定都會後悔。他若是不顧榮家，任由皇上動了他們，以後寶珠會恨他，可將來若是顧著榮家放棄了自己的大業，他又會後悔，倒不如現在就把榮家人弄到他的羽翼下。

榮寶珠有些心冷，也明白是為何，上輩子他不喜歡自己，所以榮家人如何對他來說根本沒什麼。可這輩子不一樣了，他在意她，可也不希望有任何潛在的麻煩威脅到他的大業，而她背後的榮家就是那個潛在的麻煩。

說到底，他最在意的還是他自己，就算如今口口聲聲說是為了榮家、為了她，可前提下還不是怕他們威脅到他的大業，將來不好抉擇。

榮寶珠難受的是，於她來說最重要的榮家人，卻被他當成籌碼一般，這般輕率地做出了決定，甚至沒有多考慮一下，她真不敢相信，榮家人若是出事了，她會如何。而且他根本沒打算把這件事情告訴她，可能就算榮家真出事了，對他來說也沒什麼大不了的吧。

趙宸把人抱在懷中，密密麻麻的吻落在她身上，最後起身把她抱到床上，壓了上去。

榮寶珠沈默，身子微微顫抖，默默承受著，等他進去的時候，身子還是乾澀不已，再也沒有以前那種讓她貪戀的歡愉，似乎又回到上輩子那種異常難受煎熬的時候。

趙宸發現了她的異常，心有些慌亂了起來，親吻她身上敏感的部位，她卻是一動不動。

「寶珠，寶珠，這次的事情都是我不好，是我考慮不周到，再也沒有以後了。」

榮寶珠唔了聲，有些疲憊地道：「殿下，我睏了。」

她真的好累。

趙宸卻沒有放過她，反而壓在她身上一次又一次地歡好，等她昏睡了過去，他起身沈沈地望著她，心下有了一絲的後悔，對於榮家人，他的決定的確太草率了些。

抱著她去淨房後，趙宸替她清洗了身子，將臉上易容的藥汁全部洗去，最後不顧她的疲憊，把她壓在白玉池上又歡好了一次。

第三十九章

榮寶珠醒來時已經是翌日下午了，她睡在書房裡休息的房間，趙宸正跟子騫在外間書房輕聲說著什麼，刻意壓低了聲音，怕吵到她。

坐起身來，身上的衾被滑落，露出身上青青紫紫的痕跡來，榮寶珠卻不甚在意，反正不用管它，明兒就好了。

榮寶珠從昨天就沒吃什麼東西，肚子有些餓了，待會兒她還想過去邊關看看榮家人。

自知道榮家人被抄家是因為蜀王，她心裡越發內疚。

她起身穿了衣裳，外間的趙宸聽見動靜，遣退了子騫後，來到房裡。

「可餓了，我讓拂冬把吃的送進來？」趙宸拉著她走出房間。「妳先看一會兒書，我出去叫拂冬送膳食過來。」

榮寶珠點點頭，沒抗拒。

拂冬很快端了食物進來，然後給榮寶珠請安才退了下去。

兩人沈默地用了膳，食案撤下去後，趙宸拉著她過去榻上坐下。「還在生我的氣？」

榮寶珠搖頭。「沒有。」

趙宸嘆息一聲。「這次的確是我不對，我做得太魯莽了些，以後不會了。」

榮寶珠一時也不知該說什麼，況且她有什麼資格生氣？他是蜀王，狂傲不馴，能向她低頭已經算是難得了。

說是不氣惱，可心裡的難受、失望也是真的，自己全心全意地對他，換來的是什麼？

「殿下，我下午想過去邊關看看榮家人。」榮寶珠也知道他在廬陵待不了幾天。不是說要造反了嗎？怕就是最近了吧，比上輩子提前了不少。

趙宸點頭。「妳待在邊關也可，不過還是早些回去江南好，之後的日子怕是有些不安生了。」

「臣妾曉得了。」

榮寶珠下午就去了邊關，四名侍衛也都跟著她一塊兒過去。

榮家人的心態還算好，也沒急躁，榮寶珠去給老祖宗把脈後就過去岑氏的房間。

岑氏瞧見榮寶珠高興得很，拉著她一起坐下。「妳這孩子，不要老往這邊跑，多去陪陪殿下才好，你們是夫妻。」說著又忍不住看了榮寶珠的肚子一眼。「哎，你們都成親幾年了，這肚子怎麼還不見起來。」

榮寶珠道：「還沒到時候罷了，等能懷上的時候自然就懷上了。」她如今不願在這話題上多說什麼，依偎在岑氏懷中。「娘，對不起。」

岑氏笑道：「妳這傻孩子，跟娘說對不起做甚。」

榮寶珠沈默，岑氏輕撫著女兒的髮，有些感嘆，這一眨眼，寶珠大了，都嫁人好幾年了，時間過得可真是快啊。

翌日一早，趙宸過來了，拜見榮家人後，單獨跟榮寶珠回了房間。

寶珠道：「殿下過來做甚？不是很忙嗎？」

趙宸笑道：「過來看看妳，再過兩日我就要離開廬陵，怕是好一段日子都沒法回來。妳看過榮家人後就去江南，少在邊關逗留，我怕太后會下旨讓妳回京去，若真是碰見了也不必理會，妳身邊有侍衛，他們會保護妳的，而且我又安插了一些暗衛，他們聽命於王朝，妳有什麼事情直接吩咐王朝即可。」

榮寶珠點了點頭沒說話。

趙宸沈沈地看著她。「妳可知我要去做什麼？」

榮寶珠抬頭看他。「殿下前兒不是告訴我了嗎？殿下要去……」後面那幾個字她到底沒有說出口。

趙宸微微俯身，距離她越來越近，俊美的臉上帶著一絲的奇異。「妳在聽聞自己的相公準備造反後，情緒似乎沒有太大的波動啊。」

前兩日因為他一直有些內疚，也就沒注意那日自己親口告訴她想造反的事。如今想來，她的反應有些奇怪。

榮寶珠心裡咯噔一聲，知道他的疑心病發作了，攥下了拳道：「對臣妾來說，殿下做什麼事情都可，只要不傷害榮家人就好。況且殿下陷害榮家人販賣私鹽的事情已經足夠讓臣妾心力交瘁了，臣妾這幾日心裡都亂糟糟的，根本沒有多想什麼。」

趙宸目光沈沈地看著她，他心裡不舒服，因為他曉得她有事瞞著自己，說他多疑也好，他這輩子能夠喜歡上一個人並不容易，他希望她能夠全心地信任自己，他受不住她的冷淡與默然。

站在她面前久久，趙宸在她身側坐下，牽住她的手。「寶珠，我希望妳有任何事情都能告訴我，我不喜歡妳瞞著我，我喜歡妳，以後也會好好寵著妳，所以不管遇見任何事情妳都可以信任我。」

榮寶珠心中不舒服，想起榮家人的遭遇，再也忍不住，猛地甩開了他的手，動作有些大，顯得有些激烈，讓趙宸的臉色立刻沈了下去。

「殿下說要我信任殿下？可殿下做的都是什麼事情？」榮寶珠跟他對峙著，有些喘著粗氣。「不說榮家人，就是那次在廬陵遇刺……」

回想起這事，她臉色還有些發白。「事情發生的第一瞬間，我幾乎只想著不能讓殿下受傷，身子下意識就衝了過去，甚至沒有想過自己會如何，可是殿下呢？殿下莫不是真以為我沒聽見您在馬車上說的話？您說您遲疑的那一瞬間，竟是想拿我去擋劍，殿下叫我如何全心全意地信任你？」

那次，她知道他的悔意和後怕，可這次榮家的事，她不曉得眼前這男人為了自己的大業還會做出什麼事情來，所以自己的秘密是絕對不會告訴他的。不光是為了保護自己，還為了保護榮家人，這秘密太大，她不會告訴人，也絕不能讓任何人知曉。

趙宸臉色有些不好，想伸手拉她坐下，榮寶珠卻往後退了兩步。「殿下想必還有事情要忙，不如回去吧，若是殿下不希望我留在這裡，我立刻啟程回江南去。」

「不必了。」趙宸的神色暗淡幾分，啞著聲音道。「妳想在邊關就留在邊關，但再過些日子，天下要變，妳就必須去江南了。」江南的位置不在攻城的路線上，會安全一些。

趙宸心裡有些無奈，他很清楚自己對她的感情，卻不知為何會一而再地傷害了她，這讓他有點無力。對於任何事和人他都能果斷處理，唯獨她。

榮寶珠知道他對自己有情，可也不能否認他的自私，在她心中，他與榮家人同等重要，可在他的心中，為了他的大業，他會不惜任何手段，只怕犧牲她，他也是願意的吧！她心裡疲憊，也有些自嘲，這就是喜歡上一個人的下場，還不如上輩子那樣，兩人都無情。

趙宸不想與她分離之時兩人還帶著不甘和怨氣，他今後兩、三年與她見面的時候不多，不想同她吵鬧。

趙宸起身走近榮寶珠，伸手將她抱進懷中。「我同妳道歉，所以原諒我好嗎？再也不會有下次了，至於妳不想告訴我的事情，我也不強迫。」說罷想低頭親她。

榮寶珠卻有些排斥，偏頭躲開。

趙宸皺眉。「不要同我鬧脾氣了，我這次一走，只怕許久都見不到妳。」

榮寶珠不再動，任由他親著自己的唇角，慢慢地舔弄。

她不回應，趙宸無奈，伸手去剝她的衣裳。

榮寶珠終於有了反應，不置可否地瞪他。「殿下，這裡是榮家人住的地方，外面我爹娘還在，你……你這般也不怕丟臉？」

「放心吧，外面有人守著，不會讓人撞見的。」趙宸的俊容終於有了絲笑意，雙手利索地剝開她的衣裳。

榮寶珠伸手推他，趙宸反而用很大的力氣摟她。

她氣惱不已，卻根本拒絕不了他，被他壓在貴妃榻上從身後進去。

榮寶珠疼得厲害，心裡也難受得厲害，這人永遠都是如此，只要他想要，自己根本不能拒絕，這樣的人，談什麼以後不會再傷害她了，他如今所做的事情不正是在傷害她？

趙宸察覺她的乾澀，心裡有些急躁，自從知道榮家人的事情後，她就是如此，身子沒有半點反應，周身都透著一股抗拒的氣息。

「寶珠，寶珠……」他的吻密密麻麻地落在她的背上。

等完事後，榮寶珠不好要熱水進來清洗身子，就這麼穿上了衣裳。

原本以為他這就要離開了，沒想到趙宸懶洋洋地躺在貴妃榻上開口。「今兒我留在這裡用了午膳再走。」

榮寶珠面無表情地嗯了一聲，出去跟岑氏說了聲。

晌午，榮家擺了家宴，蜀王不願跟榮家的男人們坐一塊兒，便挨著榮寶珠坐下，對她很殷勤，噓寒問暖地挾菜，挾的菜還都是她喜歡吃的。

岑氏面上的笑容越來越大，這蜀王雖貴為皇家中人，卻對自己的女兒這麼好，寶珠真是沒嫁錯人，她能放心了。

榮寶珠心裡恨恨地想著，這人偏還要在榮家人面前獻殷勤，不就是做給榮家人看嗎？等到下午趙宸人走後，榮家的女眷就拉著榮寶珠說蜀王對她真是不錯，要她好好珍惜。

榮寶珠面上笑著說是，心裡卻恨透了他。

趙宸走後，榮寶珠輕鬆了不少，她的確有些不知該怎麼面對他，其實她很想問他一句，他以後真的不會再傷害她了嗎？可眼睜睜地看著他離開，這話仍沒有問出口。

過了好幾日，榮寶珠還是留在邊關，她想多陪陪榮家人，自從出嫁後，難得有這樣的日子。

她知道榮家這次被抄家，只怕銀子也沒剩多少，打算把她身上的幾十萬兩銀票都留給榮家人。

岑氏笑道：「就妳瞎操心，我們不缺銀子。」

瞧女兒驚訝的模樣，岑氏道：「榮家雖然被抄了，可那都是明面上的東西，我大多數的好東西、銀子和金子都存在錢莊裡，榮家損失的不過是九牛一毛。」

榮寶珠萬分崇拜，還是娘厲害，不過娘到底賺了多少銀子啊？

四月中旬時，這日榮寶珠正陪著榮家人用膳，外面的門房忽然過來通報。「老爺，夫人，不好了，外面來了許多官兵，似乎是京城來的。」

榮寶珠臉色一變，想著莫非是太后派來的人？好在她如今是男裝打扮。

榮大老爺皺眉。「官兵？人多不多？」

門房道：「差不多就幾十人。」

榮大老爺道：「你們都待在屋裡吧，我出去看看。」

狄氏擔憂地道：「你小心些。」

榮大老爺剛出房，外面已經響起了吵鬧聲跟兵器磕碰的聲音，顯然那些官兵已經到了門前了。

榮大老爺一見帶頭的人，就認出他是宮裡的侍衛長，不由說道：「陳大人，不知老遠從京城過來所為何事？」

陳大人道：「太后派我們來接王妃進京一趟。」

竟是為了寶珠來的？

榮大老爺沈思，這些人顯然是來者不善，萬萬不可讓他們找到寶珠。「陳大人，你也知如今榮家的情況，我們才來邊關，王妃自然是住在盧陵的王府中，怎麼會在邊關？」

陳大人冷哼一聲，視線掃過榮大老爺身後的房間。「有沒有人，我們搜一搜自然就知道了，房間裡的人是要自己走出來，還是讓我們進去搜！」

榮大老爺讓所有人都出來了，陳大人的視線在榮家人身上掃過，又派人去房間裡搜了一圈，裡面自然是沒人的。

想到來之前從太后那裡得到的情報，說是王妃只怕是易了容，若是在榮家人中瞧見生面孔，直接帶回京城就行了。

榮寶珠這會兒自然在榮家人群中。

陳大人朝前幾步，陰冷的眼掃過榮家人，瞧見一個生面孔的俊俏公子哥兒的時候眼神動了下，上前幾步來到那俊俏公子哥兒的面前。「你是榮家的什麼人？」

不等寶珠回答，榮大老爺已經道：「這是我們榮家的一個遠房親戚。」

榮寶珠啞著聲音道：「正是。」

陳大人冷笑一聲。「真是？要不解了衣裳讓我們檢查一下！」

榮家人的臉色都變了，榮寶珠冷笑。「這位大人真會說笑。」

陳大人冷哼一聲，猛地上前捉住寶珠的手臂把人制住了。

榮寶珠兩條手臂被他扯在身後，只聽見一聲響動就知自己的手臂被這人卸去了，疼得她忍不住悶哼了一聲。

榮大老爺上前一步，喝斥道：「陳大人，你這是做甚？既然是找王妃，何必為難一個小輩？」

陳大人並不理睬榮大老爺，對著守在不遠處的士兵道：「來人，把這人押下去！」

立刻有官兵上前想押住榮寶珠，卻不想異變突生，榮寶珠只覺得耳邊有利刃破空而來的聲音，還不等她反應過來是怎麼回事，身後的陳大人一個悶哼就軟綿綿地倒在地上，她的手臂也被人鬆開了。

身後傳來榮家人的驚呼聲跟官兵們拔劍的聲音。

榮寶珠轉身忍不住倒吸了一口氣，那方才還威風凜凜的陳大人，這會兒已經倒在地上，額頭正中一支箭矢，血慢慢地流出。

還未反應過來，耳邊又傳來利刃破空的聲音，不遠處的官兵全都額頭中箭倒地。

幾乎是一個眨眼間，那幾十個官兵就全軍覆沒了。

榮家女眷嚇得臉色都白了，榮家幾個老爺一時也有些呆住。

正在這時，不知從何處突然出現十幾個黑衣人，訓練有素地把那些官兵的屍體全部拖了出去。

榮四老爺這才回了神，看向女兒。「寶珠，這是？」

榮寶珠啞著聲音道：「這是殿下身邊的暗衛。」

正說著王朝也出來了，瞧見榮寶珠的手臂軟軟地垂在一邊，忙上前道：「王妃，得罪了。」說著就幫她把手臂接了回去。

榮寶珠動了下手臂，好多了，已無大礙。

榮大老爺讓女眷們先回房了，這才道：「四弟，咱們過去書房再說。」

榮大老爺跟榮四老爺領著榮寶珠去了隔壁的書房。

榮大老爺道：「寶珠，這是怎麼回事？殿下的人就這麼把太后派來的人給殺了？這傳到京城去，殿下只怕會有麻煩。」

「不會的。」榮寶珠垂眸道。「殿下準備造反了，如今把太后派來的人都殺了，顯然造反的事已經迫在眉睫，不出意外近日就能得到消息了。」

這消息對榮大老爺和榮四老爺無疑是一道驚雷，劈得他們立在原地動彈不得，許久都沒反應過來。

榮寶珠卻是慢慢地坐在太師椅上，有些疲憊地閉上雙眼。她沒想到殿下留在她身邊的人會這麼厲害，只是再厲害又如何，說到底他骨子裡還是自私得很。

兩位老爺終於回了神，對視一眼，都在對方眼中看到了不解。

榮大老爺道：「殿……殿下是怎麼想的？為何會造反？還有殿下是什麼時候告訴妳的？」他們有太多的問題想問了，這對他們來說實在太突然、太意外了。

榮寶珠道：「殿下並不是太后的孩子，是已經過世的玉太妃的孩子，殿下也沒有同我說得太清楚。殿下打算造反的事是你們來邊關後他才告訴我的。」

榮寶珠這會兒頭疼得厲害，覺得腦子亂糟糟的，上輩子她沒有經歷過這種事情，自始至終她都一直待在後宅裡。

上輩子，她跟趙宸成親後不久就去了廬陵，等到他造反的消息傳來的時候，她也沒什麼感覺，就是因為這事離她太遙遠了。況且那時她還病著，後來她跟所有妾室都被接回京城，之後她有見過趙宸幾面，然後不知怎麼就無意中撞見他手刃太后，自個兒本就病重，經那麼一嚇，立刻就不行了。

可這輩子所有的事情都不一樣了，這些經歷太震撼，那些被箭射死的官兵也太真實，她這才意識到，趙宸的造反將會血流成河，甚至會連累榮家人。

榮大老爺嘆息一聲。「想不到，真是想不到……」不過後一刻，榮大老爺眼中的光彩卻是越來越亮。

亂世不就是造就英雄的時候嗎？更何況他覺得讓蜀王當皇上比讓現在的皇帝繼續治理天下好多了。蜀王造反對他們來說是個機會，榮大老爺跟榮四老爺都懂，兩人都不是碌碌無為的人，他們懂得把握這次機會。

兩人讓榮寶珠回去休息後，就跟狄氏還有幾個當家太太和兒子們說了這件事。

榮寶珠回房後很是疲憊，一覺睡到了隔日一早，她這會兒還不能出邊關，因為還沒有蜀王的消息。

過沒兩天，蜀王造反的消息傳到了邊關，說是蜀王已經開始帶兵攻打魯城。

魯城算是西北比較重要的一座城池，榮寶珠曉得這造反無非就是這麼一路打到京城去，蜀王攻打魯城只用了兩天，一來是突襲有成，以後攻打其他城池只怕就不容易了。

對於蜀王造反一事，大家傳得沸沸揚揚，竟有許多人贊同，榮寶珠這才從榮家人口中得知，這兩天外面的人都在說現在的皇上昏庸，苛捐雜稅太多，老百姓都快活不下去了，蜀王造反只要能為他們著想就好。

榮寶珠知道對誰做皇帝，一般的老百姓根本不關心，他們只關心能不能吃飽罷了。

榮家人還告訴寶珠，說不少人都在傳原本先帝是打算立蜀王為太子，卻被當今皇上暗害，還說先帝留下一道聖旨，說他若是出了意外，一樣由蜀王繼承皇位。還傳太后並不是蜀王的生母，蜀王的生母是玉太妃，又說太后曾暗害過蜀王……

榮四老爺嘆息。「外面說的也不知是真是假，不過無論是真是假都沒關係，說多了大家就都信了，這對蜀王還是有好處的。能夠拿出先帝的遺詔來，日後若是蜀王登基也算是名正言順。」

榮寶珠曉得這些話肯定都是蜀王讓人放出去的，上輩子並不是如此，前世的蜀王豈會在乎一個名正言順的名頭，難道是為了她？

她記得上輩子蜀王造反是在她二十一歲的時候，如今提前了兩年，他應該也會提前登基。

榮寶珠並沒有在邊關繼續待下去，因為翌日一早，王朝過來道：「王妃，您該離開邊關了，還是去江南安全一些。」

榮寶珠道：「能帶榮家人也去江南嗎？」她怕太后找榮家人麻煩。

王朝道：「不可，榮家人去的話，誰都知道王妃在江南了，不過王妃放心，殿下的暗衛會留在邊關守衛榮家人的，榮家人不會有危險。」

榮寶珠沈默地點頭，隔日一早就跟榮家人告別，返回江南。

這次還是四名侍衛跟著榮寶珠一塊兒去江南，她同樣帶著小八、小九一起走，路上經過魯城時，那裡還有戰爭遺留下的痕跡，不過魯城如今已經恢復了安寧。

蜀王要的不過是佔領魯城，自然不會動一般老百姓，他甚至還嚴令屬下不能騷擾百姓，如有違抗，格殺勿論。

蜀王謀反並不會經過江南，所以江南並沒有什麼大變化，還是老樣子，不過江南也到處都在傳蜀王造反的事情。

榮寶珠回到宅子裡，木棉、春蘭、芙蓉和迎春四個丫鬟，還有花春天都在，她們瞧見榮寶珠回來真是鬆了口氣。

晚上大家一起用了膳，花春天對蜀王造反的事情並沒有多驚訝，也沒多問什麼，榮寶珠知曉她的真實身分不是蜀王的妾室，算是食客，對蜀王的所做所為她應該是有所察覺。

回來江南的第一晚，榮寶珠沒怎麼休息好，她把這些日子發生的事情梳理了一番。先是有人向太后告密，太后震怒，打算給榮家一個教訓，蜀王知曉後，設計了榮家，使榮家被發配邊疆。隨後太后派人來西北召見她回京，她易容後被人認了出來。

那麼是誰跟太后告密？長安公主？可是長安公主怎麼知道她容貌恢復的事情？榮寶珠直覺這次恐怕不是長安公主告的密。還有她易容的事情，她很自信不會被人認出來，可陳大人還是猜出來了，所以有人曉得她易容成男子，但是不知模樣，這人又是誰？

榮寶珠只覺得腦子一團糟，根本不知道這些事情都是誰做的。

眼下她卻顧不上這些，榮寶珠易了容貌、換上男裝，翌日就去方家藥堂。

方大夫瞧見寶珠萬分歡喜，笑道：「你可算是回來了，我還以為你再也不回江南了。」

榮寶珠淡笑。「方大夫，我繼續在這裡坐堂可好？」

方大夫點頭。「那真是求之不得。你都不曉得你走後有多少病人慕名而來，幸好你回來了。」

榮寶珠想了想，派人去王家跟王錫說了聲，她雖是女兒身，可王錫對她不錯，兩人的情義不假，沒必要瞞著王錫。

王錫當天下午就過來藥堂了，見著榮寶珠自然是開心得很。「今兒晚上我給你接風洗塵。」他絕口不提蜀王造反的事，對王錫來說那是蜀王，是林玉的表哥，跟林玉又沒什麼關係。

晚上藥堂關門後，榮寶珠就跟王錫和其他幾位好友去吃了飯，幾人都知曉她不擅酒，也都不逼著她，倒是王錫喝了個大醉，最後被其餘幾人給送回王府。

一早醒來，榮寶珠忙碌起來，她讓木棉、春蘭拿了她的信物去錢莊取出十萬兩銀票。

到方家藥堂後，榮寶珠讓方大夫幫她買草藥，多是能夠止血化瘀的田三七和花蕊石之類的藥材。

方大夫對江南熟悉得很，很快就幫寶珠買了大批藥材回來。

沒病人的時候，榮寶珠就去後院的廂房製藥，她製的都是止血膏一類的藥物，想必蜀王應該是很需要這類的藥膏，這藥膏對止血化瘀很有奇效，更何況裡面她還加了少量的瓊漿，效果更甚一籌。除了止血膏，她還做了一些解毒丸，想來軍中也是需要的。

很快就到五月，榮寶珠已做出不少止血膏、解毒丸，她如今也只是聽外面的議論才知道蜀王攻打到哪裡，她本人並不清楚蜀王的行程。今日她特意找來王朝，問道：「你可知殿下如今在哪？若是讓你給殿下的軍隊送東西，你可否護送去？」

王朝知道王妃這些日子日夜在趕製膏藥，心裡更是敬佩這位王妃，不由得道：「王妃放心，屬下定能夠把東西護送到殿下手中的。」

榮寶珠點頭。「我趕製了一些膏藥，想來軍隊裡可能用得著，還買了不少糧草，你派人一併護送過去吧。」就算她跟殿下嘔氣，現在卻不是和他嘔氣的時候，她是真心想幫他，眼下她能幫的也只有這些了。

「王妃大義，殿下能夠娶著王妃真真是天大的福氣。」王朝忍不住道，只希望殿下成事後還能好好地對王妃。

榮寶珠道：「好了，你快點去派人把東西送去吧，東西放在距離我們住處不遠的一座空宅子裡，這事就由你全權負責了。」

王朝知道那個地方是前幾日王妃專門買下來放置藥物跟糧草的空宅子，他去過幾次，便立刻派人去把東西收拾妥當裝上馬車，趁著黑夜出了城。

趙宸自幼聽見太后跟皇上的話就起了心思，他那時還小，起初或許不知今後該如何，卻有個念頭，覺得不該放過他們，那時候風華已經在他身旁了，他又從風華口中得知母妃的事情，一步步走到今天是真不容易。

一開始他除了風華根本不相信任何人，對誰都是多疑的，娶到寶珠後也是如此，最初是喜歡她，可也僅限於喜歡，後來卻越來越喜愛她。他從未多想，以前一直覺得女人跟他的大業並不衝突，以至於後來遇刺的時候，他的第一反應是拉人擋劍，可下一刻他就被自己的這個想法嚇出了冷汗，且身子下意識地把寶珠推開了。在他心中，寶珠已不僅僅是他喜歡的人，他覺得自己下半輩子恐怕都離不開她了。

他曉得一開始寶珠對自己似乎有些牴觸和不喜，後來慢慢相處，他感覺出寶珠慢慢喜歡上他，開始為他付出，他滿心歡喜，以為兩人以後會如此下去。發生榮家人的事情時，他知道寶珠對榮家人有多在乎，便想瞞住，沒想到還是被她聽見了，所以自己坦白了一切。

按說一開始，他根本不會向天下解釋他的身分，也不會拿出先帝的遺詔，但為了寶珠，他要的無非就是一個名正言順繼承皇位的名頭罷了，待他成大業的那一天，她勢必會成為他的皇后，他不願她被天下人說三道四。

他走的時候寶珠還在生他的氣，他想著沒關係，兩人還有下半輩子，下半輩子他會給她天下最尊貴的身分，最多的寵愛，他會把一切都給她。

帶兵攻打魯城的時候，魯城的刺史和士兵都還未反應過來城就被攻下了，占的無非就是一個出其不意。雖然他跟著士兵們衝鋒陷陣，士氣高昂，可還是有不少傷兵。

打仗也需計謀，如今他有萬老，萬老的確是奇才，能夠說動萬老幫忙他費了不少功夫。數日後，又攻下一座城池，趙宸下令原地紮營休息，先把傷兵都抬去治療，其餘士兵則去檢查馬匹、裝備和糧草，各個都是井然有序。他不許士兵去騷擾百姓，發現一個就斬立決，要的無非是一個名聲，這樣將來百姓們才會擁護他。

萬老、風華跟著趙宸一塊兒去探看傷兵，整個營帳中到處都躺著傷兵，悶哼聲一陣陣地響起。

萬老滿心的不忍，忍不住嘆息道：「老夫也不知這樣幫你究竟是對還是錯，說起來被你說服，還是有那丫頭的一半功勞。那丫頭醫術真是不錯，若她能夠在這裡，只怕能多救活不少傷兵。」

趙宸沈默不語，他自然不會讓寶珠到這種地方來做軍醫，這裡太苦，性命也難有保證。

風華看著滿地的傷兵也忍不住道：「王妃雖然不能來，不過她做的那些傷藥很不錯，若能得一些，這些傷兵也能少受許多的痛苦。」

殿下身上經常配有王妃做的藥膏，他也用過，效果是真的很好。

趙宸道：「走吧，出去吧。」他自然知道寶珠那些傷藥多有效果，可這些都是她親手製成的，想要供應這麼多傷患卻是不可能的。

幾人出了軍營，來到城外的山頭，瞭望遠處，麥田裡已經是一片嫩綠了，這種鮮活的顏色能夠給人無限的希望。

萬老正在對照著地圖查看地形，研究下一次的戰局。

幾人正商討著，子騫過來通報，臉上是遮掩不住的喜悅。「殿下，王朝帶了好些糧草跟傷藥過來了。」

「什麼？」趙宸再問，還以為是自己聽錯了。「怎麼回事？」

子騫笑道：「是王妃製的藥膏，買的糧食，全都讓王朝送了過來。」

萬老捋了捋鬍鬚，哈哈大笑。「我就曉得這丫頭是個有情有義的，方才還正惦記著她的藥膏，這就讓人送來了。」

趙宸也有些動容，大步朝著山下走去。

幾人很快就到了軍營前的空地上，士兵們正幫著王朝把糧食跟傷藥卸下來，趙宸上前查看了一番。這次運來的糧草除了大豆、粟米還有不少風乾的野味，這些東西混合起來煮成食物，不僅飽肚，還解饞。

風華忍不住道：「王妃的確是個好的。」

更難得的是，能夠為殿下著想，哪怕殿下離開之前她還在生氣，可這時候曉得殿下需要這些，便趕製出藥膏、買了糧草都給送過來。

趙宸看著這些東西，心底忍不住嘆息了一聲，想當初他是如何對榮家人，可寶珠卻還這般惦記著他。

趙宸道：「叫王朝過來。」

王朝很快就過來了，把這些東西的來龍去脈都跟趙宸說了一遍，又說藥膏裡還有些解毒丸跟養生丸，養生丸是王妃專門給殿下的，讓殿下每天服用一顆，說罷又從身上取了一大捆的銀票遞給趙宸。

趙宸抬頭問道：「這是？」

王朝道：「這是榮家人給的銀票，說是他們如今也幫不上什麼忙，當初皇上抄家的時候，榮家就剩下這些存在錢莊的銀票了，所以把這銀票給了屬下，讓屬下幫著買些糧草。這些銀票屬下還沒動過，特意趁著這次護送東西的時候想問問殿下，這些銀票該如何處置？」

趙宸讓人把銀票清點了下，竟然整整有一千萬兩之多，萬老跟風華都忍不住吸了口氣，喃喃道：「這榮家是如何賺銀子的，竟有上千萬兩的銀票，可真是……」

趙宸讓王朝把銀票收妥，全部去置辦糧草、厚的棉襖、兵器之類，王朝點頭，把銀票都收了回去。

趙宸才道：「回去好好守著王妃，王妃若是出半點事，我唯你是問！」他的神色雖淡，緊握的拳卻洩漏了他的心思，這次寶珠跟榮家人的確挺讓他動容的。

王朝回去後就開始忙碌了起來，榮家人給一千萬兩銀票的事，他也告訴了王妃，王妃並不驚訝，只讓他一切按照殿下的意思去辦就好了。

榮寶珠之後的日子還算平淡，整日忙著坐堂製作藥膏，她一個人來做太慢，就讓方大夫、小學徒和何嫂來幫忙，一般的熬煮都交給他們，放瓊漿這道工序就是她一個人做了。這樣速度的確加快許多，半個月趕製出來的藥膏比上次送給蜀王的要多了幾倍，她讓王朝趁著給殿下送糧草的時候把這些藥膏全部送去了。

轉眼就到七月，天氣漸熱，江南的氣候還不錯，只有正晌午時會讓人覺得有些悶熱。榮寶珠也不知道榮家人如何了，偶爾會從王虎他們口中聽到榮家人的消息，說是榮家人都還不錯，且西北已經完全是殿下的地盤，讓她莫要擔心。

轉眼又過了三個月，到十月時，蜀王起兵已經有半年了。

這日榮寶珠從藥堂回去後，王朝跟在她的身後護送，忍不住道：「王妃，殿下如今攻打到了垠城，垠城距離江南不算很遠，快馬加鞭也就是一天的路程。」

榮寶珠哦了一聲。「曉得了，你再去的時候記得讓殿下照顧好自己的身子，我給的養生丸最好是每日都吃一顆。」

王朝又道：「王妃，您就不想去見見殿下嗎？您若是這時候去了，殿下想必會很高興的。」

「不了。」榮寶珠道。「殿下如今是在行軍打仗，我去做甚？」

王朝沈默不語，不再勸說了。想著上次去的時候，瞧見殿下正撫著手上漆黑發亮的指環。他曉得那指環是王妃送給殿下的，王妃也有個一模一樣的戴在手上。他知道殿下是在思念王妃。

過兩天，榮寶珠從藥堂回來後用了膳，看一會兒書就上床歇息了，睡到半夜時似聽見房門響動的聲音。

榮寶珠睜開雙眼，緊張地抓住了衾被。自從趙宸起兵後，她的睡眠就淺了許多，外頭稍微有個風吹草動就會驚醒，更何況這還是房門打開的聲音。

黑暗中，榮寶珠緊緊盯著屏風後面，那人的腳步很輕，許是怕打擾到她。

那人很快就繞過屏風，黑暗中，榮寶珠只隱約瞧見是個很高大的身影。

等到熟悉的氣味竄入鼻翼，榮寶珠攥著的拳終於慢慢鬆開了，慢慢坐起身子，在黑暗中開口道：「殿下，您怎麼這個時候過來了？」

來人正是趙宸，榮寶珠沒想到他會趁著休戰的時候跑來看她。

「妳醒了？」趙宸道，一邊走過去點燃蠟燭。「這幾日休戰，士兵們正在接管垠城，垠城距離江南近，所以我過來看看妳。」

等到燭光亮起，榮寶珠這才看清楚他的打扮，甲冑在身，外頭披著一件黑色雲紋大氅，風塵僕僕，想必是連甲冑都沒換下就跑過來看她了。

了？」

榮寶珠忍不住心軟了些，起身披了衣裳下床。「殿下莫不是打算過來看我一眼就離開

趙宸的確是打算過來看看她就離開了，根本沒想把她吵醒，沒想到她睡意這般淺，他剛進房就將她吵醒了。

榮寶珠下了床把衣裳穿好，起身來到他身邊主動摟住了他的腰身。「殿下想必是趕了一天的路才過來的，怕是沒吃東西吧？我去小廚房幫殿下煮碗麵可好？」

趙宸為了趕路，的確已經一天沒吃了，反正他都把人吵醒了也就沒拒絕。「成。」

「那殿下先休息一會兒，很快就好了。」榮寶珠道。

走出門，王朝正守在外面，瞧見她忍不住摸了摸腦袋，傻笑了下，可見是這人沒通知就把趙宸給放進去了。

榮寶珠道：「讓殿下休息，我去小廚房給殿下煮碗麵，莫要吵到丫鬟她們了。」白日裡她們也都挺忙的，所以榮寶珠沒讓人守夜，只有四名侍衛不肯，仍舊輪流在房外守著。

榮寶珠去了小廚房，爐子上還吊著熬煮小半夜的豬骨湯，她麻利地取了湯，煮了一碗麵，上面放著切得大片大片的蜜汁肉，還有兩顆煎蛋，幾根高湯燙過的青菜。

端著麵回去的時候，榮寶珠對王朝道：「廚房還有不少，你餓了就自個兒去廚房添了吃。」

王朝笑道：「多謝王妃。」想來是王妃見他守夜特意多煮了些。

榮寶珠端了麵進去，趙宸也不客氣，大快朵頤了起來，很快就把一大碗麵吃光了。

榮寶珠道：「殿下可吃飽了？若是沒吃飽，廚房還有，我再去添一碗過來。」

「飽了。」趙宸好不容易過來一趟，原本只打算見她兩眼就走的，這會兒見人都醒了，忍不住有些心癢，丟開了碗筷，起身抱著她放在床上，半壓在她的身上，用臉蹭了蹭她的臉頰，柔聲道：「別再生氣了，榮家的事情再也沒有下次了。」

兩人這半年才見了一次面，趙宸只希望能同她好好的，不願瞧見她的冷面孔。

說實話，榮寶珠氣也消得差不多了，一開始或許很生氣，可這都過去半年了，榮家人都平安無事，自己在江南很是提心弔膽，生怕他受傷了，這會兒哪還有什麼怒氣，只剩下滿腔的心酸。

榮寶珠伸手主動摟住他的頸，埋在他的胸膛道：「不氣了，臣妾早就不生殿下的氣了。」

趙宸低頭親住她的嘴角。

榮寶珠含糊不清地問道：「殿下，如今正在行軍打仗，您這樣過來看我不會延誤軍情嗎？」

「不會。」趙宸啞著聲音道。「我們要在垠城停留幾日，傷兵需要救治，垠城也需要接管，還有不少事宜都必須安排妥當，不過我離開的時間不能太久，天一亮就要啟程趕回去，之後怕是沒時間來看妳了，妳好好待在江南，等戰亂結束，我再接妳回京。」

榮寶珠嗯了一聲，感覺他的大掌覆蓋上她的柔軟，她不再抗拒。

兩人歡好一夜，天邊泛起魚肚白時，趙宸就要動身回埌城了，他穿了甲冑，披上黑色雲紋大氅，精神抖擻地坐在床頭替榮寶珠把衾被蓋好，溫聲道：「我這就啟程了，妳在江南莫要操心，我不會有事的。」

他看得出來寶珠瘦了不少，知曉她是擔心自己，心中有溫柔漣漪蕩開，讓他忍不住想疼愛她。

榮寶珠點頭。「我曉得，殿下放心吧，我讓王朝帶給殿下的養生丸，殿下記得每天服用一顆。」那東西效果很好，能夠養精蓄銳，哪怕再勞累，吃下一顆後就能立刻補充元氣。

趙宸心中再萬分不捨也得啟程，出去後交代幾個侍衛跟丫鬟一定要保護好王妃，這才離開了。

幾個丫鬟看著趙宸離開的背影，都忍不住想著，殿下怕真是喜歡極王妃了，不然為何會趕在這種時候過來，還不就是為了見王妃一面？王妃得寵，她們心裡自然是喜孜孜的。

榮寶珠一整夜都沒休息，這會兒卻不覺得疲憊，這些日子以來她的睡眠一直都很不好，這下更是睡不著，索性也不睡了，便搖鈴讓木棉、春蘭送熱水進來替她梳洗。

之後的日子，榮寶珠的睡眠還是很淺，總是容易驚醒。她知道自己只是擔心殿下罷了，她對他的喜歡顯然是真心的，不然也不會這般擔心他。

第四十章

日子繼續過下去，一個月後，江南的氣候涼了，榮寶珠每日除了去方家藥堂，偶爾去王家坐坐外，甚少出門。

說起來榮寶珠每天還算挺忙的，主要是忙著製藥，方大夫、小學徒跟何嫂都是好人，他們從不問她製這麼多藥膏做甚。她每個月都會讓王朝替趙宸送藥膏，打仗的事情她不懂，她能幫的也就這麼一點忙了。

白天忙碌，晚上還要看書，休息的時候天色已經暗了，以至於榮寶珠連自己的身體狀況都不大記得。

翌日一早，芙蓉跟迎春過來伺候她梳洗，芙蓉面上有著遮掩不住的喜悅。

榮寶珠忍不住笑問道：「有什麼高興的事？」

「不是奴婢的事，」芙蓉笑道。「是王妃的事。」

「我的？」榮寶珠笑道。「我怎麼不曉得近來我有什麼值得高興的事情了。」

芙蓉笑道：「王妃莫非都沒察覺自己的月事已經遲了幾天嗎？」

王妃的月事一向非常準，週期是三十一日，以至於王妃的月事沒來，丫鬟都忍不住高興了起來。月信沒來，一是病了，二自然是懷了身子，她家王妃既沒生病，那就只剩下懷了身子的可能了。

王妃嫁給殿下數年，如今終於懷上了，她們這些做丫鬟的自然是歡喜得很。

榮寶珠的笑容僵住，腦子有些嗡嗡作響，隨之而來的是歡喜之意，漸漸的那歡喜淡去，只剩下茫然和擔憂。

她這幾年一直沒有為殿下解毒，就算殿下偶爾會服用瓊漿也不可能把身體裡的毒去掉，最多也只有減輕，卻不足以讓一個女人懷上身子。可殿下的毒沒解，她如何懷得上？要麼是弄錯了，要不真是懷上了……

榮寶珠這時腦子有些亂糟糟的，根本不敢肯定到底是月事延遲，還是她懷上了，不過距離上次殿下來看她也就一個月，那天晚上他們又不知疲倦地歡愛了一個晚上，她的身子她最清楚不過了，月事延遲的可能性太小，那麼就只剩下懷了身子。

迎春的性子大大咧咧的，平日裡都是其他三個丫鬟記著王妃的這些瑣事，如今聽說王妃可能懷上了，簡直歡喜到不行。「王妃，要不要讓王大哥下次去殿下那邊的時候，把這好消息告訴殿下？」

「不許！」榮寶珠的聲音嚴肅了些，身子也有些繃住。

「這事不許告訴其他人，況且如今只是遲了幾天，說不定過兩天就來了，就算現在把脈也把不出什麼，至少還要等幾日。」

見迎春遲疑的模樣，榮寶珠又忍不住強調了一遍。

「我再說一次，這事誰也不許說。」

倘若她真的懷上了，趙宸知道自己的身子有問題，那麼會如何看待她？會不會相信她？還是……

況且不管是什麼情況，他信任她也好，不信任她也罷，若是他知道了這消息肯定會分心的，在戰場上豈容他分心？

等兩個丫鬟伺候了榮寶珠梳洗好，她的腦子還是亂糟糟的，便讓芙蓉去藥房跟方大夫說一聲，今日不過去了。

用過早膳後，榮寶珠讓丫鬟們出去忙，自己則回房休息，她在房間的窗下，望著窗外已經開始落葉的梧桐樹許久不動。

半晌後，她坐在一旁的榻上，看著自己的手腕，好一會兒才終於把右手扣在左手腕上，給自己把了個脈。

不是滑脈。榮寶珠鬆口氣的同時也忍不住有些失望，伸手撫摸了下小腹，看來如今她跟孩子還是無緣，這樣也好，省得真懷上了，殿下會說是她不忠。

既然不是懷上了，榮寶珠就沒什麼好擔心的，翌日繼續去藥堂坐診。

過了兩、三日，月事還是沒來，榮寶珠心中漸漸有些動搖。等到七、八日過去，月事已經遲了十來天，榮寶珠曉得這肯定不是月事遲來，只怕是真懷上了。自那日把脈後她都沒有給自己再把過脈，這日又把了一下，似有滑脈，又似常脈。

榮寶珠不敢確定，幾個丫鬟卻曉得自家王妃肯定是懷上了。

「王妃，要不然咱們請個大夫來把把脈吧？」芙蓉道。

榮寶珠搖頭。

「妳忘了我就是大夫了？」

木棉遲疑道：「王妃，奴婢聽說很多大夫都不給自己把脈的，因為很容易把不準，要不咱們出去找個大夫瞧瞧？」

榮寶珠想了想，也就同意了，去找大夫她當然不可能穿男裝，省得真要把出滑脈來，那不是嚇著別人了？

她換了一身白底繡金團花紋樣深青束袖圓領長袍，外面穿了一件淺紫色鏤金絲鈕牡丹花紋蜀錦薄襖，下身繡衫羅裙。她不易容的時候容貌實在出色，瑩潤無瑕，望之驚豔，這樣子出去肯定會被人記住，面上就戴了面紗。

王虎也要跟上，榮寶珠沒攔著，便帶上他跟芙蓉兩人。

三人去街上尋了間藥堂，榮寶珠進去後沒讓兩人跟上。

王虎忍不住問芙蓉。「芙蓉姑娘，王妃過來這藥堂做甚？」

芙蓉還記得王妃當初的話，當然不會亂說什麼，笑道：「我也不曉得，王二哥若是好奇，不如等王妃出來了，自個兒問問王妃。」

牙尖嘴利的小姑娘。王虎瞥了芙蓉一眼，沒吭聲，他當然不可能跑去問王妃進藥堂做甚。

榮寶珠很快就出來了，因為她臉上戴著面紗，兩人都瞧不出她面上的表情。

芙蓉忍不住輕聲問：「王妃，可要回去了？」

「先不回去。」榮寶珠道。「去附近的集市轉轉吧。」

榮寶珠這時實在太震撼了，忍不住想起方才那位老大夫的話。「姑娘這的確是滑脈，不過並不凸顯，如今也實在把不出什麼，再等一、兩個月過來，老夫幫姑娘瞧瞧胎象可穩。」

這會兒她真是又驚又喜，歡喜她終於能有孩子了，驚的是殿下的身子……她到底是如何懷上的？

想著似乎這幾年她的身子漸漸有些不一樣，不小心弄出的傷口和青紫總是很快就好了，哪怕前一日不小心劃出一道傷口，翌日卻連傷疤都瞧不出，只餘光滑瑩潤的白嫩肌膚。難不成是因為這些年她一直都有在服用瓊漿，所以身子發生了些改變？

榮寶珠有些不敢肯定，可若不是如此，她怎麼會懷上？她是真的歡喜，也是真的怕，殿下若是知道了，會不會相信她？

直到晌午榮寶珠才自己走回府中，芙蓉跟王虎都沈默不語。

芙蓉曉得王妃這是懷上了，可為何不是高興？

王虎也曉得自家王妃有心事，可完全丈二金剛摸不著頭腦。

回去後，榮寶珠該做什麼還是做什麼，說起來她真是一點害喜的反應都沒有，也就是比平日裡嗜睡了一些。她可是記得五嫂去盧陵的時候剛好懷上，害喜時真是什麼都吃不下，吃一丁點東西就要全部吐出來。

到了晚上的時候，榮寶珠漸漸平靜下來，她身邊一直都跟著四個侍衛，殿下應該不會懷疑她吧？

榮寶珠想著想著忍不住有些失笑，她懷了殿下的孩子，卻擔心殿下懷疑她不忠，世上哪有這樣的事。

她伸手撫了撫小腹，現在那裡還是什麼動靜都沒有，她卻曉得她的孩子已經在裡面生了根，他會慢慢長大，也不知生出來後會像她還是像殿下？不管怎麼樣，孩子來了，她肯定是歡喜的，殿下若真是懷疑她也沒法子，就算懷疑，她也不會把瓊漿的事情說出來，只盼著這次殿下莫要傷她的心。

榮寶珠心態轉好，想清楚後，也就放寬心了。

幾個丫鬟都曉得她懷孕的事情，至於花春天，因是殿下的人，榮寶珠沒打算讓她知道，她現在還不想讓殿下曉得她懷了身子。

轉眼就到了十二月，榮寶珠還是什麼感覺都沒有，飯量沒有變大，也沒有害喜的反應，只比平日裡嗜睡一些，基本上還是按照日常作息。

到一月的時候，肚裡的孩子已經三個月了，榮寶珠還沒顯懷，她平日去藥堂穿的衣裳還算寬鬆，又沒什麼害喜反應，所以就算是生過幾個孩子的何嫂都不曉得她懷孕了，更何況寶珠還是男裝打扮，誰能想到她會是王妃，還懷了身子？

幾個丫鬟也都以為自家王妃是擔心影響了殿下，才不讓王朝他們告訴殿下的。

之後，榮寶珠又去藥堂看了大夫，老大夫替她把脈之後，神色有些嚴肅。

「這位夫人，您肚子裡的孩子怕是有些不妥。」

榮寶珠心裡咯噔一下，臉白了，手也忍不住抖了起來。

「大夫，孩子怎麼樣了？」

難道是死胎？可她也是大夫，這點感覺還是有的，若是死胎只怕她身子早就不舒服了。

老大夫道：「夫人莫怕，老夫是說這孩子怕是身子不大健康，依照脈象來看，胎象有些不穩……」

榮寶珠臉色發白，殿下的身子還沒康復，這孩子想必……可好不容易懷上了，她真的很想留住。

老大夫道：「您也別擔心，這脈象實在太弱了，老夫如今也不敢肯定，不如等兩個月後，孩子再大些再瞧瞧。」

榮寶珠點頭，臉色蒼白地離開了，她忍不住伸手撫住小腹。她的孩子，可千萬不要有事，這是她最親近的血脈了，不管如何，她一定要把孩子生下來。

回去後，榮寶珠更加注意調養身子，孩子許是不怎麼健康，所以調理起來更加難，吃喝方面也很注意。如此過了兩、三天，她的心平靜多了。

這日榮寶珠正在藥堂坐診，王朝忽然過來了，臉色有些不好，直接道：「公子，家裡出了點事，需要您回去處理一下。」

方大夫道：「家裡出事了？什麼事，嚴不嚴重？要不要老夫幫忙？」

榮寶珠瞧王朝的樣子就曉得應該是殿下那邊出事了，於是跟方大夫道：「多謝方大夫，應該不是什麼大事，就不勞方大夫操心了，我先回去看看。」

方大夫道：「行，趕緊回去吧。」

跟著王朝出了藥堂，榮寶珠才緊張地問：「可是殿下出了事？」

王朝沈著臉點頭。

「的確是殿下出事了，方才風華大人派人快馬加鞭送來的消息，說是殿下中了一箭，箭上有毒，軍醫根本沒法子，即使服下了王妃的解毒丸，殿下仍昏迷不醒，所以希望王妃過去瞧瞧。」

榮寶珠下意識地伸手撫了下腹部。孩子三個月了，這會兒若是騎馬，如此顛簸也不知道會不會出事，可她也不想殿下有事。

「先回去吧。」

送消息來的人是子騫，瞧見王妃回來他忍不住目露期盼之色。「王妃，現在快馬加鞭趕過去也要兩天，可是現在啟程？」

榮寶珠又忍不住撫了撫下腹，輕點了點頭。「好，這就啟程，我進去收拾下東西，很快就出來。」

進房後，榮寶珠收拾了下藥箱，裡面有常備的藥類、銀針，還有一瓶瓊漿也給帶去了。幾個丫鬟得知她要騎馬去幫殿下，都急了，芙蓉忍不住小聲道：「王妃，萬萬不可，您的肚子如今才三個月，如何受得住這般顛簸？」

「無礙。」榮寶珠淡聲道。「不會有事的。」殿下都中了毒，這個孩子還能來，肯定不會這般輕易地離開，況且殿下出事，她根本不可能不管。

丫鬟們有心再勸，榮寶珠已經拎著藥箱出去了。

王朝把小九牽了過來，幾人立刻啟程，侍衛們自然也跟著一塊兒去。

半路上，榮寶珠問了子騫具體情況，子騫只說殿下是在戰場上受的傷，那人箭術應該非常了得，怕是太后跟皇上派來的人。

榮寶珠曉得那十有八九是太后跟皇上派來的人，她知道趙宸的功夫，那人能夠傷了他，想必是非常有本事的。

趕路的時候，榮寶珠挺擔心孩子，好幾次都想停下來歇會兒，可一想到趙宸就沒了這個心思。

連續趕了兩天兩夜的路，抵達目的地的時候榮寶珠並沒有什麼不舒服，只是有些犯睏。

這會兒正是兩軍歇戰之時，榮寶珠來到軍中的時候還是很震撼的，騎在馬上就能看到大片大片的營地，路上還能瞧見不少士兵探路、查看周圍的情況，那些士兵都認識子騫，直接讓他們過去了。

到達營地時，守衛森嚴，子騫拿出風華的手諭他們才被放進去。

一路走過去，路上的士兵並沒有對他們好奇地張望，該幹什麼還是幹什麼，榮寶珠直接跟著子騫過去趙宸的營帳。

進去後才瞧見裡面還有其他人，都是趙宸身邊的親信，風華跟萬老都在。

萬老道：「王妃，妳可算來了，趕緊幫殿下看看吧！老夫雖然略懂醫術，可對殿下身上的毒還是束手無策，殿下中毒已經五天了，前兩日還有清醒的時候，這兩日卻是一點知覺都沒了。」

榮寶珠也不多言，立刻上前替趙宸把了脈，她忍不住倒吸了一口氣，他身上的毒的確挺重的，要不是之前的毒未除，他這會兒只怕早就沒命了。

榮寶珠忙從藥箱裡取出一顆解毒丸捏碎了全部塞入他的口中，趙宸卻是一點反應都沒有，根本不知吞嚥。

榮寶珠回頭道：「你們先出去，我會替殿下治療的。」

幾人沒有任何遲疑，全部都退了出去。

榮寶珠這才取了瓊漿，含了一小口，以嘴對著趙宸的口，全部送入他的口中，好在這次他終於吞嚥了下去。

榮寶珠鬆了口氣，又取了銀針幫他放毒血，隨後把人叫進來，寫了藥方讓人將這些藥草熬煮成洗澡的熱水，放趙宸進去泡藥澡。

榮寶珠這會兒是異常疲憊，開口道：「殿下今天還醒不了，明日還需治療一次方能醒來，你們照看好殿下，我過去休息一會兒。」

幾人都知她連夜趕了兩天路，風華派人把她安排到趙宸隔壁的營帳，又派人送了吃食。榮寶珠吃完後就歇下了。

翌日一早，榮寶珠是被營中練兵的聲音吵醒的，這裡又沒丫鬟伺候，昨兒她是和衣而眠。她起身後，便讓外面的士兵送水進來隨意梳洗過，就立刻過去趙宸那邊。

他果然還沒醒來，榮寶珠再幫他放了一次毒血，餵了十幾滴的瓊漿，泡了藥澡。

這次榮寶珠一直守在趙宸身側，直到晚上他才醒來。她原本是趴在他身側打盹，一聽見動靜立刻就起來了，睜開眼睛就瞧見趙宸正望著自己。

榮寶珠笑道：「殿下，您醒了，可要喝水？」他這幾天都沒吃喝，想必喉嚨乾得厲害。

趙宸一時想起是怎麼回事，目光沈沈地看著她，輕點了點頭。

榮寶珠出去告訴風華和萬老，殿下已經醒來了，又讓人送熱水進來。

三人進了營帳，榮寶珠半扶著趙宸，慢慢地餵他喝下一碗溫水。

趙宸喝了水，也不顧她在場，先問了風華跟萬老現在的情況，得知無事後方才鬆了口氣。

萬老道：「幸好王妃來了，治好了殿下，否則殿下若是再多躺幾日，士兵們的士氣肯定會被影響，真是多虧了王妃。」

萬老忍不住看了寶珠一眼，總覺她如今男裝打扮穿的衣裳似乎太寬鬆了些，之前他一直在擔心殿下，這會兒才瞧著王妃的衣裳似乎空空蕩蕩的，有些不大合身的模樣。

萬老當然不可能問什麼，只讓趙宸好好休息，告訴他莫要擔心，就扯著風華的袖子出去了。

等兩人出去後，房裡只剩下趙宸和榮寶珠兩人，她扶著他躺下。「殿下身子還沒恢復，還是多休息會兒。」

趙宸目光灼灼地看著她。

「什麼時候過來的？」

榮寶珠在床上坐下。「前日過來的，曉得殿下出事差點嚇死我了，殿下也太不小心了，怎會中了毒箭？」想了想又道：「您要多小心才是。」

幸好他身上還有其他毒，不然光是這次的毒不到片刻就能要走他的命。

趙宸的目光還在她身上流連，兩人已經三個多月沒見面，他很想念她。

「脫了鞋襪陪我睡一會兒吧，妳這兩日定也累著了。」

榮寶珠的確有些睏，自從懷了身子後她就有些嗜睡，可這會兒她根本不敢與他同床，兩人睡覺的時候，他總喜歡摟著自己，她怕他摸著自己的肚子，不知為何，她總是下意識想隱瞞懷孕的事情，怕他不信任自己。

榮寶珠曉得兩人之間的問題很多，不想剛剛和好就又鬧上了。他生性多疑，若真曉得她這種時候懷孕，只怕會震怒吧。

「我不睏，殿下身子虛弱，要好好休息才是。」榮寶珠道。「我去隔壁就好了。」

趙宸道：「上來陪我一會兒，我只是想抱抱妳。」

榮寶珠望著他，曉得他說一不二的性子，沈默半晌，還是脫了鞋襪，上了床，同他面對面相望。她下意識地弓著身子，肚子離他遠一些。

趙宸親了親她的嘴巴，笑道：「睡吧。」說著把人摟進懷中，一隻手搭在她腰身的一側。

趙宸納悶地唔了聲，覺得寶珠的腰身似乎粗了些。他沒有多在意，也根本沒往其他的地方想。

兩人說了一會兒話，趙宸問她這段日子在江南如何，榮寶珠只道一切都挺好的。

說了片刻後，趙宸睡去，榮寶珠也漸漸抵不住睏意，閉眼睡下了。

不知過了多久，是趙宸先醒來的，睜開眼就瞧見寶珠安靜地躺在他的懷中，連姿勢都沒變過。

趙宸神色幽深了些，忍不住伸手從榮寶珠的衣襬下方伸了進去，握住她的柔軟，他這才發現她今天穿的男裝似乎很寬鬆，很容易就握住了她的柔軟。雙手在她身上遊走，順著柔軟一路往下，來到小腹處。

在摸到那微微隆起的小腹時，趙宸整個人僵住，倒吸一口氣。

這——寶珠的小腹怎麼鼓起來了？

趙宸就算是個男人也曉得這意味著什麼，可——這怎麼可能？他的身子都還沒康復，寶珠怎麼會懷上？這肚子怕是有三個月了吧。

他腦子這會兒有些嗡嗡作響，只緊緊盯著懷中平靜的睡顏。

榮寶也感覺到被人緊盯著的那種緊迫感，忍不住睜開了眼睛，就望見趙宸正死死地看著她。

榮寶珠坐起身子，雙手下意識放在小腹上。

「殿下，您怎麼了？」

趙宸臉色有些不好，順著她起身的動作視線落在她的小腹處。「妳的肚子是怎麼回事？」

原來他知道了？定是方才她睡著的時候發現的，榮寶珠也沒打算瞞著了，攥緊拳頭笑道：「過來後一直忙著，這事還沒來得及告訴殿下。殿下，我懷了身子，三個月了。」

趙宸臉色沈沈，要真是他的孩子，那的確跟上次他去江南的時間對得上，可他的身子明明就……

趙宸實在是太慌了，他很清楚自己中了什麼毒，薛神醫曾經說過，他的毒未清除前，是絕對不可能讓女子懷孕的。榮寶珠嫁過來幾年了，肚子一直沒有動靜，怎麼會突然懷上了？這會兒他的腦子太亂，下意識就覺得寶珠懷的是其他人的孩子。

榮寶珠見他臉色如此就知他肯定是在懷疑她肚子裡的孩子是誰的，她有些想笑，也有些想哭，自己的確太瞭解他，他果然懷疑她，他竟然不相信她，竟然覺得她肚子裡的孩子是其他人的。

榮寶珠強忍著心中的悲憤，強笑道：「殿下難道不歡喜嗎？殿下，我們終於有孩子了，殿下喜歡男孩還是女孩？我都喜歡，只要是我同殿下的孩子，不管他如何，我都……」

「住嘴！」趙宸忍不住喝斥。「妳出去！讓我靜靜。」

榮寶珠的笑容頓住，笑容慢慢淡去，只餘下一片冰冷。「殿下這是怎麼了？難道不喜歡孩子？」

「滾出去！」趙宸暴怒，下意識就想把身邊的東西全部揮開。

榮寶珠離他太近，他這一下又用了好幾分的力氣，她一個沒防備直挺挺地從床上栽倒在地面上，發出砰的一聲響動。

榮寶珠只覺肚子猛地被震了一下，小腹處傳來輕微的痛感，她忍不住悶哼了一聲。

外面守著的子騫早就聽到裡面的動靜，方才殿下暴怒的時候他不敢進來，這會兒聽見這聲巨響終於忍不住掀開簾子大步走了進來，一眼就瞧見王妃仰倒在地上，捂著肚子臉色蒼白得嚇人。

「王妃！」子騫大驚，大步奔了過去就想把人扶起來。

還不等他把寶珠扶起，床上的趙宸已經回神，臉色也有些發白，直接下了床榻把她小心翼翼地抱了起來。「妳沒事吧？我不是故意的。」

榮寶珠捂著小腹不說話，面色越來越白，趙宸有些被駭住了。

子騫急道：「殿下，這是怎麼回事？要不要把軍醫請過來替王妃看看？」

趙宸點頭。「快去把軍醫請來。」

榮寶珠啞著聲音道：「不必了，我自己就是大夫，只是摔了一跤，不是什麼大事。子騫，你先出去吧，我同殿下有話要說。」

子騫遲疑，趙宸看了他一眼，他這才退了下去。

趙宸小心地把她放在床榻上。「妳沒事吧？方才是我不好，我不是故意的。」

榮寶珠搖頭，捂著腹部慢慢坐了起來，直視趙宸的雙眼。「殿下，為什麼您不高興？我懷了孩子您不開心嗎？還是您不想要這個孩子？」

趙宸原本緩和的臉色又沈了下來，他緊緊盯著榮寶珠的小腹，半晌後才啞著聲音道：「妳不可能懷上的。」

榮寶珠臉色發白。「為何？」

「因為——」趙宸慢慢抬頭。「因為我中毒了，不可能讓妳懷上孩子。」

榮寶珠想笑，她揚起嘴角，卻露出一個比哭還難看的笑容來，聲音哽咽。「所以殿下懷疑我不忠？」

趙宸沈默，他下意識覺得她不可能背叛他，可她又不可能懷上。這會兒他的腦子實在是太亂了，什麼都思考不出來。

榮寶珠終於笑了起來，笑著笑著卻捂住了臉，眼淚順著手指縫隙一滴滴落在她藏青色的衣袍上，砸出一朵朵暗色的淚花來。

趙宸喘著粗氣，腦子亂成一團。

外面子騫又道：「殿下，萬老同風華大人過來了。」

「滾！」趙宸暴喝。「全都滾出去！」

說罷，他忽然起身，赤著腳下了床，一腳踹在旁邊放著不少書信的大書案上。他用的力氣極大，那書案被他踹翻好幾丈遠，發出砰的一聲巨響。

外頭的風華跟萬老如何還站得住，都衝了進來，瞧見一屋子狼藉忍不住目瞪口呆。

風華喝斥：「殿下，您這是在做甚？瞧瞧您這像什麼樣子！」看見跪在床上捂著臉的王妃，他心裡的不安越來越大。

萬老也道：「你們是怎麼回事？」

這小倆口應該挺恩愛的，王妃又是個明事理的人，不可能這種時候惹惱殿下，他一時也有些摸不著頭腦。

趙宸赤腳站在地上，喘著粗氣，面容有些猙獰。

風華心中不安，上前幾步來到榮寶珠面前，溫聲道：「殿下脾氣不好，妳莫要怪他，王妃若是心裡難受不妨說出來，我同萬老都會幫妳的。」

榮寶珠擦了眼淚，慢慢抬頭，不再看趙宸一眼，她下了床榻，穿上鞋子，對風華跟萬老福了福身子。「沒什麼大事，我就不打擾大人和殿下了。」說罷，在一屋子人的目光中慢慢地朝外走去。

剛走到營帳門口，趙宸就怒道：「妳給我站住！」

風華忍無可忍，忍不住踹了趙宸一腳。

「你是怎麼回事？朝王妃發什麼脾氣！」

榮寶珠沒有回頭，還是慢慢地走了出去。

趙宸見她的身影消失在營帳外，心底開始慌亂了起來。

風華又忍不住問：「到底是怎麼回事！」

趙宸無力地坐下，疲憊地道：「沒什麼事，你們出去吧。」

兩人見他如此，也實在不好問些別的了，先後離去。

趙宸在床頭坐了許久，臉色晦暗不明，半晌後才叫子騫進來，啞著聲音道：「你去把王朝叫進來。」

王朝很快就來了，趙宸直接道：「這幾月，王妃一直在江南？」

王朝點頭。

「王妃這幾月的確是在江南，每日為了趕製傷藥，基本上都是在藥堂裡待著，偶爾會去王府坐坐。王妃是真的一心一意為殿下著想的。」

這幾月王妃的辛苦他們都看在眼中，方才屋裡的事他也曉得一些，殿下同王妃吵了起來，怕又是殿下的倔脾氣上來了。

趙宸沈默半晌，忍不住嘆了口氣。

「你出去吧。」

他想著或許是他誤會寶珠了，可……她肚子裡的孩子到底是怎麼回事？自己的毒明明還未解。在營帳裡坐了大半天，他思來想去後悔到不行，方才他真不該對寶珠發脾氣，可是寶珠肯定有事情瞞著他，這孩子是怎麼回事，她一定曉得。

晚上的時候，風華過去趙宸的營帳，問了白天的事。「白天的時候你到底是怎麼回事？我瞧著王妃都哭了，你脾氣收斂些，王妃對你如何你最清楚不過。」

風華對趙宸來說跟父親差不多，他就沒把這事瞞著。「她懷了身子。」

風華一怔，隨即臉色也有些沈，問道：「你就因為這個發脾氣的？你……你怎麼就這麼肯定王妃不能懷上？你要是冤枉她了可該怎麼辦？王妃對你如何，你是最清楚不過了，我相信這孩子是你的，王妃不可能背叛你。」

他中毒的事情也就只有風華與薛神醫知曉。

趙宸沈聲道：「我曉得，只是我始終想不出原因來，我也相信她，她肯定知道是怎麼回事，但她為何不肯告訴我實情？」

都說當局者迷，風華知道殿下是太在乎王妃了，只怕上午他一聽見王妃懷孕的事情就懵了，殿下本身又中毒多年，不可能讓女子懷孕，怕是根本來不及多想，來不及思考，下意識就在抗拒這件事，可殿下這樣該多傷王妃的心啊！

風華忍不住嘆氣，看著殿下長大的他也曉得他的無情，這二十多年來他都沒喜歡上誰，除了王妃。可他性子孤傲、自大，又不肯低頭，真不曉得這次兩人會鬧成什麼樣子了。

風華想了想勸道：「不管如何，你都不該對王妃發脾氣，王妃是一心一意為你著想的，況且還有王朝他們四名侍衛隨身跟著王妃，想來你也從王朝那裡聽說王妃這段日子都做了什麼，更加不該懷疑王妃。聽師傅一句話，你去看看王妃。至於孩子的事情，你可以去問問薛神醫，我聽聞薛神醫在附近，這些日子已派人去尋，想必不出幾日就會有消息。」

趙宸一臉陰沈地點了點頭，他如今不是懷疑寶珠，只想把孩子的事情弄清楚，他這會兒腦子還是有些亂，一時理不清頭緒。

風華起身。「你過去跟王妃賠個禮，王妃性子軟，你多哄哄就沒事了。」說罷就轉身出去了。

榮寶珠從趙宸的營帳出來後，直接過去她休息的營帳，這會兒她的小腹還有些悶疼，她心裡擔心得厲害，吃下一顆養生丸後就臥床休息了。由於腦子太亂，她睡不著，只拉過衾被蓋住了頭，整個身子蜷成一團埋在衾被中。她心裡難受，來之前她想過把懷孕的事情告訴趙宸，後來還是下意識地瞞住了，她怕，她真的不曉得如果殿下懷疑她，自己會如何處理，打掉孩子？不，這當然不可能。

她也沒想到他會發這麼大的脾氣，難受的同時心中更多的卻是失望，除了重生和瓊漿的事情沒告訴他，自己真是對他一心一意了。

榮寶珠很想現在就離開軍營，可她不敢拿孩子做賭注，方才那一跤摔得太狠了，她怕這時候再趕路回去孩子會保不住。

趙宸中毒，她卻還能懷上身子，這孩子的身子骨兒肯定不好，就算如此，她也從來沒想過放棄孩子，這會兒更加不願意因為趕路而害了孩子。

況且沒有趙宸的手諭，她一個人根本離不開這地方。

亂糟糟地想了一會兒，聽見營帳門口傳來士兵恭敬的聲音。「殿下，林公子正在裡面。」

榮寶珠是以男裝身分出現在軍營，除了趙宸的幾個親信，其他人根本不知她是王妃，都還以為是風華從哪裡請來的神醫。

趙宸道：「你去遠處守著，沒我的吩咐不許進來，也不許讓其他人靠近這裡。」

「是！」那士兵轉身離去。

趙宸進了營帳，一眼就瞧見床榻上那隆起的一團，心裡有些疼得喘不過氣來，他這輩子最在乎的人就是她了，不想兩人卻成了這般模樣。一步步地走到床頭坐下，他掀開衾被，見她正縮成一團閉目休息。

榮寶珠的眼皮輕輕顫抖，洩漏了她此刻並沒有睡下的事實。

趙宸伸手撫上她的腹部，那微微的隆起讓他心中升起奇異的感覺，有些茫然，更多的是感動和歡喜。

榮寶珠整個人僵住，再也裝不下去，猛地睜開眼睛坐直了身子，甚至是朝後退開了兩步，避開他的觸碰，神色也有些驚恐。「你……你不要傷害孩子。」

「誰同妳說我要傷害孩子了？」趙宸臉色立刻黑了，伸出去的手並沒有收回，反而伸手把她整個人拽進懷中，另一隻手從她的衣襬下方探了進去，罩在她的小腹上，那微微隆起的觸感越發明顯，他又忍不住懊惱起來，方才真不該對她發脾氣。

榮寶珠身子僵得厲害。「殿下自知曉我懷孕後就沒了好臉色，可想而知對我肚子裡的孩子有多不喜了。但他是我的命，我不會讓任何人傷害他。」

看著他越來越難看的臉色，榮寶珠強忍著懼意道：「殿下，您還記不記得您曾經許過臣妾一個條件，說是不管什麼事都會答應臣妾，如今臣妾只求殿下能夠饒了這孩子。」

趙宸猛地收手起身，猙獰道：「我在妳眼中就是這麼一個心狠的人？」

榮寶珠沈默不語。

趙宸卻當她默認了，心裡氣得都想殺人，他曉得這會兒肯定是不能再跟她說下去，怕自己又會做出什麼傷害她的事情，冷著臉道：「妳好好休息，我明日再過來看妳。」說罷就甩袖離開了。

榮寶珠怔怔地坐在床上，伸手撫了撫小腹，喃喃地道：「別怕，你父王不要你，我要你。」

這兩日早上，榮寶珠都會過去營帳中幫趙宸進行治療。

趙宸瞧見她進來，跟子騫交代幾句就讓他出去了。

榮寶珠上前在床頭的小杌子上坐下，淡聲道：「殿下的身子還沒好，今兒我還要替殿下治療。」說罷伸手搭住了他的脈搏。

趙宸人雖然醒了，可體內的毒還沒清除乾淨，榮寶珠並沒有再餵他瓊漿，只餵給他解毒丸，又放了毒血，再熬煮藥湯給他泡澡。熬煮藥湯的事情她並沒有親力為之，而是吩咐軍醫執行。

不想剛交代完，趙宸已經冷著臉道：「讓軍醫下去熬藥，妳在這裡待著，待會兒還需要妳幫忙。」

榮寶珠張了張口，最後還是什麼都沒說，只讓軍醫下去熬煮藥湯了。

一個時辰後藥湯才熬煮好，兩人就這麼默不作聲地在營帳裡待了一個時辰。

軍醫抬了藥湯進來就退出去，趙宸起身看了她一眼，榮寶珠也看著他。

趙宸道：「過來幫我脫衣。」

榮寶珠起身，沈默不語地替他脫了衣衫，他身子精瘦，寬肩窄臀，身上佈滿大大小小的傷口，她的指尖偶爾會觸碰到他的身子。

趙宸低頭看她，她的手指無意間觸著他的身子，他心底有些癢，也有些軟，正想低頭同她服句軟話，外面突然響起子騫的聲音。「殿下，薛神醫來了。」

趙宸嗯了一聲，對榮寶珠道：「妳先回去休息吧。」

榮寶珠點頭，直接退了出去。

子騫帶著薛神醫進來，薛神醫還是老樣子沒什麼變化，瞧見趙宸無奈地道：「你把我叫來做甚？你這不是好好的？」

趙宸讓子騫出去後，隨意披了件衣衫在身上，問道：「薛神醫，我毒未除之前真的不能讓女子懷孕？」

薛神醫瞪大眼。「誰懷上了？王妃？」

趙宸點頭，隨意在榻上坐下，眉宇間滿是疲憊。

薛神醫直接上前替趙宸把了脈，唔了一聲。「毒雖還沒清除，不過比之前好多了，怕是有人替你醫治過，不過沒有我說的那幾種草藥，你這毒也不可能徹底根除，不過說實話，你這毒還沒清除前，基本上是不大可能讓女子懷上的……」

瞧見趙宸皺眉，薛神醫忙道：「你也別急，我只是說不大可能，沒說是絕對，這世上沒什麼絕對的事情，許是王妃身子特殊，能懷上也說不定。」

「什麼叫身子特殊？」趙宸忍不住問。

薛神醫看了他一眼。「身子特殊就是，比一般人的痊癒能力要好一些，甚至因為從小泡藥草而百毒不侵，這樣的女子就有可能懷上你的孩子。不過，我也直截了當地跟你說了吧，你這毒，就算能讓女子懷上了，那孩子也活不下來。」

趙宸臉色發白，抿唇不語。

薛神醫看了眼旁邊的藥湯，過去聞了聞味道。「這誰配的解毒湯藥，真是不錯，醫術了得。」

趙宸沒說話，薛神醫哼了聲。「聽說你中了毒箭，這會兒看來是死不了，既然如此，我就先走了。」

趙宸讓子騫把人送了出去，自己在床頭坐了許久，腦中只剩下薛神醫最後那句話。「那孩子也活不下來。」

榮寶珠出了營帳，這幾日休息過後，她的肚子好多了，這會兒沒什麼痛感，她就不想留在這兒了。她把趙宸接下來所需的治療都寫下來交給風華，並告訴他自己打算回去了，她繼續留在這裡也沒什麼用。

小倆口的事，風華插不上嘴，道：「妳去同殿下說一聲吧。」

榮寶珠點頭，來到趙宸的營帳，子騫直接讓她進去了。

趙宸這會兒還坐在床頭，聽聞寶珠進來，抬頭看了她一眼。

榮寶珠瞧見那藥湯還沒動過，張口想勸說兩句，還是什麼都沒說出口。

趙宸啞著聲音問道：「過來做甚？可是有什麼事情？」

榮寶珠道：「殿下的身子恢復得差不多了，之後只要天天泡藥湯應能痊癒，臣妾想著這兒不需要我，且我留在軍營太久也不好，所以想先回去了。」

趙宸有心想留她下來，可也知道她說的是實話，這裡是軍營，戰爭隨時都有可能爆發，她還懷著身子，留在這裡實在不妥。又想起方才薛神醫的話，他不由得看了她的肚子一眼，她卻下意識捂住了小腹，似怕他傷害了孩子。

趙宸心裡苦笑，實在不敢把薛神醫的話告訴她，怕她會胡思亂想，說道：「妳想回去江南可以，不過妳還懷著身子，這會兒雖是初春，路上還是有些寒冷，不要騎馬了，坐馬車吧，路上讓車夫趕慢些。」

榮寶珠點頭。「多謝殿下。」說罷便不看他一眼轉身離開了。

出去後，自有人幫她準備了馬車，大約一個時辰後就能出發，由四名侍衛陪同她一塊兒回去。

她來的時候是騎著小九，這會兒自然用不上，榮寶珠撫了下小九的腦袋，溫聲道：「待會兒我們就要回去了，你就跟在馬車身後，不要到處亂跑可曉得？」

小九極通人性，用大腦袋蹭了蹭榮寶珠的手，她這才上了馬車，馬車漸漸駛出軍營。

趙宸站在營帳門口看著馬車慢慢離去，心裡空成一片，隱隱有些不安，甚至都想開口把她留下，到底還是覺得不妥，硬生生忍住了。

他在營帳外站了很久，目光一直注視著榮寶珠離去的方向。

第四十一章

榮寶珠的馬車很快就駛出了軍營，這裡是山路，路兩旁都是連綿起伏的大山，這位置本就偏僻，走的人不多，所以路不好走，車夫駛得極慢。

前面兩名侍衛帶路，後面兩名侍衛護著馬車，小九就跟在馬車左側慢悠悠地往前跑。

榮寶珠坐上馬車後心裡才踏實了，說實話，她不知殿下會如何對她，還不如離他遠遠的，至於其他事情她也沒多想。

馬車走了四、五天都還未走出這山路，榮寶珠這幾日怕孩子會出什麼事情，所以都儘量讓車夫走慢些。

這日眼看著夕陽西下，榮寶珠讓人停下馬車休息，晚上不趕路，怕會出意外。

王朝他們尋了柴火過來生火煮了熱食，這些都是臨走時殿下交代他們的，說是白天趕了一天路吃些涼冰冰的乾糧，晚上就要讓王妃多吃點熱食。

這裡挨著大山，王虎很快就在山中獵了好幾隻野味過來，開腸剖肚，剁成一塊塊，清洗乾淨，同精米熬出肉粥。

榮寶珠懷孕後不害喜，什麼都吃得下去，光是肉粥就喝了兩碗，差不多飽了。

吃了熱食，榮寶珠就上了馬車打算休息，不想外面忽然傳來鬧騰騰的聲音，她掀開簾子看了一眼，心裡就咯噔了一聲，方才還很安靜的大山中竟竄出不少拿著刀的土匪來，估摸著有幾十人。

王朝他們臉色也變了，怎麼都沒想到會在這附近遇上土匪。

其中一名土匪大冷天也不嫌冷，穿著一身敞開胸膛的褂子，露出雄健的胸膛來，面容剛毅，有些黝黑粗獷，他扛著大刀哈哈大笑著。「真是沒想到在這種地方也能碰見幾個小魚小蝦。」

他身後站著一名個子稍微矮些的男人，笑道：「大哥運氣好，瞧著這馬車華麗，肯定是個有錢的主兒。」

身後的土匪都興奮地大笑了起來。

王朝示意另外三人先不要動手，如今他們才四人，最主要的任務還是保護好王妃，他上前一步朝著那黝黑粗獷的大漢拱了拱手。

「這位大哥，大家都是江湖中人，瞧大哥也是個講義氣的人，大哥若是求財，我們身上的銀子留下，希望大哥放我們一條生路。」

那漢子大笑道：「成，把你們身上值錢的都留下……」說著目光轉到小九身上，眼睛一亮，笑道：「這匹馬也留下，他奶奶的，多少年沒瞧見過這麼好的馬了！」

榮寶珠坐在馬車中自然也都聽見了他的話，咬牙攥拳，她當然不想把小九給他們，可她知曉利害關係，便什麼話都沒說，只盼著待會兒小九聰明點，趁著他們不注意能偷偷跑掉。

王朝跟其他幾人把身上的銀子和值錢的東西都留了下來，即便他們不願意交出小九，可這會兒王妃才是最重要的，不能因為小九跟這些人起了衝突。

粗獷漢子吩咐手底下的人把銀子跟值錢的東西都收了過來，又讓人把小九牽走，沒想到小九死倔，站在那兒動都不動，那人拉了半天還差點被小九給扯摔了。

粗獷漢子原本是打算過去馬車裡瞧瞧，這會兒見小九這麼倔，忍不住咦了一聲。「這脾氣可真夠倔的！」說著親自上前拉住小九的韁繩。

這人力氣似乎極大，光用一隻手都能把小九扯得往前了幾步。

小九叫了兩聲，不停踢踏，顯得極為不安，饒是被那人拖著往前了幾步，牠也不肯跟他走。

那漢子忍不住罵了兩聲，拿大刀拍了拍小九的腦袋。「他奶奶的，你再不聽話，老子就砍了你！」

馬車中忽然傳來一個極為沙啞的聲音。「小九！」

小九一聽見榮寶珠的聲音，掙扎得更加厲害了，她又道：「小九同他離開，你乖乖的。」

小九竟漸漸安靜了下來，那人咦了一聲，目光忍不住往馬車看了幾眼。

王朝上前擋住了那人的目光。

「大哥，銀子跟馬都是你的了，能不能放我們離開了？」

這會兒天色已經完全暗了下去，路的兩邊都是連綿大山，顯得越發陰森了起來。

那大漢唔了一聲，用大刀指了指馬車裡。

「裡頭是什麼人？」

王朝道：「是我家公子，身子有些不舒服。」

「我瞧瞧！」這漢子說罷已經繞過王朝，打算把車簾掀開瞧瞧裡頭的人了。

王朝四人立刻上前圍住了馬車，王朝冷聲道：「大哥，你這是做甚？裡頭是我家公子。」

那人不滿地道：「我就是瞧瞧，你們慌什麼！」說罷又繞過幾人，拿刀挑開車簾子。

這會兒天色暗，榮寶珠坐在裡面，四周又有簾子圍著，想來那人也瞧不清她的容貌，況且她還是男子打扮，她忍不住撫上肚子鎮定了些。

卻不想，那漢子瞧見她時竟愣住了，過會兒才放開簾子，咂巴了下嘴，把刀扛在肩膀上，揚眉道：「裡面的人我看上了，這銀子跟馬我都不要，就要他了！」

這話一出，不僅王朝他們怒了，連那粗獷漢子的手底下人都奇怪起來，聽聲音那馬車裡的確是個公子哥兒，怎麼老大不要銀子和這馬，要個男人做甚？

榮寶珠心裡一緊，想不明白這土匪頭子到底是怎麼回事。

王朝幾人上前把馬車護住，冷聲道：「這位大哥，你方才還說得好好的，如今為何反悔？你也是江湖中人，也不怕說出去被人笑話。」

那人哈哈大笑。

「我怕什麼，我就是看中他了，這會兒什麼都不要，就要他了！」他手底下的人跟著起哄。「我們老大說要什麼就要什麼，你們還是趕緊滾吧，把銀子跟這馬都帶上，咱們不要了。」

這人性格豪爽，連銀子都不要了，非要王妃不可，可見是王妃身上有什麼吸引他的地方。王朝他們看出這人應該不是大惡之人，若真是大惡，上來就直接跟他們拚殺了，這會兒還能好好同他們說話，顯然是不願動刀。

王朝還想再勸說兩句，那人已經不耐煩地道：「滾，都趕緊滾，老子說了只要馬車裡頭的人，再磨蹭就全殺了。」

王朝知曉這會兒怕是說不動他，同其他幾人使了個眼色就朝著那土匪頭子衝了上去。

那人功夫不錯，同王朝四人打鬥起來還是遊刃有餘。

榮寶珠從車簾子縫隙中能夠窺看一二，她擔心王朝他們，心裡急得不行，看樣子王朝他們根本鬥不過這人，今兒王朝他們若是輸了，自己肯定會被這些土匪抓走，不管如何，她都必須逃走，眼下正亂著，趁這時候逃走比較不會有人注意到。

榮寶珠四處查看了下地形，馬車後方是死角，並沒有在那些人的視線中。她悄悄地掀開馬車後方的簾子，小心翼翼地從後面跳下馬車，彎著身子朝一側的草叢爬了過去。

小九似乎注意到情況有變，朝榮寶珠那邊看了幾眼，然後一溜煙地朝著她跑去。

那人注意到馬車後方的異常。

「趕緊的，過去瞅瞅是怎麼回事，那馬怎麼跑了？」

腳步聲響起，榮寶珠知曉躲不開了，吹了下口哨，小九立刻跑到她面前，她趕緊上馬一夾馬肚，小九就飛奔而去。

「老大，那人跑了！」立刻就有人叫嚷了起來。

那漢子大罵了一聲，怒道：「都趕緊過來，這四人纏住老子了，老子去追人。」立刻有數十人上來把王朝四人給纏住，那漢子則上馬朝榮寶珠逃開的方向追去。

小九常年服食瓊漿，早比那些千里馬汗血寶馬的腿力強多了，一般的馬更不用說，肯定是追不上牠。不想那人的馬竟不錯，緊緊地追趕著榮寶珠。

榮寶珠拉住韁繩朝著山中奔去，這山上地形雜亂，想找人也就難了些，一人一馬往深山裡走了許久，身後追趕的聲音漸漸消散。

這一連跑了大半天，早就進到深山中，榮寶珠讓小九停下來，自己也下了馬。這會兒天色全暗，她點了身上的火摺子，在附近尋了個樹洞躲進去，讓小九歇在樹旁邊。

這跑了大半夜，榮寶珠累極了，便躲在樹洞裡睡下。

翌日醒來，天色已經大亮，今兒天氣似不錯，有陽光透著密林的縫隙照射下來。榮寶珠牽著小九繼續朝前走去，她昨天逃出來的時候，身上僅帶了些碎銀子、火摺子和一把匕首。

這時已經快三月了，天氣還是有些冷，樹林子裡也沒什麼吃的，雖偶爾會竄出一些野兔，可榮寶珠完全不會抓，這會兒小八又不在，她只能餓著肚子繼續朝前走。

這廂榮寶珠還在山林裡，另一頭的王朝已經匆忙朝軍營那邊趕去了。

昨天晚上那些人纏了他們大半個時辰，最後誰也沒傷著他們，全跑掉了，他們四處尋了許久，也沒見著王妃，王朝讓其他三人繼續尋找王妃，自己一人前往軍營，在下午時候趕到了營區，打算把這消息告知殿下。

守衛的士兵得知是求見殿下的人，便去通知風華，風華立刻讓人進來了。

「可是王妃出了什麼事情？」風華不笨，這會兒王朝不在王妃身邊守著，顯然是出事了。

王朝點頭，心裡亂糟糟的。

「的確是王妃出了事情，昨日晚上紮營休息的時候，碰見一夥土匪，那人什麼都不要，只說要王妃的人，後來王妃趁著我們打鬥時騎馬逃開了，王虎他們還在山裡頭尋王妃，屬下實在擔心，就趕過來跟殿下說一聲。」

風華聽得直皺眉，殿下這幾日本來就因為王妃的事情煩著，這時若是聽了這消息真不知會如何。不過風華也沒打算瞞著趙宸，還是親自過去跟他說了聲。

趙宸一聽這消息，臉就白了，赤腳下床就給了王朝一腳。「你們怎麼做守衛的！」

王朝被踹了一腳，悶不吭聲，心裡也是極擔心王妃。

趙宸連想殺人的心都有了，想了半晌才啞著聲音道：「立刻派士兵去找人，把這些大山全翻過一遍也要把人找出來！」

子騫立刻打算出去安排人，趙宸喊道：「等等，我也跟著一起去。」

「殿下，不可。」風華嘆道。「我知曉殿下擔心王妃，可這裡離不開殿下，殿下三思，況且殿下如今的身子也不適合奔波，不如就讓子騫跟王朝帶人去尋。」

趙宸站在原地，俊美的面容有幾分猙獰，喘著粗氣，拳頭攥得死緊，半晌後才啞聲道：「趕緊派人去找吧。」

說罷，他整個人似沒了力氣，坐在床榻上，雙肘支撐在膝蓋上，大掌緊緊捂住了臉。

風華嘆息。

榮寶珠拉著小九在深山中走了好幾天，小九雖比一般的馬兒聰明，可這會兒往山裡走得太久，小九也不記得路了。

這幾天榮寶珠只摘一些野果子來吃，如此又走了數天，眼前的密林漸漸稀疏了起來，榮寶珠心中一震，曉得快要走出這片山林了。

樹林稀疏，榮寶珠騎上小九趕路的速度快了些，又走了一天，兩人終於走出這座大山，她一時有些呆住，怔怔地看著眼前的景象。

說起來這似乎並不算是走出了大山，不過是來到一處被密林圍住的谷地罷了，這地方極大，榮寶珠站在山上瞭望能夠看見炊煙裊裊，還有不少房屋和嫩綠嫩綠的田地，看起來像是一處小村子。

榮寶珠心裡鬆了口氣，碰見人煙總比待在那密林裡好，這裡人煙不少，只要下去找人問問，應該就清楚出去的路要怎麼走了。

榮寶珠騎著小九下了山坡，一路朝著那人煙處走去，臨近能瞧見田地裡有不少勞作的人家。那些人穿著粗布麻衣，瞧見陌生人來都站直了身子指指點點的。

榮寶珠下了馬，來到一名頭髮有些花白的老婆婆面前問道：「在下林玉，請問婆婆，這裡是什麼地方？我迷了路，一時走不出去，能否在村裡歇息一晚？」她這半個月都是用野果子充饑，實在怕腹中的孩子受不住。

那婆婆笑道：「哎呀，這小公子怎麼跑到咱們村來了，咱們村多久沒進過外人了，瞧你這模樣怕是受了不少苦頭，莫怕，莫怕，你想在村裡歇息多久都沒問題。老婆子我孤家寡人，家裡剛好還有空屋子，公子若是不嫌棄就住在老婆子那兒？」

榮寶珠笑道：「我如何會嫌棄，婆婆是這麼好的人，多謝婆婆了。」

看得出來這村裡都是純善之人，這些人的眼中都只有好奇，並沒有其他複雜的神情。

婆婆在旁邊的水塘裡洗過手，笑咪咪地領著榮寶珠朝著村子裡走去，一邊把村子的事情說給她聽。

這村子是前朝戰亂時候搬過來的，為了躲避戰亂，村人尋到這麼一個地方就遷居至此，這幾十年來甚少有外人。

婆婆笑道：「待會兒回去，老婆子我給你燒點熱水，再做頓熱食給你吃。不過沒啥好東西，公子莫要嫌棄。」

「怎會嫌棄，婆婆是好人。」榮寶珠連連道謝。

跟著婆婆來到村中，榮寶珠曉得這婆婆叫余婆婆，身邊早就沒其他親人了，只有她一個人住在村頭，走沒一會兒就到了余婆婆家，只有兩間廂房、一間雜物房和一間廚房。

余婆婆帶著榮寶珠來到廂房，安頓她坐下，笑道：「你在這裡坐會兒，我去給你燒水。」

榮寶珠感激不盡，也不好讓一個婆婆照顧她，便起身跟著她一塊去了廚房，幫著燒火煮水。

榮寶珠還是第一次來這種廚房，一個灶連著兩個鍋，前面一個鍋可以炒菜，後面一個鍋裡放了熱水，因為前灶燒柴的餘溫，等到飯菜燒好，後鍋裡的水也熱了。

余婆婆笑道：「林公子先吃飯，後鍋的水熱著，吃過後就能洗了。」

榮寶珠道謝，余婆婆給她做了兩菜一湯，一道蒸臘肉、一道炒野菜，還有雞蛋湯，兩人一塊兒吃了飯。

榮寶珠洗了碗後，又抬水過去準備回房梳洗，不想外頭傳來鬧騰騰的聲音，她出去院子看了一眼。

余婆婆站在她跟前笑咪咪地道：「是我們村的阿大帶著村裡的男人們打獵回來了，公子可要過去瞧瞧？」

榮寶珠點頭，扶著余婆婆出了院子，遠遠就能瞧見不少男人抬著獵物朝著這邊走來。

等那些人走到村頭的槐樹時，榮寶珠一眼就瞧見領頭的男人是半個月前打劫她的土匪，她臉色一變，立刻轉身朝著余婆婆家中走去。

不想那人眼睛也真夠尖的，這麼遠的距離他竟一眼看見了榮寶珠，二話不說，丟下獵物就朝著她追來。

榮寶珠被嚇出一頭冷汗，她沒想到那群土匪會是這村子裡的人，早知道打死她都不會留下了。

她快步跑了一會兒到院子裡，不想那人已經追上，一把拉住了她，哈哈大笑。「真是沒想到，老子找了妳好幾天，妳竟跑到咱們村來了，妳說說這算不算緣分。」

榮寶珠冷聲道：「鬆手！」

那人大笑。「不鬆，好不容易抓住了，怎麼可能鬆手！」

榮寶珠氣急，其他人也都走了過來，那些土匪還納悶自家老大為何抓著一個公子哥兒。

那人笑道：「這不就是半個月前咱們攔下的那人，沒想到還是在此撞見了。」

余婆婆上前拍開那人的手。

「阿大，這是怎麼回事，你認識林公子？林公子是上午才來咱們村的，阿大你怎麼會認識他？」

那叫阿大的漢子支支吾吾說不出話來，其他人大笑。

「余婆婆，大哥看上這人了，之前碰上他，大哥就想把人抓回來，沒想到讓人跑了，竟還跑到咱們村裡來了。」

余婆婆瞪眼。

「你們……你們又出去搶東西了？」

阿大笑道：「哪有啊，沒搶，就是碰見了。」

余婆婆又道：「你……你真喜歡這林公子，阿大，可……可林公子是個男人啊！」

阿大哈哈大笑，瞅了榮寶珠一眼。

「誰說她是男人了，我認人的眼光最準了，這就是個娘兒們，我就是喜歡她，一眼就看上了。」

榮寶珠目瞪口呆，她還納悶這人為何非要她不可，竟是這個原因，不過這原因實在是可笑，哪有什麼一眼就能喜歡上人的？

周圍的人一時都有些無話可說，余婆婆驚訝地看了榮寶珠一眼，隨後才道：「好了，好了，都別說了，嚇著人家林姑娘了，都先回去吧。」

回去的路上，榮寶珠才從余婆婆口中得知，這叫阿大的男子本名叫孟源，爹娘早就過世了，家中只剩下他一人，平日裡會帶村裡的男人們去山中狩獵，似乎偶爾也做些打家劫舍的勾當，不過從來沒有傷害過人。

余婆婆還告訴她，別看這孟源大大咧咧的，其實心眼很好，莫要怕他。

榮寶珠一路沈默不語，余婆婆只當她是受了驚嚇，送她回房讓她梳洗，還把自己一套年輕時穿的衣裳給她。

「姑娘別怕，咱們村裡沒壞人，妳也不必做男子打扮了。」

眼下就算她想做男子打扮也不大可能，她的東西、易容的藥物都在馬車上，她最慶幸的是藥箱裡的那小半瓶瓊漿已經用光了，不怕被趙宸發現什麼。

榮寶珠拿了衣裳回房梳洗，余婆婆的衣裳正好合身，只不過這樣一來，她的肚子就明顯了，別人一看就知曉她懷了身子。

榮寶珠倒是不怕，反而放心了些，那孟源既然認出她是女人，還說喜歡她，如今她懷著身子，看他還如何喜歡。由於她身上也沒什麼首飾跟簪子，一頭黑髮只能用之前的綢緞束在腦後。

等她人走出去時，余婆婆一瞧見她都傻眼了，好半晌才道：「天啊，這姑娘真是太俊了，老婆子這輩子都沒瞧過這麼俊的姑娘，難怪要扮成男人了。」

余婆婆最先注意到的自然是榮寶珠的臉，隨後才發現她的肚子有微微的鼓起，一時傻眼了。「妳……懷著身子？」

榮寶珠笑道：「不瞞婆婆，我的確已經嫁做人婦，如今肚子裡的孩子有四個月了。」

余婆婆嘆息道：「也是，這麼俊的閨女，只怕早嫁人了，看來阿大這會兒該死心了。」

正說著孟源，他就到了，直接推開院門走了進來，瞧見女裝打扮的榮寶珠一時也驚呆了。

「妳……妳怎麼這麼俊俏？」

雖第一眼瞧見寶珠的時候，他就已經把她的五官估摸出個大概，卻還是沒想到這女人能美成這般模樣。

余婆婆嘆氣。

「阿大，你別亂想了，林姑娘都有男人了，這會兒還懷著身子，我看，你不如把村尾的阿茹娶了算了，你都二十好幾了，不娶妻可怎麼辦。」

孟源看了榮寶珠的肚子一眼，不甚在意，撇嘴道：「不喜歡的人叫我怎麼成親？我就喜歡林姑娘，懷了身子又怎樣，大不了咱給這孩子做爹就是了。這孩子的親爹明知曉都亂世了，還放著孩子他娘到處走動，顯然不是個什麼有責任感的男人，乾脆林姑娘就跟我得了。」

榮寶珠木著臉不說話，實在是從來沒碰見過這樣的人，都不知該怎麼還口了。

孟源見她不說話，還以為她是同意了，歡喜地道：「妳放心，以後我一定會對妳好的。」

榮寶珠頭疼。「你誤會了，我是不會同意的。」又轉頭跟余婆婆道：「婆婆，明兒一早我就打算離開了，只怕我家人已經急得不成樣子，實在不能耽誤了。」

余婆婆瞪了孟源一眼。「你就別添亂了。」又對寶珠道：「姑娘啊，這兒沒人帶路妳根本走不出去的，這事明兒再說吧。」

夜裡，榮寶珠睡得不安穩，天剛亮就醒來，幫著余婆婆做了飯。

兩人剛吃罷，孟源就來了，死皮賴臉非要待在這兒。余婆婆很是頭疼，知道這孩子的倔脾氣，怎麼勸說都沒用，一時也覺得對不起林姑娘。

榮寶珠吃過飯就打算離開村子，孟源是真的希望她能留下，見實在勸不動，就道：「罷了，既然妳非要走，我送妳出去吧。」

榮寶珠懷疑地看著他，這人半個月前還打算把她抓回來的，他的話能信？

孟源笑道：「妳別懷疑我，既然妳不願意我也不會強求，妳若是願意，隨時都能過來找我。」

他是真喜歡這姑娘，這二十多年他難得會喜歡上一個人，不過也不可能真的把人豪奪了。

余婆婆笑道：「林姑娘，阿大這孩子雖然看似魯莽，不過人還是很好的，妳就信他吧，妳這一路只怕也難走，有個人送妳回去還是更好些。」

榮寶珠遲疑，孟源嘆氣道：「余婆婆說的都是真的，我肯定不會強迫妳的，說送妳回去就是送妳回去，這路上沒人護送，妳只怕是難出去了。」

榮寶珠猶豫半晌還是同意了，這村子位置極偏，要真是她一人亂闖，只怕也出不去，不過既然是他送自己，她打算先易容一番再走。

那幾種草藥並不難尋，村子裡就有，榮寶珠下午就把藥膏調好，易容之後才牽著小九跟著孟源一塊兒走了。

看著前面牽著高頭大馬的男人，榮寶珠一時有些感慨，半個月前她認為還是土匪的人這會兒卻要護送她回江南了。

前面的孟源回頭看了榮寶珠一眼。「妳懷著身子，我們也不用太趕，這段路不好走，咱們慢慢走出去，之後再騎馬。」

榮寶珠點了點頭。

這孟源真不是個壞人，這一路對榮寶珠是照顧有加，不過老是說一些讓寶珠跟了他的話，她都沒理他。

出了這大山之後，榮寶珠就能順著官道自己回去了，孟源卻非要送她。「讓妳一個懷著身子的婦人獨自在外，我實在不放心，妳要去哪兒，我送妳過去，省得我擔心。」

榮寶珠不願意再麻煩他，只說不用了，這孟源也不說話，默默地跟在她身後，她也只能讓他一路護送自己去江南。

這一路榮寶珠不敢太趕，由於怕傷了孩子，路上都是走走停停，花了一段時日才回到江南。

這段時日，榮寶珠對這人的瞭解多了些，知道他人的確不壞，之前的打劫是逼不得已，村裡的人都是自己種植糧食吃，收成不好的時候，他們這些男人就只能做些打家劫舍的事，不過他們從不傷人。

孟源看著越來越近的城門，嘆氣道：「我是真的喜歡姑娘，姑娘這樣我也沒法子，我不想強迫妳。」

兩人說著慢慢地朝著城門口走去，臨近城門，榮寶珠這才察覺有些不對勁，城門處的守衛增加了不少，凡進去的人都得一個個盤查，她心裡有些不安起來。

孟源也察覺出不對勁，納悶道：「江南又不在戰區，怎麼會有這麼多守衛？瞧著像是要搜什麼人。」

榮寶珠心裡咯噔一聲，要是殿下想找她，定不會在這裡搜人，只會派人去山中尋她，莫非是太后的人？

榮寶珠不放心，對孟源道：「孟大哥，要不你過去打探看看是怎麼回事，我先不進城，在城外的樹林裡等著你可好？」

孟源察覺到榮寶珠的身分不一般，鄭重地點了點頭。「妳放心，我一定會打探清楚是怎麼回事，妳先過去樹林那邊等著。」

榮寶珠騎馬去城外的樹林，孟源則前往城門，他進去的時候瞧見守衛正對照著兩張宣紙一個個認人，瞧見孟源的時候，直接讓他進去了，看都沒多看他一眼。

孟源不肯進去，蹭在城門口打探了起來，跟著那些守衛套近乎，不多時就瞧見那守衛手上拿的兩幅畫像，一幅上面畫著一匹馬跟一隻黑狗，他覺得那馬眼熟得很，仔細一想，不就是林姑娘的馬兒嗎？另外一幅畫像上是個公子哥兒模樣的人，五官竟和林姑娘女裝打扮時有幾分相似。

孟源這就明白了，這守衛要找的人不就是林姑娘？他心中覺得蹊蹺，也不敢耽誤，立刻到城外的樹林裡跟榮寶珠會合。

「林姑娘，那畫像上是一匹馬、一隻黑狗跟一個公子哥兒打扮的人，那公子哥兒的模樣同妳女裝時有幾分相似，找的就是妳吧？不過那些人的畫像跟林姑娘的男裝打扮還是有些偏差，不甚精確。」

這林姑娘的易容術真不錯，跟姑娘裝扮時看起來完全是兩個人，若是林姑娘以男裝一個人進城，那些守衛肯定是認不出她來的。

榮寶珠心裡又咯噔了一下，這些守衛顯然就是在找她，不過太后跟皇上怎麼曉得她在江南，且還是作男裝打扮？只怕是有人去跟太后告密，卻不曉得她男裝的具體模樣才畫錯了容貌。這告密者肯定不是她身邊的人，也不是殿下的親信，能夠得知小八、小九同她一起，思來想去，恐怕是盧陵刺史府裡出了內賊。

榮寶珠猜測太后跟皇上應該是把她當成最後的救命稻草，蜀王現在的聲勢如日中天，只怕不出一年就要打到京城去了，太后怕是想抓了她的人來威脅蜀王吧。不過太后跟皇上也太看得起她了，蜀王喜歡她不假，可又豈會用天下換她？

嗤笑一聲，她忍不住伸手撫了撫肚子。嗤笑過後，她卻茫然了起來，太后跟皇上把她當成唯一的救命稻草，肯定會到處找她，既然太后曉得要搜查江南這地方，邊關和盧陵她就不可能去。就算西北是蜀王的地盤，可是太后要派一些暗衛偷偷溜進邊關還是很容易的，她若是去邊關榮家，很容易就會被太后的人給找到。而盧陵還有蜀王的側妃和妾室，只怕她的消息就是那幾人洩漏的。

至於蜀王那邊，她更不可能去了，如今正在打仗，她不可能跟著他四處奔波。她之所以要回江南，而不是去找蜀王，一是他的態度讓她心寒，二是離那時候都過去半個月了，他們應該早就繼續在攻城。

天大地大，如今竟沒她的容身之處？榮寶珠茫然地牽著韁繩。

孟源曉得這林姑娘有許多秘密，但他卻什麼都不問，只道：「如今妳不能回家，肚子已經快五個月了，妳這男裝打扮都快有些遮不住肚子。妳若是相信我，就跟我一塊回村子裡去吧，村裡有不少空房子，也有接生婆，要不等孩子生下來再說？」

榮寶珠看了他一眼，心中有些感慨，原本以為是土匪頭子的人卻幫了她這麼多。

她想了許久，最後終於點了點頭，如今似乎也只能先把孩子生下來再說，等生了孩子，戰亂大概快平息了，到時再去邊關找榮家人她就不怕了。

榮寶珠既決定了，也不打算給榮家人寫信，誰知信會不會落到太后的人手中。至於蜀王，她更加不想告訴他了，反正他都以為自己肚子裡的孩子是別人的，她還替他考慮那麼多做甚？她心思一定，就跟著孟源回村。

兩人依著原路騎馬，走走停停回到村子裡，這時她的肚子已經遮蓋不住了。

兩人回去的時候，田地中的作物已經長高了許多，還有不少村子裡的人瞧見他們。

余婆婆自然也見著他們，忙從田地裡出來，問道：「這是怎麼了？怎麼又回來了？」

孟源把事情簡述一遍，余婆婆心疼地道：「可憐的閨女，阿大說的沒錯，妳就安心在村子裡把孩子生下來就是了，啥也不用擔心，這地方嚴實，外人找不到的。」

榮寶珠道：「多謝婆婆，多謝孟大哥。」

村裡有不少空房子，孟源在余婆婆家附近給榮寶珠找了間空屋，格局和余婆婆家的房子一樣，是一座小小的農家院。

村裡都是熱心腸的人，聽孟源說是外面戰亂，林姑娘的家找不到了，所以先在村子裡安頓下來，他們都相信了，還幫著榮寶珠把房子給打掃乾淨。每人都從家裡拿點東西來，有人拿鍋碗瓢盆，有人抱柴過來，有人拿糧食野味，有人拿被褥……不到下午，榮寶珠的家就收拾得乾乾淨淨，她就住了進去。

說實話，榮寶珠心裡很是感動，這村裡都是純善之人，在外頭難以碰見。

之後榮寶珠就在這村子裡住下來，因孟源家裡只有他一個人，所以他總是抱不少糧食過來給她，隔三差五去山裡打幾隻野雞，掏一些野雞蛋、野鴨蛋回來給她補身子。

榮寶珠恢復了女裝打扮，實在是她的肚子大了起來，再做男裝打扮就不成樣子了。

村裡人瞧見她的容貌都是驚嘆、稱讚，沒有一個有壞心思的。

這會兒她的肚子也六個月了，能夠感覺到明顯的胎動，不過孩子動得不多，榮寶珠心裡擔心極了，因此每次胎動的時候，她都很是激動，心裡軟成一片。

榮寶珠在村子裡過得安心，遠在戰場上的趙宸卻差點瘋了。

榮寶珠剛失蹤的頭幾日，戰爭又打了起來，趙宸只能強打起精神，領兵出征。

時間一天天過去，寶珠仍是音訊全無，邊關、廬陵或江南都沒有她的消息，趙宸的性子因此越發暴躁。

這會兒都五月了，離榮寶珠失蹤的時候已經快三個月，趙宸心裡後悔到不行，後悔那日放她離開，如今連她是生是死都不知道。

這日休戰，趙宸坐在營帳中的太師椅上，桌前放著寶珠當初遺留在馬車上的藥箱和兩件換洗的衣裳，他動也不動地看著它們，面上的表情冷得嚇人。

半晌後，外面響起子騫的聲音。

「殿下，王朝他們過來了。」

趙宸猛地起身，啞著聲音道：「快，讓人進來！」

王朝幾人進去，瞧見殿下的神情後都不由得暗嘆了口氣。

一見他們的表情，趙宸的臉色就又冷了下去，面容透著幾分猙獰。

「沒找到人？」

王朝點頭。「殿下，那日王妃只同小九離開，屬下們這三個月在那座山的附近尋到不少人家，都說從來沒見過王妃，只怕……」他們覺得王妃是凶多吉少了。

「滾！」趙宸臉色猙獰地踹倒旁邊的書桌，發出砰的一聲巨響。「再敢胡說，我就要了你們的命，現在滾下去繼續找，再找不到人就不用來見我了！」

王朝幾人默不作聲地退了出去。

子騫道：「殿下，您保重身子。」

趙宸冷聲道：「你也下去，全都滾下去！」

子騫嘆息一聲退了出去，心裡也有些酸澀，殿下這些日子的痛苦他全看在眼中，殿下這些日子就跟瘋了一樣在戰場上廝殺，連風華大人看了都忍不住嘆氣，暗暗擔心，若是再找不到王妃，殿下也不知能堅持到什麼時候。

子騫忍不住想，早知今日又何必當初？既然這麼喜歡王妃，當初王妃離開的時候又為何要同王妃爭吵呢？

榮寶珠自然不知趙宸這些日子瘋了一樣地在找她，她在村裡的日子過得安心悠閒。

而且一來村子裡，她就明確地告訴過孟源，自己有相公，對相公有感情，所以讓他死心。孟源從那以後就沒在寶珠面前說過喜歡她的話了。

榮寶珠在一次幫著村中一個染了風寒的孩子診治之後，村裡的人才曉得她會醫術，以後有頭疼腦熱、不舒服的症狀都會找她來看看，不再如同過往死撐著，村民們也越發喜歡寶珠。

榮寶珠平日裡在村子閒來無事也會去山中採藥，平日裡她都是自己一個人做飯，來村子一個月後，她跟村子裡的人熟識了不少，曉得了余婆婆口中那個叫阿茹的姑娘。

這姑娘全名叫李茹，是位熱心腸的好姑娘，模樣清秀且喜歡孟源，就算知道了孟源喜歡寶珠，也會經常來找她玩或者過來幫忙。

榮寶珠跟她熟識之後，又見阿茹對醫術挺上心，就慢慢教給她不少醫術，阿茹學得很快，顯然是有這方面的天分。阿茹經常來找她，卻從不問她的事情，還經常幫她收拾家務，做飯、洗衣之類的。

轉眼就到九月，榮寶珠的肚子越來越大，她隱隱覺得肚子有些下垂，曉得怕是這幾天就要生了，幸好該準備的東西都已經準備得差不多了。

這幾天阿茹擔心她，晚上都是陪著她一塊兒睡。

早上醒來，阿茹端著兩人的舊衣裳去河邊洗衣，榮寶珠平日不願意麻煩她，可這幾日她的肚子實在太大、太墜了，只能煩勞阿茹幫忙。

「林大夫，我去洗衣裳了，很快就回來，飯菜都在鍋裡熱著，妳快點吃了。」阿茹端著衣裳出去還是不放心，去把余婆婆叫來幫忙看著，讓榮寶珠覺得挺不好意思的。

吃了早飯，榮寶珠在院子裡走動，懷孕以來她都堅持飯後走動、幹活，這樣生的時候也容易些。

等阿茹回來時，榮寶珠的肚子開始陣痛起來，一開始並不規律，她還能忍著，等漸漸受不住了才告訴阿茹和余婆婆，兩人嚇了一跳，由余婆婆在家照應，阿茹則去把產婆請來。

肚子裡的孩子並沒怎麼折騰榮寶珠，到了下午，孩子就生出來了，這才花不過三個時辰，她也沒覺得有多疼。

等孩子出來那一刻，榮寶珠晃動的心終於安定了下來，只聽見接生婆道：「恭喜林大夫，是個小子呢！林大夫，妳好好歇會兒，我去讓余婆婆把爐子上的湯添了，端過來給妳，孩子我抱去洗洗。」

接生婆實在不敢讓榮寶珠瞧見孩子現在的模樣，孩子很瘦，身上甚至還有些青青紫紫的，一看就不怎麼健康，輕拍兩下，孩子也只是哼哼了兩聲，並沒有哭出口，她曉得這孩子怕是養不活了。

榮寶珠滿頭大汗地撐起身子。「陳嬸子，把孩子抱過來讓我瞧瞧吧。」她心裡激動，手都有些抖了起來。

陳嬸遲疑地不敢上前。「林大夫，妳還是先歇會兒，孩子這時身上髒，洗後再抱過來給妳餵奶可好？」

榮寶珠心裡察覺到什麼，臉色都白了，堅持要看孩子一眼。

陳嬸無奈，只能把孩子抱到榮寶珠身邊放下，瞧寶珠見到孩子後臉色越發白得嚇人，急忙安慰道：「林大夫別急，孩子雖然瘦了些，可慢慢調養之後肯定不會有問題的……」

連陳嬸自己都覺得這話說得沒說服力，從娘胎帶出來的毛病才是最難根治的，這孩子……哎。

孩子剛出生雖然還有些皺，可五官和趙宸簡直是一個模子刻出來的。

見孩子很瘦，且身上有些青紫，榮寶珠心裡難受得厲害，當初被趙宸懷疑她不忠，她也沒有如此難受過，在瞧見孩子的這一刻，她終於忍不住哭出聲來。

陳嬸慌了。

「丫頭，別哭啊，孩子還能慢慢調養身子，妳現在是在月子裡，把眼睛哭壞了可怎麼辦啊。」

榮寶珠的哭聲越來越大，似要發洩這一年來心中的不甘和痛恨。

外面的余婆婆和阿茹聽見哭聲都忍不住進來了，孟源本也想闖進來，卻被阿茹給攔在了外頭。

「我們進去看看，裡頭不方便，你個大男人就莫要進去了。」

兩人進去後發現榮寶珠哭得淒慘，再看孩子，心裡都咯噔了一下，也不禁難受了起來。

余婆婆跟著掉了眼淚，阿茹上前勸道：「林大夫，莫要哭了，妳剛生了孩子，傷眼睛的。」

榮寶珠把這些日子的難受全都發洩了出來，耳旁根本聽不清別人的話語，卻聽見孩子突然哭了起來，聲音並不大，甚至有些無力，她猛地抬頭，止住了眼淚。

孩子還在哭著，小小的嬰兒什麼都不知道，緊緊地捏著小拳，渾身皺巴巴的，嘴巴張大，哭聲十分微小。

榮寶珠微微彎腰，把孩子小心地摟抱在懷中。

其餘幾人都鬆了口氣，余婆婆紅著眼道：「妳瞧瞧這孩子多知道心疼娘啊！林大夫，妳可要好好把身子養好才能給小娃娃調養身子，妳的醫術這麼厲害，小娃娃肯定不會有事的。」

榮寶珠的心漸漸放開，抱著孩子點了點頭。

「多謝妳們了。」

因孩子身子骨兒弱，榮寶珠喝了湯後就給孩子餵奶了，開奶有些難，孩子吸了一天，才有了奶水。她沒打算給孩子找乳母，決定親自餵養，再說，孩子吃母乳對身子也有好處。

頭一個月，榮寶珠除了給孩子吃母乳外，並沒有用瓊漿給他調養身子，她自己本身每天就有服用少量的瓊漿，所以奶水裡也會有一些。她給孩子起了個小名「壯壯」，希望他以後能夠長得壯壯實實。

等榮寶珠出月子的時候已經十月了，月子裡她沒梳洗過，出了月子便讓阿茹幫她照看一下孩子，好好梳洗了一番。

懷孕的時候她就沒長多少肉，生下孩子後身姿就跟懷孕前差不多，胸卻更加鼓了，一出了月子，她的腰身就恢復了纖細。

出了月子不久，榮寶珠就聽聞孟源從外頭帶來的消息。蜀王戰勝，已攻打到京城，俘虜了太后跟皇上，當年先帝的遺詔被昭告天下。

十月中旬的時候，蜀王登基，年號永昌，景帝。登基後大赦天下，所有苛捐雜稅減免一半。

榮寶珠知道這消息後，抱著壯壯沈默了許久。壯壯已經有一個半月大了，五官和趙宸越來越像，比剛出生時漂亮多了，不過和其他的孩子相比還是瘦了些。她開始用羊奶跟瓊漿製成的糊糊餵壯壯，每天餵的量都不多。

十一月，天氣越來越冷，榮寶珠有心想回榮家也不大可能，因壯壯受不住，只能等他再大一些才能啟程。

之後的日子，榮寶珠把自己知曉的醫術都寫了下來，打算交給阿茹。

這日壯壯吃了奶睡得正香，外面阿茹歡喜地衝了進來。

榮寶珠停了筆，笑道：「可是有什麼歡喜的事情？瞧妳高興的。」

阿茹點了點頭，歡喜地道，「林大夫，孟大哥跟我爹娘求親了。」

榮寶珠歡喜道：「真的？那恭喜阿茹了。」

村子裡成親也沒什麼講究，下聘後就選了個黃道吉日成親，兩人是十二月完婚，榮寶珠的醫書已經寫好了，就送給阿茹作添嫁。

榮寶珠在村裡過了年節，年後壯壯都四個多月了，每天醒著的時候多了些，經過四個月的調養，白胖了不少，穿著村民們送的小衣裳、小襖子躺在炕上含手指。

榮寶珠不厭其煩地幫著小傢伙把手指從他口中拿出來，笑咪咪地道：「壯壯乖，手指不能吃。」

壯壯啊啊兩聲，目不轉睛地看著娘親。

阿茹同孟源成親後就住到孟源家中，不過還是會每天都過來陪陪榮寶珠和壯壯。

有一日，阿茹過來後，陪著榮寶珠用了午飯才道：「林大夫，現在戰亂已經平息，您有什麼打算？我們都曉得您肯定是大戶人家的女兒，只怕不會在村裡繼續待下去，若是有需要我和孟大哥的地方，您儘管說就是了。」

榮寶珠笑道：「我打算等壯壯再大些，約莫四月的時候再啟程去找家人。對了，阿茹，妳能不能讓孟大哥幫我打聽一下邊關榮家的事情。」

阿茹點頭，她自幼就住在村子裡，從沒出過村子，並不曉得榮家。可孟源和阿茹不同，他經常在外奔波，對榮家有所聽聞，知道榮家乃鎮國公府的那個榮家，一大家族被抄家發配邊關，還知榮家有個七姑娘嫁給蜀王，也就是現在的景帝。不過似乎景帝登基後，就沒聽過這位王妃的消息了，據說是身子不好，在莊子裡調養，外人都道只怕是這妃子失寵了。

孟源第二天啟程後，不過十天就回來，告訴榮寶珠說榮家人都已經回京。他大概也推測出她就是榮家那位嫁給景帝的七姑娘，不免有些為她抱不平，心裡不願意她回京城，回去後就要被困在後宮一輩子，跟後宮那些女子爭寵，她的生活不該是這樣的。

榮寶珠得知榮家人回京後，抱著壯壯在原地愣了許久。

第四十二章

到了四月份，天氣漸漸暖和起來，壯壯也七個月了，小傢伙整天在炕上爬來爬去的，成天黏著榮寶珠。

經過這些日子的調養，壯壯的身子骨兒好多了，就是比同齡的孩子瘦一些，五官漸漸長開。

榮寶珠打算啟程，告訴村裡人自己要離開了，大家雖然不捨卻也沒再留人。她也沒什麼好收拾的東西，就是兩套衣裳跟壯壯的一些東西，同時她準備了不少羊乳跟瓊漿製成的藥丸，一路上要餵給壯壯吃。

這次是孟源和阿茹一塊兒送她，幾人出了大山就在附近的鎮上買了輛馬車，由孟源做車夫，榮寶珠、阿茹和壯壯坐馬車，小九一路跟在馬車後。

坐馬車自然慢上許多，走了一個月才到京城，到京城的時候天色已經暗了，快到時城門都快關了。

孟源趕緊駕車過去，跳下馬車，上前道：「幾位大哥，通融通融，讓我們進城去吧。」

那守衛道：「不成，這城門都關一半了，總不能為你們打開吧！你們去城外待一晚上，明天一早再進城，不能為你們壞了規矩不是？」

孟源笑道：「大哥，這城門不是還沒關上嗎？足夠我們的馬車過去了。」

那守衛還是不答應，孟源道：「大哥，馬車裡坐的是榮家姑娘，要回京探親呢，你們就通融通融吧。」

那守衛哈哈大笑。「騙誰呢，誰不曉得榮家幾個女兒都嫁在京城，最近也沒聽說榮家女兒出城的消息，只有當今聖上的妃子榮家七姑娘在外頭休養身子，莫非你那破馬車裡頭坐的是聖上的妃子不成？就算聖上召見榮妃子進京，也不可能不讓侍衛護送吧？況且聖上怕是早就把這榮妃子給忘記嘍，我看你還是在城外待一晚上吧，明天一早再進城。」

孟源臉色黑到不行，都想直接揍人了，還是榮寶珠在馬車裡出聲道：「孟大哥，我們去城外待一晚上就是了，不急著進去，明日再進城也不遲。」

孟源這才冷哼一聲作罷，上了馬車去城外打算將就一晚上。

城門關上後，這幾個守衛還在談論方才有人冒充榮妃子的事情。

現任宮廷侍衛長的王朝隔三差五會在京城中蹓躂一下，偶爾會到城門口待一會兒，許是他還對找到榮妃子抱著希望，今日下了值後就過來，遠遠地就聽見城門的守衛在議論。

「方才那人還真是好笑，竟敢冒充榮妃子，誰不曉得榮妃子現在在莊子上調養身子，說是調養身子，指不定就是失寵了，現如今還沒立后，後宮也沒幾個妃子，也不知這皇后之位會落到誰家。」

另一人笑道：「可不是，冒充誰不好，冒充一個失寵的妃子，那榮家現在還不就只有個鎮國公，其餘幾位榮老爺連官位都沒復原，榮家怕是要失勢了。」

王朝聽見後，腦子嗡的一聲，榮妃子？

他幾乎是沈著臉快步走到那守衛身邊，冷聲道：「方才你們說到榮妃子？是怎麼回事？」

那守衛顯然認識王朝，慌忙道：「王大人，方才城門快關閉的時候，有輛馬車過來，說要進城，這城門都關閉了一半，當然不可能讓他進去，然後那車夫就說車裡坐的是榮家姑娘……」

王朝急忙道：「可聽見那榮家姑娘說話的聲音？」

守衛回想了一下。「聽見了，的確是京城口音，軟軟的，還挺好聽，就把那車夫給勸了回去，說是明早再進城。」

王朝焦急道：「可見到那榮家姑娘了？」

「沒。」守衛道。「那姑娘坐在馬車裡，也不知是長什麼模樣。」

王朝心頭怦怦直跳，覺得那人八九不離十，應該就是榮妃子，現在外頭都在傳榮妃子失寵，被扔在莊子上，這時候還有誰那麼傻敢冒充？

王朝立刻道：「開城門！我要出去看看！」

守衛為難地道：「王大人，您就不要為難奴才們了，這會兒都什麼時辰了，我們怎敢私自把城門打開？」

王朝頓了下，想起方才這兩人談論榮妃子失寵的事情，心裡冷笑一聲，冷不丁冒出一個想法。「罷了，你們既不願意，我去叫皇上來好了。」

兩個守衛面面相覷，等王朝離開後忍不住道：「唬誰呢，聖上怎麼可能為了一個妃子半夜出城，況且是不是妃子還不一定呢。」

王朝立刻騎馬回到宮裡，去了皇上的養心殿，讓人通報後，趙宸就讓他進去了。

這會兒趙宸還未休息，正在批閱奏摺，聽聞王朝來見，淡聲道：「現在來找朕所為何事？」

王朝心裡忍不住嘆氣，自從皇上登基後幾乎都沒睡過一頓好覺，不對，應該是自從榮妃子失蹤後，皇上就沒再睡過一頓好覺了，哪怕皇上不說，他們這些親信也都曉得皇上心裡的苦和思念。

王朝不敢瞞著，把方才的事情說了一遍。「臣也不敢肯定那城外的人到底是不是榮妃子。」

趙宸的身子頓住，過了許久才冷聲道：「朕知曉了，你退下吧。」

王朝驚訝道：「皇上？」

「退下！」趙宸又說了一次。

「是。」王朝嘆息一聲，這才退了下去。

等人離開後，趙宸怔怔地坐在榻上，眼中翻滾著說不清、道不明的情緒，許久後，他終於忍不住一腳踹翻了眼前的書案，案上的奏摺全部散落在地上。

趙宸喘著粗氣，門外的太監總管英公公心裡一驚，在門外喊道：「皇上？」

「無礙。」趙宸啞聲道。

門外再也沒了動靜，趙宸看著一地的雜亂在榻上坐下，他心裡亂得厲害，忍不住胡思亂想。既然無事，她當初為何不肯回江南或邊關？就算有事耽誤，為何不肯給他一封書信或者給榮家一封書信，就這麼無消無息，讓他辛辛苦苦找了這麼久，都快絕望了。他甚至不敢想，她要是再不出現，自己到底會如何。

好在，她回來了。

半晌後，趙宸叫人進來把屋子收拾過後，又繼續熬夜批閱奏摺，心思到底還是靜不下來，忍不住想著王朝方才的話，寶珠真的在城外？幾乎是忍了又忍，他才忍下心中那股想立刻出城的慾望。

門外響起拂冬的聲音。「英公公，皇上如何了？可要用宵夜？」

英公公低聲道：「皇上今兒只怕心情不好，拂冬姑娘還是不要進去了，省得皇上發怒。」

拂冬笑道：「無礙，英公公幫奴婢問下吧。」

英公公點頭，去門邊敲了敲，輕聲道：「皇上，拂冬姑娘送宵夜過來了，您可要用些？」

「不用了，全都退下去吧。」趙宸冷聲道。

英公公回頭朝拂冬搖了搖頭，拂冬笑道：「那奴婢先下去了。」拎著食盒退下後，她又忍不住看了一眼那巨大的宮殿，心裡隱隱有些不安，總覺得會發生什麼事情似的。

趙宸心亂到不行，根本靜不下心批閱奏摺，只能起身上床。躺在床榻上，他靜靜地看著手中那枚黑色的指環。

這一夜趙宸沒有入睡，幾乎是煎熬般地等到了天亮，侍女們依次端了熱水進來，由於他不喜其他人觸碰到自己，便揮手讓人全都退下，自己穿上龍袍，用過早膳後就去上朝了。

在朝堂之上他還是靜不下心來，目光忍不住落在鎮國公的頭上，半晌後，終於忍不住問道：「榮愛卿，今兒你家可有什麼事情發生？」

榮大老爺怔住，不曉得皇上這是何意，只能老實回道：「回皇上的話，榮家今日並沒有什麼事情發生。」

趙宸這才想起早朝的時辰比城門開啟的時間還要早一些，只怕這會兒城門才開吧，是不是等他下了早朝，就能見到寶珠了？

她怎麼樣了？孩子如何了？胖了還是瘦了？

榮寶珠他們在城外待到城門開，這才進了城，那守城門的還是昨夜的兩個守衛，這會兒還沒交班，瞧見孟源都忍不住嘲笑道：「昨兒聽王大人說去叫皇上來，我還當真呢，沒想到等了一夜都沒等到皇上來，也就王大人還把這當回事，我就說嘛，皇上怎麼可能為了一個妃子半夜出城呢。」

這話榮寶珠跟孟源都聽見了，只有阿茹後知後覺不曉得是怎麼回事。

榮寶珠心裡也沒什麼想法，在他眼中，這江山、這朝堂上的事情本來就比她和孩子重要，更何況他還覺得孩子不是自己的。

她看了眼懷中還在睡的壯壯，心裡到底忍不住冷笑了一聲，她真想看看那高高在上的人在瞧見壯壯的時候會有什麼表情，只怕任何人瞧見壯壯都曉得這是他的種吧。

壯壯似乎感覺到娘親的不安，扭動了下小身子就醒了過來，瞧見榮寶珠時眼睛一亮，咿咿呀呀地喊著。

榮寶珠心裡的陰雲散開，面帶笑意安撫著壯壯，壯壯咿咿呀呀地抓寶珠的胸，這是要吃奶呢。

孟源在外頭道：「林大夫，我們先去哪兒？」

榮寶珠道：「回榮家吧。」她遲疑了下，這才忍不住道：「孟大哥，阿茹，我有件事想跟你們說。其實我真名叫榮寶珠，並不姓林，我是榮家的七姑娘，當初嫁給了蜀王，後來因為一些事情不能回京，幸好碰見了你們，讓我有個安身之處，這些日子來我一直沒告訴你們真話，希望你們莫要介意。」

她當初不敢以真實身分相告，主要還是怕會被皇上曉得，皇上若是知道孟源就是當初想抓走她的人，只怕不會饒過孟源，甚至連村子也會遭殃，可眼下這些人真誠對她，總不能讓他們在快分離時還不知曉她的真實身分。

孟源笑道：「這有啥，名字而已，我們喜歡的是妳這個人，林……寶珠妹子，以後妳若是過得不自在了，咱們村隨時都歡迎妳。」

阿茹也跟著笑。「可不是，名字一點都不重要。」

孟源並不知榮家在哪，還是榮寶珠指路過去才找到榮家，等馬車停在榮家大門口，榮寶珠抱著壯壯下了馬車，有種恍如隔世的感覺。

榮寶珠上前拍了門，等到正門打開，那門房瞧見寶珠一下子就愣住了，半晌後才激動地道：「七姑奶奶回來了，七姑奶奶回來了！」這門房一激動，丟下榮寶珠就朝著府中跑去，一路大呼小叫地喊了起來。

榮寶珠忍不住失笑，轉頭跟孟源和阿茹道：「孟大哥，阿茹，咱們進去吧。」

孟源笑道：「寶珠妹子，送妳到家咱們也就放心了，我跟阿茹要回去了，這會兒要忙農活，家裡走不開。」

榮寶珠驚愕。「孟大哥？」

「成了，妳趕快進去吧，只怕待會兒妳家裡人要高興壞了。」孟源說罷就牽著阿茹轉身離開了。

榮寶珠抱著壯壯怔怔地看著他們，心裡酸澀得不行，等到馬車漸漸駛出了巷子，她才抱著壯壯進府。

壯壯瞧見新地方，咿咿呀呀地到處瞧著。

榮寶珠還沒到榮家四房，走廊上已經衝出一群人來，帶頭的就是岑氏和榮四老爺。

岑氏一見到她，眼淚就下來了，哭著上前道：「妳這死丫頭，這一年多妳跑到什麼地方……」

話還未說完她就看見了榮寶珠手上抱著的娃娃，臉色一變，簡直嚇壞了。當初寶珠失蹤，皇上可沒告訴過他們女兒還懷著身孕，這會兒見她抱個娃娃，還以為寶珠跟了別人，等再仔細一瞧那娃娃的長相就呆住了。

榮家人這時真是既傷感又驚嚇，這寶珠失蹤一年多，回來就抱著一個娃娃，娃娃還跟皇上像是一個模子裡刻出來的，顯然就是皇上的孩子。

榮寶珠這會兒也想哭。「爹，娘，祖母，我回來了。」

壯壯見娘傷心，小臉不笑了，乖巧地埋在她的懷中。

榮家人這時還沒回過神來，還是狄氏道：「先進屋再說吧。」

榮家人進屋後，榮寶珠才把這一年多的經歷說了一遍，只不過隱去了趙宸誤會她不忠，以及送她回來的人就是當初想抓走她的人的事，其餘都告訴了家人。

榮家人感慨到不行，大家的注意力都在壯壯身上，岑氏上前顫著手道：「讓我抱抱這孩子吧。」

榮寶珠笑著把壯壯遞了過去，果然是親人，壯壯一點都不認生，在岑氏懷中笑得開心，咿咿呀呀地朝岑氏直樂。

榮家人曉得這是皇上目前唯一的皇子，這會兒都驚著。

稍晚，榮大老爺下朝後進府，一見到榮寶珠也是一陣激動，猛地想起早朝時皇上問的那些話，才曉得是怎麼回事，忙道：「皇上怕是知曉妳回來了，妳怎麼先回榮家了？現在趕緊去宮裡吧，這是皇子，是皇上唯一的孩子，到底要讓皇上先見見。」

榮寶珠笑道：「等我和壯壯梳洗一番再進宮，這一路舟車勞頓，身上髒得厲害。」

榮家人曉得不急這一會兒，讓人備了熱水讓榮寶珠跟孩子梳洗。

趙宸在宮裡等到晌午還沒把人等回來，聽屬下回報說人已經去了榮家，後來他實在坐不住，立刻動身前往榮家。

榮家聽聞皇上來全都驚住了，立刻上前迎人。

趙宸道：「寶珠呢？人不是回來了嗎？」

岑氏道：「寶珠和孩子正在梳洗，待會兒就出來了，皇下可要去寶珠房裡等等？」

孩子？

趙宸只覺自己連呼吸都不順暢了，半晌後才啞著聲音道：「朕去她房間裡等著吧。」

他的手有些發抖，心裡後悔著，為什麼不是昨天晚上就把人從城外接回去？孩子……他們的孩子都出生了，不知長什麼模樣？

趙宸推開榮寶珠的房門走了進去，榮家人並未跟著，都散開了。

關了房門，就聽見隔壁淨房傳來水聲響動的聲音和歡笑聲，他心跳得厲害，慢慢朝著淨房走去。

推開淨房，裡面熱氣氤氳，隱隱能夠看見一個纖細的影子正在池邊，池邊放了一個木盆子，裡面似坐著一個小身影。

趙宸一步步走過去，每一步都猶如千斤重，等走近才瞧清楚榮寶珠只穿了件單薄的裡衣，正幫木盆裡的孩子梳洗著。

「寶珠？」趙宸的聲音啞得厲害。

榮寶珠身子一僵，慢慢回頭看了他一眼，心裡有些慌亂了起來，見壯壯緊緊抓住她的手臂，她只得道：「皇上，我正幫壯壯洗著，要不您出去待會兒，等我幫壯壯洗好了再出去同您說話。」

淨房裡熱氣氤氳，趙宸適應了一會兒才瞧清楚榮寶珠和孩子的模樣，寶珠的模樣沒什麼變化，皮膚白皙、明豔照人，他心中一顫，目光又落在孩子身上，等瞧清楚孩子的五官，他身子猛地一震，手也忍不住抖了起來，他死死攥緊拳，指尖深深掐進手心中。

他的身影頓住，定定看著妻兒，半晌才啞著聲音道：「不必了，我在這裡看著你們就好。」

榮寶珠也不強求，繼續給壯壯洗著身子，壯壯的模樣隨了趙宸，模樣好看，肌膚白嫩，就是有些瘦。

趙宸看得心疼，忍不住低聲問：「孩子怎麼這麼瘦？」

榮寶珠的身子頓了一下，淡聲道：「從娘胎裡帶出來的毛病，皇上身上有毒，壯壯身子自然不會強壯，能活下來已經是萬幸了。」

趙宸腦子嗡的一下子，猛地想到當初薛神醫說的話，就算是懷了他的孩子，只怕生下來也活不成。這一年寶珠帶著孩子到底是如何過的？

昨天猛地知曉她的消息，他人都有些懵了，這一年多他的日子幾乎可以用煎熬來形容，他始終相信她還活著，等消息傳來，他感到憤怒。明明她還活著，為何不給他或榮家人一個消息，就這麼讓他擔心著？所以他才沒有出城去接她，如今見到母子倆，他人就傻了，也越發覺得難受。

「孩子叫壯壯嗎？」趙宸啞著聲音道。

榮寶珠點頭。「小名叫壯壯，出生時他身子弱，我希望他的身子能夠強壯起來，所以起了這小名。」她的聲音頓了頓。「皇上覺得這名字不好嗎？大名還沒起，畢竟是皇上的孩子，皇上給他起個名字吧，妾只希望皇上能夠繼續讓他叫壯壯，如今他都習慣這名字了。」

壯壯聽見娘說起他，小手抓住了寶珠的手，朝她一樂。榮寶珠心裡忍不住想落淚，這孩子自從懷上的時候就沒折騰過她，生下來之後更是省心，她從沒見過這麼乖巧的孩子。

趙宸忍不住上前走了兩步。「怎麼不讓下人過來幫忙？」

「妙玉、碧玉她們都不在，況且臣妾也習慣一個人照料壯壯了，他怕是不會讓別人幫他洗的。」她回來後就沒瞧見妙玉她們，想必是不在榮家，況且壯壯自出生起就是她一個人照料的，她早就習慣了。

趙宸上前兩步蹲下身子。「我來幫妳吧。」

沒想到話剛落下，壯壯瞧見一個不認識的人，猛地光著小身子朝榮寶珠懷中爬去，咿咿呀呀地似被嚇住了。

榮寶珠急忙把壯壯抱在懷中，輕拍了拍他的背，扭頭看了趙宸一眼。「皇上要不出去等著？壯壯現在只是有些不認識皇上，所以認生。」

趙宸心裡疼得一抽一抽，過了許久才道：「好，我出去等著你們。」說罷，他在淨房門口站了許久，目光緊緊地落在妻兒的身上，好半晌才走出去關上了房門。

出去後，趙宸的心靜不下來，在屋子裡踱步。

榮寶珠很快就給壯壯洗好了，穿上她自己給壯壯做的綿布衣裳，這衣料柔軟，不傷皮膚，壯壯開心地抱著娘親。

兩人出去後，趙宸見榮寶珠穿得單薄，取了衣架上的披風給她披上。「多穿些，這會兒才五月，天氣還有些寒。」

榮寶珠笑道：「多謝皇上。」

壯壯這會兒窩在榮寶珠懷中好奇地看著趙宸，趙宸心中酸澀得厲害，又有些激動，忍不住想伸手抱壯壯。「給我抱抱壯壯吧。」

壯壯猛地往榮寶珠懷中一縮，不去看趙宸，顯然是不樂意讓他抱。

趙宸的手僵在半空中，心裡也跟著難受，當初要不是他不信任寶珠，他們也不會落得現在這個地步，孩子如今都不肯親近他，他心中疼得厲害，猶如被刀捅在心窩上，又硬生生地絞了幾下。

「孩子怕是不認識你，過些日子就慢慢好了。」榮寶珠大概也沒想到壯壯會是這麼個反應，說起來壯壯其實不認生，當初村裡的人誰抱他，他都高高興興的，榮家人抱他也不會如此，似乎他就是不要自己的親爹。

趙宸不說話，只癡癡地看著他們。

榮寶珠微微有些不習慣，抱著壯壯道：「皇上是如何打算的？是讓妾回宮裡還是去什麼地方？」

趙宸啞聲道：「太后跟文安帝已經被監禁，自然不用再躲著了，妳隨我一塊兒回宮吧。」

榮寶珠沈默了下。「是現在就進宮嗎？」

趙宸道：「在榮家吃了晚膳再回去。」

榮寶珠笑道：「多謝殿下。」

隨後榮寶珠抱著壯壯去前院見了榮家人。趙宸叫了榮家的三位老爺過去書房商討事情，讓榮家女眷留在前院跟寶珠說話。

岑氏心疼女兒，問她這些日子在外漂泊過得可好。

說起來，榮寶珠除了擔心榮家人，在村子裡的那段日子反而是她最安心的時刻，村裡都是純善之人，沒有任何齷齪心思，那是她兩輩子以來過得最安心的地方，甚至比待在榮家都還要安心。

榮家女眷跟榮寶珠說著話，壯壯不一會兒就睡下了，窩在她懷中睡得香甜。

榮家人這才注意到壯壯似乎有些瘦弱，岑氏心疼地道：「孩子怎麼這麼瘦？」

榮寶珠道：「他還在娘胎裡的時候身子就有些不好，現在慢慢調養著已經好多了。」

見岑氏眼眶都紅了，榮寶珠勸道：「娘也別擔心，調養個兩、三年，壯壯的身子肯定比其他孩子還要健壯。」

岑氏難受道：「那就好、那就好，好在是回來了，以後的日子會越來越好的。」

越來越好嗎？榮寶珠有些想笑，進了宮之後，如今皇上就壯壯一個孩子，她真不敢想帶著壯壯進宮後會遭遇什麼。況且在西北的十幾株藥草就快成熟了，等皇上解了毒，後宮別的妃子也會懷上孩子，等皇子漸漸多起來，她不敢去想以後的日子會如何，更何況壯壯似乎並不喜皇上，只怕再過些日子，他就會厭煩了吧。

壯壯晚膳前就醒了，先吃了兩勺用瓊漿跟羊奶調成的糊糊，榮寶珠又餵了他小半碗的米粥，壯壯也全都吃了。

趙宸見壯壯吃得香甜，眼睛眨也不眨地看著，面上全是溫柔的笑意。

天色已經暗了，與榮家人吃過晚膳後，趙宸帶著榮寶珠跟壯壯，三人坐了馬車回宮。

趙宸平日召見群臣，處理政務的地方是在養心殿，休息的地方是德陽殿，他帶著兩人直接過去德陽殿。

不少侍女和太監守著德陽殿，這會兒見到皇上帶著一名女子跟孩子回來也不敢多看一眼，慌忙跪下行禮。

壯壯到了新環境，這會兒正趴在榮寶珠肩膀上好奇地四處看著。

趙宸直接帶人進去。「妳跟壯壯先在德陽殿休息吧。」

「皇上，這怕是不合規矩。」

德陽殿是皇上才能住的地方，就算是皇后也只能住在永寧殿裡，根本不能跟皇上住在一塊兒，更何況如今她還是個沒有封位的妃子。

趙宸看了榮寶珠一眼。「這裡我說了算，你們住在這裡，我現在要過去養心殿一趟，很快就回來，妳先睡下吧。」

榮寶珠不再拒絕，趙宸又對外吩咐。「去把永寧殿裡的侍女全部叫過來服侍皇后！」

榮寶珠呆住，不解地看著趙宸。

因宮裡大部分的侍女早就換人了，從未見過榮寶珠，所以外面的侍女這一時半會兒全愣住了，不清楚皇上這一出去怎麼帶回個女人和孩子，而這女人竟就突然成皇后了。

此時，有小太監麻溜地趕去永寧殿叫人。

趙宸對榮寶珠道：「妳之前的丫鬟都待在永寧殿裡，怕妳不習慣其他人伺候，我讓人把她們都叫過來。」見她還是不解地看著自己，他又笑道：「之前妳失蹤，我才登基，又要忙著朝堂上的事情，還要忙著找妳，這封后的事情自然沒有昭告天下，不過聖旨都已經擬好了，我會讓欽天監找個吉日舉行封后大典。」

榮寶珠不說話了，半晌後才跪下。「多謝皇上。」

趙宸一把扶住了她。「妳先休息吧。」

等趙宸離開後，外面的侍女仍不敢進來瞧是怎麼回事。

沒多久，小太監把永寧殿的侍女全部叫了過來，全是榮寶珠身邊的丫鬟，妙玉、碧玉、芙蓉、迎春、木棉、春蘭。

幾人見到榮寶珠也是萬分激動，上前跪在地上。「娘娘，您終於回來了。」又見到她懷中的孩子，幾個丫鬟又是高興又是歡喜。「娘娘，這就是小皇子吧？」

榮寶珠笑道：「小名叫壯壯，現在八個月了。」

妙玉幾人都忍不住上前看了看孩子，壯壯也不認生，朝她們直樂。

隨後幾個丫鬟伺候榮寶珠梳洗。因壯壯還在吃母乳，榮寶珠哄他睡下後也早早歇息。

德陽殿是皇上的寢宮，自然只有一張大床，上面鋪著上好絲綢，柔軟順滑，榮寶珠躺在上面卻失眠了，半晌都沒睡著，只看著懷中的壯壯。

壯壯睡得香甜，不知是不是夢見了什麼，還咧嘴笑了笑，榮寶珠也忍不住笑了起來。

趙宸在養心殿批閱了幾個重要的奏摺，又讓人把欽天監聞大人叫到養心殿裡，告訴他，榮皇后回宮，讓他選個黃道吉日昭告天下舉行封后大典。

聞大人心裡一驚，立刻跪下。「恭喜皇上，賀喜皇上，微臣回去後定當挑選一個黃道吉日出來。」

外頭都在傳皇后之位會花落誰家，任誰都想不到會是傳聞中身子不好、失寵被送去莊子上休養的榮妃子得到皇后之位。不對，現在就應該改口叫皇后了，想必皇上登基後沒有重用榮家也是有原因的吧。

等聞大人離開後，趙宸並沒有在養心殿裡久待，立刻過去德陽殿。

外頭伺候著的英公公可算是鬆了口氣，娘娘回宮的事情他也有耳聞，見皇上如此，他心裡更多的是欣慰。之前娘娘不在，皇上幾乎是通宵達旦地待在養心殿裡，德陽殿都沒去過幾次，如今娘娘回來，皇上想必不會再折磨自己了。

趙宸過去德陽殿後，揮退了侍女和太監們，整個德陽殿裡只餘下他和床上那一大一小的身影。

趙宸並沒有打擾他們，先去淨房梳洗乾淨後，披上黑色錦袍來到寢宮，他站在床頭半晌，心裡跳得厲害，許久後才坐在床頭上，伸手撫了撫榮寶珠的髮。

榮寶珠還未睡著，自然聽見了身後的動靜，她閉上眼睛假寐。

趙宸上了床，把人摟在懷中，感覺懷裡人兒的僵硬，他在心底嘆息一聲，什麼話都沒說，只緊緊地摟著她，又去看在旁邊睡得香甜的壯壯，心裡生出無限的滿足來。

半晌後，榮寶珠漸漸放鬆了身子，迷迷糊糊中似乎聽見趙宸在她耳邊的喃喃細語。「寶珠，對不起，原諒我好不好？再也不會有以後了。」

第四十三章

翌日一早榮寶珠醒來的時候，趙宸已經不在身側。

榮寶珠叫了侍女們過來。壯壯見娘親醒來，咿咿呀呀地笑了起來，露出才冒出頭的幾顆乳牙。

妙玉上前笑道：「娘娘起來後用些早膳吧！今兒一早，皇上已經昭告後宮，說是您回來了，又說會舉行封后大典，讓後宮的妃嬪都過來給娘娘您請安。」

榮寶珠唔了一聲，沒怎麼在意這事，她朝壯壯招了招手，壯壯歡喜地蹬著小腿朝著她爬去，連吃奶的勁兒都用上了，惹得妙玉她們都笑了。

榮寶珠梳洗後，用了早膳，又餵壯壯吃了東西，這才讓妙玉跟後宮的妃嬪們說今兒不用請安了。

妙玉頓了下。「娘娘，這？」

榮寶珠道：「聖旨還沒下來，我如今就跟大家一樣，不過是個普通的妃嬪，怎麼讓大家過來請安？」

當初蜀王的側妃侍妾都進了宮，董側妃封了昭儀，袁側妃封了昭媛，妾室陳湘瑩封了淑儀，穆冉冉封了淑媛，至於虞妹是當初太后賜的人，如今被封為昭容。而花春天本就是食客一類的身分，蜀王登基後，她選擇以新身分待在老家江南，並未入宮。

妙玉遲疑了下，還是過去跟妃嬪們說了聲，不過只說娘娘身子不舒服，今日不能見她們。幾位妃嬪也都沒說什麼，很快就離開了。

榮寶珠沒出德陽殿，整日跟壯壯待在一塊兒，殿裡只有榮寶珠原先身邊的丫鬟伺候著，其他侍女就算對這個即將被封為皇后的女子感到好奇也見不到她一面。

說起來當初她會被太后的人追捕，指不定就是後宮的哪幾個妃嬪做的，她不清楚到底是誰洩了密，這事都快過去一年了，只怕證據都沒了，她沒打算放過那人，由於她身邊沒有人脈能去查這件事，只能告訴趙宸。

天未亮，趙宸就起床梳洗，整裝妥當後去早朝，去的時候精神十分抖擻。

朝堂上，大臣們紛紛稟告完事情，眾人議論處理一番之後，趙宸就把封后的事情說了，將這事交給欽天監和禮部去操辦。

眾位大臣都還有些遲疑，說來榮家七姑娘是配得上皇后之位，不過這會不會太草率了些？

榮家老爺們倒是不意外，皇上這些年對寶珠的感情他們全都看在眼中。

趙宸見大家遲疑的模樣，又道：「當年朕領兵打仗，曾去莊子上看過皇后好幾次，她之前身子不好，懷了身孕後身子越發不好，所以在莊子上生孩子，朕沒急著把人接回來。如今皇子大了，皇后的身子也將養得差不多，朕才把人給接回來。三日後，宮中會為皇后和皇子設宴。」

眾臣一聽，人家連皇子都生出來了，這可是皇上唯一的子嗣，就憑這個立后他們都沒話說，一時之間，賀喜之聲響徹朝堂，禮部也接手操辦起來。

趙宸幾乎在殿上忙到晌午，一下朝，直接過去德陽殿。

榮寶珠還沒用午膳，等著趙宸過來才吩咐侍女們上了午膳。

趙宸在位置上坐下，目光落在壯壯身上，壯壯也目不轉睛地看他，小臉卻不笑了，壯壯一見著趙宸就沒了笑臉，似乎有些怕他。

趙宸的目光又落在榮寶珠身上。「下次午膳不用等我，妳先吃就是了。」

榮寶珠點頭。因壯壯已經吃過了，她把壯壯交給妙玉抱去房間休息，這才跟趙宸道：「皇上，臣妾有一事想同你說。」

「妳說就是。」趙宸狹長的眸子近乎貪婪地看著她。

榮寶珠有些不習慣，微微側了下身子才道：「臣妾當初跟著王朝他們一塊兒回去江南的時候遇上土匪，所以在山中耽誤了半個月，之後雖立刻趕回江南，不過進城的時候碰上了些麻煩。那些守城的侍衛正在搜人，臣妾看見那畫像上面畫的是小八、小九跟臣妾男裝的模樣，不過那男裝的畫像畫得不是很準確，那時候我騎著小九去其他地方躲了起來……」

榮寶珠剩下的話沒說完，趙宸已經曉得是怎麼回事，臉色陰沈下來。這定是當初太后和文安帝想要抓寶珠，不過太后他們遠在京城，而她的男裝打扮只有他們兩人身邊的親信才曉得是何模樣，太后跟文安帝並不清楚她易容後的模樣，所以才畫錯了。

如今想來，肯定是刺史府中有人告密，這內賊知道小八、小九的模樣，卻不曉得寶珠男裝的模樣，至於是誰，他也不敢肯定，卻有辦法問出來。

趙宸道：「妳放心，我會處理這事，咱們先吃飯吧。」

榮寶珠點點頭。「此事不管是誰通風報信的，小八、小九始終太過顯眼，日後難免會被有心之人利用，所以我回來後就讓人把小八、小九送回榮府，等我想牠們了，你可得讓我去看看牠們。」

榮寶珠的要求，趙宸自然不會拒絕，一口答應了下來。

用過膳後，榮寶珠過去房裡看了看壯壯，壯壯已經睡著了，攤開小胳膊、小腿，睡得正香。

趙宸坐在床頭看著兒子睡覺都看呆了，心都快化了，有心想過去摸摸孩子，又怕把他給吵醒。

榮寶珠見他小心翼翼又猶豫不決的模樣，心裡到底還是軟了。「你碰碰他吧，無礙的，壯壯睡著的時候不容易被吵醒。」

趙宸得了肯定，俯身低頭輕輕地在壯壯臉頰上親了一口，只覺得心都快跳出來，手都有些發抖，他慢慢抬頭，用滿是繭子的大掌微微撫了撫壯壯的臉蛋。

趙宸的掌心全是之前握劍留下來的繭子，刺得壯壯有些不舒服，皺了下小眉頭，幸好並未醒來。

趙宸僵了下，忙鬆開手，見壯壯的眉頭舒展開來這才鬆了口氣，人卻並未起來，還是俯身靜靜地看著壯壯。好半晌後，他終於站起身，面上帶著榮寶珠從未見過的奇異神色，似感動，似茫然，似無措。

趙宸見榮寶珠還望著他，忍不住一笑，溫聲道：「我出去有點事，晚上再回來陪你們，妳可以想想壯壯的大名，他名字還未起，我們一塊兒幫他起個名字。」

榮寶珠輕點了點頭。

趙宸離開德陽殿，直接過去囚禁太后的冷宮裡，這冷宮本是關不受寵的妃子，現在這後宮沒幾個妃嬪，這會兒也就只有太后被囚禁在此。

冷宮外守衛森嚴，趙宸進入冷宮後直接去見了太后。

太后再也沒有以往的雍容模樣，此刻猶如一個普通老嫗一般，頭髮花白，滿臉的皺紋，見到趙宸後猙獰地撲了過去。「你這雜種，你還過來做甚，莫不是還想瞧哀家的笑話不成？」

趙宸一腳踹開了她，冷笑。「哀家？妳也配稱哀家？」

太后被踹倒，掙扎了半晌才起身，坐在原地惡狠狠地瞪著趙宸。「趙宸，你不得好死！就算我害死你母妃跟先帝，對你還有養育之恩，你就不怕天打雷劈！」

趙宸冷笑。「天打雷劈？會被劈的人是妳才對。妳對朕有何養育之恩？不過是想留著朕慢慢弄死，莫以為朕不曉得妳的心思，朕在宮裡生活了二十年，多少次都差點死在妳手上？妳錯就錯在對待敵人總想慢慢地玩弄於股掌之間，妳當初要是直接把朕弄死了也不會讓朕坐上這個位置了！」

太后喘著粗氣不說話了，半晌後她終於閉眼道：「當初那些事都是我做下的，跟你皇兄、天瑞和天雪都沒什麼關係，你放了他們吧。」

趙宸並不回話，只定定地看著太后，許久後才道：「當初妳得知寶珠做男子打扮待在江南的消息是誰告訴妳的？」

太后抿嘴許久都未吭聲，趙宸也沒多少耐心了。「妳願意說就說，不願意說朕也有法子，當初這消息是從刺史府傳出去的，派人去刺史府瞧瞧就曉得了，妳若是現在告訴朕，至少朕不會宰了他們！」

太后抬頭惡狠狠地看著趙宸。「趙宸，你可真是惡毒，真想不出玉妹妹怎麼會生出你這樣的孩子來。」

趙宸冷笑。「朕若是心腸好些，豈不是同母妃一樣被妳悄悄弄死了？朕再問妳一句，告密的人到底是誰？」

太后喘了幾口粗氣，半晌後終於軟弱無力地道：「是……是你身邊的大丫鬟，就是拂冬。」

趙宸頓了下，忽然冷笑了起來。「還敢欺瞞朕？罷了，妳既然不願意說，朕也不強求妳了，朕自會派人去廬陵查探清楚！」說罷，便要大步走出去。

太后臉色都變了。「我說，我說……是虞妹，她本就是我身邊的人，你心裡該是清楚的。」

趙宸一甩衣袍，大步走了出去，只餘下太后狼狽地癱軟在地上。

趙宸離開冷宮後直接去找子騫和王朝，讓他們去廬陵查探這件事情，他不會輕易饒過陷害寶珠的人，他曉得太后說的應該是八九不離十了，但到底是誰，還是要王朝他們走一趟才能證實。

處理完這事情後，趙宸直接過去德陽殿，一進寢殿就瞧見榮寶珠摟著壯壯在午睡，他放輕腳步慢慢走到床榻前看著兩人。他在床頭坐了許久，也不嫌悶，彷彿怎麼樣都看不夠，眼神中的溫柔似要滿溢出來。

半個時辰後，趙宸才起身去養心殿，因他才登基沒幾個月，需要處理的事情太多。他過去養心殿批了奏摺，接見不少有事商討的大臣們，又叫了吏部的人來，打算把榮家三位老爺官復原職，甚至要將他們的官位再提拔好幾階，另外他心中還有個打算，想等封后大典過後再告訴寶珠。

趙宸等到天色完全暗下後才在養心殿裡用了晚膳，又讓英公公叫人去德陽殿看看皇后和皇子，讓他們早些歇息，他還有不少事情要忙。

英公公得了令，立刻退出御書房，正打算叫個宮女過去德陽殿跟皇后說一聲，就瞧見拂冬過來了。

拂冬上前笑道：「英公公這是打算做甚？」

英公公低聲道：「皇上在御書房用了晚膳，怕皇后擔心，讓老奴過去跟皇后說一聲呢。」

皇后？拂冬心中忍不住有些恍惚起來，榮妃子冊封皇后的事情宮裡已經傳遍了，她一直在養心殿這邊伺候著，不曾過去德陽殿見過皇后，她曉得當初皇上為了保護皇后派人把她接到其他地方，原本還以為等皇上登基就會把人接回宮裡，哪想到大半年過去後，皇上還沒動靜。她甚至忍不住想，是不是如同外面傳聞的一樣，榮妃子失寵了，卻沒想到榮妃子突然回來，皇上立刻冊封她為皇后，這簡直是打當初幸災樂禍的人一巴掌。

拂冬苦笑，她當初雖沒幸災樂禍，可也覺得皇上是不是不喜榮妃子了，到底是沒想到榮妃子這一回宮就封為皇后，不僅如此，連皇子都生了下來，只怕以後這後宮就是皇后一人的天下了吧。

拂冬心裡有些好奇起來，許久沒見皇后，也不知她如今怎麼樣了，心中一動，對英公公道：「英公公，要不就讓奴婢過去同皇后說一聲吧。」

英公公笑道：「那有勞拂冬姑娘了。」

拂冬過去德陽殿的時候還能聽見裡面的嬉笑聲，外面守著的侍女一見是拂冬，立刻放她進去。

拂冬慢慢走上臺階，裡面的嬉笑聲越發清楚，像是皇后和孩子咿咿呀呀的聲音。拂冬到殿外時有侍女進去通報，得到應允後，她才進去。

拂冬進去後跪在地上。「奴婢見過皇后娘娘。」

榮寶珠笑道：「快起來吧。」

拂冬起身，榮寶珠讓人賜了座，拂冬這才看了皇后和小皇子一眼，看見兩人時，她心頭有些震撼，皇后這會兒面上並沒有戴著面紗，那條醜陋的傷疤已經消失不見，皮膚瑩潤無瑕，雙眸烏黑清澈，腰肢纖細。她沒想到皇后臉上的疤痕消退後會是這麼一副絕美的容貌，連她一個女子看得都不由得屏住了呼吸。

小皇子大約七、八個月大，有些瘦弱，五官卻跟皇上一模一樣，猶如從一個模子裡刻出來的，任誰一眼看見小皇子都會肯定他是皇上的種。

榮寶珠問道：「拂冬姑娘過來可有什麼事情？」

拂冬回神，起身笑道：「回稟皇后娘娘，是皇上晚上在養心殿用了晚膳，讓奴婢過來跟皇后說一聲，省得皇后惦記著，皇上還說，晚上怕是回來得晚，讓皇后同小皇子先休息了。」

榮寶珠點了點頭。「我曉得了。」

拂冬也沒理由再待下去，只能先退下了。

趙宸到亥時才從養心殿過去德陽殿，榮寶珠同壯壯早就睡下了，他輕手輕腳地梳洗後也躺在床榻上。

之後幾天一直如此，趙宸每天都是忙到亥時才能休息。

三日後就是宮宴，趙宸前幾日已經把這事跟榮寶珠說了。

這日天未亮，榮寶珠就盛裝打扮好，她還未被冊封為皇后，只穿了大紅色曲裾宮裝，讓妙玉抱著壯壯跟在身後，自己同趙宸一起過去殿前的宮宴。

這次的宮宴是為了榮寶珠和壯壯舉辦的，只宴請了一些朝中重臣、榮家人，還有高陽郡主和福壽長公主兩人，盛名川並未出席。

榮寶珠才剛回京城不久，一回來就入了宮，這會兒根本不知楚玉和盛大哥他們到底如何了，因今兒人多，也不是敍舊的好時間。

壯壯在妙玉懷中有些不老實，榮寶珠把他抱了過來，壯壯立刻就乖了，安靜地待在她懷裡看著下面的大臣們。

大臣們也都對皇后皇子好奇得很，不由得打量了兩眼，瞧見皇后容貌時都不由得心顫了一下。

今兒也是幾位妃嬪第一次見著回宮的皇后跟小皇子，都送了禮物，說了恭賀的話。榮寶珠面帶笑容，讓身後的丫鬟把賀禮都收了起來。

等到宮宴後，榮寶珠給楚玉遞了話，讓她第二天過來宮裡敍舊。

這幾日榮寶珠跟趙宸見面的時候不多，早上起來他人已經上早朝，晚上她入睡後他才回來，平日裡也就是午膳的時刻能見到彼此。

說起來，壯壯還是不喜趙宸，醒著時根本不讓他碰，榮寶珠也不清楚原因，壯壯並不認生，哪曉得親生父親卻不被這小傢伙待見。

晚上的時候，妙玉問了今日收到的賀禮該怎麼收拾。

榮寶珠道：「另外找個庫房放起來就是了，這些東西不要用，也不要賞人，先那麼放著吧。」

誰曉得會不會有人乘機想陷害她和壯壯，這些東西最好不要經手，等得空了她再去看看。

翌日一早，楚玉就進宮了，榮寶珠同她見面，覺得阿玉的性子越發溫和了。

兩人見面都挺激動的，楚玉眼眶都紅了。「妳可算是回來了。」

當初寶珠失蹤的事情她也聽榮家人說過，都快擔心死了。

榮寶珠笑道：「阿玉，妳這幾年過得可好？我一直想著妳，對了，妳可要見見壯壯？」

「過得挺好。」楚玉柔聲道。「快把壯壯抱過來讓我瞧瞧，妳這失蹤一趟，孩子都出來了。」

榮寶珠讓妙玉把壯壯抱了出來，壯壯很喜歡楚玉，賴在她身上不肯下來。

楚玉笑得嘴都合不攏了。「這小傢伙可真是會哄人。」

去。

榮寶珠心想，可不是，還特會疼他娘。

兩人閒聊許久，寶珠並未多問盛大哥的消息，晌午兩人在德陽殿用過膳，下午楚玉才回去。

不出幾天，欽天監就測出六月十五是個大吉的日子，將於這日舉行封后大典。

吉日選定後，趙宸就通知了各衙門準備，禮部奏請由大學士、尚書各一人充當冊封的正副使，並派內閣大學士或翰林學士撰寫好冊文、寶文。

距離嘉禮還有一個月左右，日子很快就過去了，榮寶珠這些日子一直和壯壯住在德陽殿裡，詔書雖昭告天下，可嘉禮還沒舉行，她仍然沒讓後宮的妃嬪來請安。

這一個多月，趙宸每天還是忙碌得很，兩人見面的時候都不多，榮寶珠反而輕鬆了些。

說起來，當初趙宸懷疑她，說她不怨恨是假的，沒有誰能夠忍受自己的夫君懷疑自己不忠，就算時間過去這麼久，這事在她心中始終是根刺，她也不清楚到底何時她才能原諒他，不過似乎原不原諒都沒什麼關係了，他如今是九五之尊，這天下都是他，都要對他臣服。

如今日子順心了，榮寶珠不由得想起上一世她識人不清，以至於自己慘死，她想著上輩子害她的人，想來這輩子也同樣不會放過她，上輩子她太糊塗，根本看不清，這輩子有了瓊漿，倒也不怕，只怕那人暗地裡對壯壯下手，她想儘快將那人給抓出來。

這事一時之間她也摸不清頭緒，再過兩日就是嘉禮了，她只能先忙著封后大典的事情。

行禮前一天，趙宸派官員祭天、祭地、祭太廟，並親自去了奉先殿行禮。

冊立當日早上，榮寶珠盛裝打扮，穿上皇后朝服。

鑾儀衛陳設法駕鹵薄於太和殿外、皇后儀駕於宮階下及宮門外，禮部下屬的樂部將樂器懸於殿外，然後由禮部及鴻臚寺官員設節案於殿內正中南向，設冊案於左西向，玉案於右東向，龍亭兩座於內閣門。內監設丹陛樂於宮門內，節案於宮內正中，均為南向，設冊寶案於宮門內兩旁，設皇后拜位於香案前。

吉時到時，禮部官員將金冊、金寶及冊文、寶文分置在龍亭內。隨後就是趙宸和榮寶珠一同前往祭拜天地太廟，忙忙碌碌幾乎折騰了一天，自早上寅時末睜眼到酉時忙完，兩人連東西都沒吃。

壯壯這一天待在德陽殿中，並沒有出來過，榮寶珠吩咐妙玉她們要把壯壯看仔細了，今天人多口雜，莫要讓人乘機傷了壯壯。

哪曉得大典結束後，榮寶珠跟趙宸剛回德陽殿就瞧見裡頭亂成一團，兩人心中一沈，大步進了大殿。

趙宸見裡面亂糟糟的，幾個丫鬟正圍著床頭，能夠瞧見裡面御醫忙碌的影子。

趙宸上前一步冷聲道：「怎麼回事？」

眾人回頭，幾個丫鬟慌忙跪了下來。「皇上，是小皇子病了。」

榮寶珠臉色都白了，不顧儀態地衝了進去，裡面御醫正在忙碌著，壯壯躺在床上昏睡，裸露在外的小臉上全是一片一片的紅疹子。

榮寶珠的心都提到嗓子眼了，踉蹌一步來到床上，手抖得厲害。「到底……是怎麼回事？」

那御醫慌忙退下行禮。「臣參見皇上、皇后。小皇子還年幼，幼兒皮膚本就嬌嫩，黏上一些不乾淨的東西，或者吃了什麼會導致過敏的東西身上就會起疹子。」

趙宸臉色陰沈得嚇人。「壯壯好好的怎麼會沾上不乾淨的東西？還是妳們餵壯壯吃了什麼？」

妙玉都快急哭了，這一天小皇子根本沒離開過她的視線，可這疹子到底是怎麼回事她也說不清楚。「皇上，皇后，小皇子今兒一天都沒離開過奴婢的視線，幾乎都是奴婢或碧玉抱著的，除了奶，小皇子今兒也就吃了小半碗米湯，還是奴婢看著人親自熬煮的。晌午休息的時候，小皇子就開始哭鬧著撓身上，今兒是封后大典，奴婢們實在是沒主意，也不敢擾亂了嘉禮，就去把御醫叫了過來。」

趙宸冷聲道：「還不趕緊去把壯壯喝剩下的米湯端過來讓人查查！」

碧玉立刻起身去廚房把剩下的米湯端過來。

「壯壯怎麼樣了？可有大礙？」趙宸轉頭去問御醫，又朝床頭走了兩步來到榮寶珠身側。他看著床上的壯壯，心疼得厲害，想碰碰孩子，又怕惹他不舒服，只能僵在原地。

御醫道：「回皇上，小皇子如今並無大礙，是哭鬧累了睡下了，不過還是得注意些，疹子若是嚴重了也容易出事，得盡快找出源頭，省得加重了小皇子的病情。」

榮寶珠心裡亂得厲害，這會兒才鎮定下來，她解開壯壯身上的衣裳，壯壯的小身子上也佈滿了疹子，紅通通的一片，她都快心疼壞了。她合上壯壯的衣裳後，又踉蹌地過去找自己的藥箱過來，取出裡面的藥膏。這藥膏是她自製的，以中藥熬成，裡面還加了瓊漿，專門給壯壯備下的，能防止蚊蟲叮咬。

榮寶珠一言不發地回到床邊，在場的人都曉得皇后的醫術不錯，這會兒都不敢多問什麼。

她仔細地在壯壯身上塗抹藥膏，揉開來，這才把藥膏放在床頭，替他穿上衣裳。

這會兒榮寶珠發現壯壯穿的衣裳並不是早上那一件，忙轉頭問妙玉。「妙玉，壯壯換過衣裳了？」

妙玉忙道：「小皇子上午的時候尿了，身上和尿片子都濕了，奴婢就去給小皇子換了一套衣裳……」說罷就頓住，臉色難看了起來，莫不是衣裳有什麼問題？

剛說罷，碧玉已經端著壯壯喝剩下的米湯過來，榮寶珠起身過去嚐了一口。「米湯沒問題，我過去瞧瞧壯壯的衣箱。」

在場的人幾乎都肯定是有人想害壯壯，心裡忐忑不安。有人竟敢謀害皇上唯一的嫡皇子，待會兒怕又是一場血雨腥風了。

趙宸的臉色也是難看極了，他攥著拳看了榮寶珠一眼，到底是沒跟上去，坐在床頭握住壯壯的小手，壯壯不安地動了下，他沒有放開，依然緊緊握著。過會兒，壯壯才漸漸安定下來，又睡了過去。

御醫先上前嚐了口米湯，實在是嚐不出什麼，連銀針都用上了，確認這米湯的確是沒問題。

老御醫不禁有些佩服皇后，光是嚐一口就能嚐出米湯沒問題，這才是一個大夫最該具備的能力，奈何這種味覺靈敏的能力一般都是天生的，羨慕也羨慕不來啊。

榮寶珠來到壯壯的衣櫃前，打開櫃門，裡面就傳出淡淡的香味來，她臉色就變了，攥著拳問妙玉。「今兒除了妳們，還有誰進過這房裡？」

妙玉呆了下。「今天是嘉禮，皇后娘娘又是住在德陽殿，所以不少東西都搬來了，各宮跟重臣們送來的賀禮，都直接搬進來慢慢整理，不過除了德陽殿的侍女和太監們，並沒有其他人進來過大殿。」

趙宸輕輕放開壯壯的手來到榮寶珠身側，沈著臉問：「可是壯壯的衣裳出了問題？」

榮寶珠點頭。「裡面被人撒了藥粉。」

趙宸看了她一眼。「聞出來的？」

榮寶珠點頭，臉色也有些陰沈，她又去其他地方查探了下，其他地方都沒事，就是壯壯的衣櫃裡被撒了藥粉，聞起來有一股特殊的香味。她記得早上的時候還好好的，這才一天的工夫就被人混進來動了手腳，那人顯然是想害壯壯。

壯壯的身子本來就不好，若是經常穿戴這撒了藥粉的衣裳，時間久了，身上的疹子就足以害死他了。

趙宸輕嗅了下，並沒有在壯壯衣櫃裡聞見什麼味道，心裡不禁暗嘆了口氣。

榮寶珠吩咐妙玉。「壯壯這衣櫃裡的衣裳肯定是不能要了，先放到一邊，再讓尚衣監趕製幾身壯壯的衣裳出來。」說罷又去床頭前把壯壯身上的衣物全部脫去，輕輕地蓋上衾被。

趙宸則冷著臉道：「來人！」

立刻有侍衛進來，趙宸冷聲道：「把德陽殿所有的奴才全部押到大殿前！」

侍衛立刻出去把人都給押了下去，就連妙玉、碧玉和其他幾個寶珠身邊的丫鬟都沒放過。

榮寶珠沒說話，雖然知道不是她們做的，可眼下也該一同審問。

很快大殿裡就只剩下榮寶珠、趙宸跟御醫，趙宸看了御醫一眼，讓他去偏殿候著，怕壯壯又出了什麼事。

榮寶珠坐在壯壯床頭，趙宸俯身對她道：「妳在這裡照顧壯壯就好，我出去瞧瞧，別擔心，我不會讓壯壯出事的。」

榮寶珠攥緊拳頭沒說話，趙宸大步走了出去。

大殿的臺階下跪了四十多個侍女和太監們，德陽殿一般由四十多個奴才分兩班當值，今兒因為太忙，所以沒人休沐，所有人都過來當值了，這會兒都跪在大殿下不知所措。

除。

這四十多個都是在德陽殿裡伺候皇上的人，殿外的奴才根本進不來德陽殿，可以直接排

眼下四十多人周圍都是侍衛，陣勢便有些嚇人。

趙宸沈著臉道：「小皇子出事了，你們可知？」

眾人低頭不敢答話，瑟瑟發抖，皇子是皇上唯一的嫡子，如今出了事，皇上肯定不會輕饒，就算是嚴刑逼供也要把人找出來，這樣一來，只怕他們所有人都要受刑了。

趙宸冷聲道：「今天有封后大典，德陽殿只有你們這些奴才們進進出出，也只有你們才能動手腳，若是現在站出來說出口，朕就饒了你們，若是讓朕查了出來，直接誅你們九族，你們中的某一人縱然不怕死，但可為家人著想過？」

今天這四十多人都進出過德陽殿，想查出是誰動的手腳太難了點，唯有嚴刑逼供才能逼問出，不過這樣一來其他人只怕也要受到重刑，趙宸眼下不過是想嚇唬嚇唬這些人，瞧瞧有沒有人有什麼異常。

哪曉得這話一出，臺階下所有的奴才都嚇得瑟瑟發抖，趙宸沒了耐心，這樣問也問不出個什麼來，他直接道：「來人，把這些奴才全部抓去慎刑司審問！」

榮寶珠在房裡遲疑了下，喊道：「皇上，等一下。」

趙宸回頭，見榮寶珠站在大殿門口，她看了眼下面的侍女和太監們，這會兒他們可真是嚇得臉色發白，抖如篩糠了。

榮寶珠道：「皇上，讓臣妾問問他們吧。」

趙宸沒攔著，點了點頭。「那妳過去問問。」

大殿裡沒其他人，榮寶珠實在不放心其他人看著壯壯，好在壯壯這會兒搽了藥膏睡熟了，她回頭看了一眼，這才轉頭一步步下了臺階來到那些侍女和太監們的身邊。

沒人敢求饒，這會兒求饒只怕會被杖斃。

榮寶珠走到最左側，最左側跪著的是妙玉、碧玉跟她身邊近身伺候的幾個丫鬟。

她來到妙玉和碧玉身前，微微俯身，過了會兒鼻翼間就能聞見極淡的香味，同壯壯衣櫃裡的藥香味是一樣的，今兒一天就是她們兩人抱著壯壯，其他人沒接手過。她剛進殿的時候沒從壯壯身上聞見這味道，後來挨得近才從他身上聞見這藥香味，這會兒妙玉、碧玉兩人身上沾有那股味道也就不奇怪了。

她繼續朝著右側走去，是木棉、春蘭、迎春和芙蓉，四人今日並沒有抱過壯壯，身上只有忙碌了一天的微微汗酸味道，再依次往前，大家身上都帶著汗酸味。

今天有嘉禮，德陽殿的侍女和太監們都是忙得腳不沾地的，這會兒大家連晚膳都還未吃，更加不可能回去梳洗了，有汗酸味道才是正常的，她又往前走了約莫五、六個人，都是帶著汗酸味。

榮寶珠並沒有太明顯的舉動，她只是一個個走過去，然後一個個問他們叫什麼，家裡還有何人，這期間就能夠聞到他們身上的味道了。

這會兒她停在一個宮女面前，這小宮女約莫十三、四歲的模樣，看樣子像是新進宮的，模樣清秀，圓圓臉。

榮寶珠問道：「妳叫什麼名字？什麼時候進宮的？家裡可還有其他人？」

小宮女緊張道：「奴婢……奴婢叫青兒，今年才進宮的，家裡還有爹娘、哥哥和妹妹們，還有祖父、祖母。」

在小宮女說話的空檔，榮寶珠在她身上聞見微微的汗酸味和藥粉香味，味道比衣櫃裡的淡了些，卻又比妙玉和碧玉身上的稍微重一些。

榮寶珠皺了下眉頭。「妳家中這麼多親人，為何單單是妳進宮來了？」

小宮女都快嚇哭了，不明白皇后問其他人只問了名字和家人的情況，問到她這兒來為什麼會多問這些問題，嚇得抖到不行。「回……回皇后娘娘的話，奴婢家中親人雖多，可兩個哥哥已經成親有了孩子，下面還有兩個年幼妹妹，奴婢是長姊。爹娘、祖父祖母身子不好，進宮有月錢，所……所以就是奴婢進宮了。」

榮寶珠直起身子來，淡聲道：「既然妳家中還有這麼多親人，就該知道在宮中一言一行都該謹慎，都該本分，妳若是做了什麼錯事，連累的就是妳的家人了！」

小宮女撲通一聲癱軟在地上，哭道：「奴婢……奴婢不知道，不是奴婢做的，奴婢不敢，求皇后娘娘明察。」

趙宸下了臺階，來到榮寶珠身側輕聲問：「可是這丫鬟有什麼問題？」

榮寶珠湊在他耳邊低聲道：「她身上有壯壯衣櫃裡的香味，只有經手的人身上才會遺留下這味道。」

趙宸抬頭道：「把這丫鬟給我押下去細細審問！」

青兒嚇得臉色慘白，哭道：「不是奴婢，真的不是奴婢，皇后娘娘明察啊，奴婢不會做這種事情的……」

旁邊的侍衛卻已經上前抓了青兒打算拖下去，青兒渾身癱軟，沒了一絲力氣，嚇得連求饒聲都快說不出來，眼淚鼻涕糊了一臉。

榮寶珠遲疑了下，喊道：「等等！」

侍衛看了趙宸一眼，趙宸點了點頭，幾個侍衛這才頓住腳步，青兒狼狽地癱在地上。

榮寶珠道：「去把管這批小宮女的管事嬤嬤叫來。」

很快有人把當初管這批小丫鬟的管事嬤嬤叫來了，榮寶珠跟趙宸進了偏殿，問了管事嬤嬤一些這些小宮女的事情，從管事嬤嬤口中知道，這叫青兒的是個老實本分的丫鬟，也正因為這點她才會被分配到德陽殿裡。

管事嬤嬤還說青兒最在乎的就是她的家人，每月的月錢跟賞錢都是讓人送出宮外給家人的。

榮寶珠想著這麼老實本分的丫頭，還有在乎的家人，謀害皇子的事情若是敗露，就是誅九族的重罪，這丫頭應該做不出這樣的事情來。

榮寶珠又問了管事嬤嬤一些問題，都是殿外那些宮女的事，她得知當初這批宮女中有四個被分到德陽殿，其中一個叫含萱的宮女跟青兒住在一間屋子裡，兩人平日裡似有些矛盾，應該說是含萱的性子更強硬些，經常指揮青兒做事，青兒也沒什麼怨言，全都做了。這些事情還是另外兩個宮女告訴管事嬤嬤的，因為她們平日裡一直看不慣含萱欺負青兒。

這叫含萱的宮女的確是個機靈的人，所以才安排她和另外三個老實本分的宮女一同入殿伺候。含萱的家中似乎只剩下一個繼母跟繼母所出的女兒，據說是她們打算把她賣了，所以她才會進宮做宮女。

榮寶珠心中一動，沒再多問什麼，先讓管事嬤嬤出去了，她又去看了下壯壯，小傢伙睡得香，臉上和身上的疹子在漸漸消退中。

趙宸沒有多問什麼，打算讓榮寶珠來處理這事，她若是找不出人來，就直接讓慎刑司把人都押下去審問。

看完兒子，榮寶珠這才又出去外面的大殿，這會兒天色已經完全暗下去。她先讓青兒待在一旁，繼續方才的審問，一個個問了下去。

另外兩個和青兒一批的小宮女身上沒什麼味道，等到了含萱的時候，榮寶珠忍不住挑了下眉頭，問道：「妳叫什麼？家中還有什麼人？」

含萱慌忙道：「回皇后娘娘的話，奴婢名含萱，家中還有母親和一個妹妹，因為家中貧困才進宮來的。」

榮寶珠心道，這種情況下，這丫頭還能條理有序地回答她的話，可見是個心思膽大的。更讓她懷疑的是，今兒大家在德陽殿忙碌了一天，身上都是汗酸味，只有這含萱的身上帶著淡淡的皂角香味，可見今日忙碌不已的時候，她還抽空去梳洗了一番。這種情況下還去梳洗，莫非她是想去掉身上的什麼味道……

當初還在王府的時候，她與王府的妾室們去寺廟上香，就因為嗅覺靈敏而識破了采荷的計謀，所以宮裡的幾個妃嬪都曉得她嗅覺靈敏的事。因此若用藥粉謀害壯壯的話，她一定能夠聞得出來。

榮寶珠伸手摸了摸含萱的髮絲，入手乾淨順滑，她挑眉問道：「妳下午去梳洗了？」

含萱臉色一變，結結巴巴地道：「奴……奴婢今兒身上弄髒了，所以下午梳洗了一下。」

「哦？那其他人身上同樣也是髒亂不已，為何都忙得沒時間去梳洗，就妳一個人有時間去梳洗一番？」榮寶珠伸手指了指其他人，聲音冷了下去。

趙宸的臉色陰沈了兩分，揮手示意侍衛上前，防止含萱突然做出什麼事情來。

含萱咬牙道：「奴……奴婢有潔癖，見不得髒亂。」

榮寶珠心裡冷笑，到了這種時候這丫頭還敢嘴硬狡辯。「既有潔癖，為何要進宮做宮女？本宮瞧著妳該回去做妳的千金小姐才是！」說罷，便不再搭理含萱，又繼續朝前走去，把剩下的幾人都問了。

道。

剩下的幾人自然沒有問題，身上沒有藥粉味，也沒有皂角味，只有忙碌了一天的汗酸味

榮寶珠問完就回到大殿前，剩下的事情交給皇上處理就好。

趙宸道：「把這兩個丫鬟押下去仔細審問！」

青兒沒想到自己還是逃不離這個結果，心裡一時惶然，忍不住哭泣了起來。

含萱卻是大叫道：「奴婢冤枉，不是奴婢做的，是青兒做的，不是奴婢做的，求皇后娘娘饒命啊，真不是奴婢做的……」

趙宸一揮手，侍衛立刻把兩人押了下去。

其他人這才腿軟地站了起來，額頭上全是虛汗，這一次顯然大家都受了不少驚嚇。

榮寶珠站在大殿外，回頭看了一眼默默哭泣的青兒，忍不住同趙宸低聲道：「皇上，這事臣妾覺得是含萱的可能性大些。臣妾嗅覺靈敏的事其他幾個妃嬪都是知道的，若是有人指使含萱來害壯壯，肯定會告訴她臣妾的特別之處，這種時候她會跑去梳洗實在是說不過去，況且青兒和含萱住在一個屋子裡，想要做些手腳也是很簡單的事情。」

趙宸曉得榮寶珠這是在為青兒求情，畢竟進了慎刑司的人，出來之後不死也差不多殘廢了。

趙宸心道，他的皇后對誰都心軟，為何對他偏偏就硬起了心腸。

在心底嘆了一口氣，趙宸道：「好了，這事我曉得該怎麼處理，妳先去陪著壯壯，我過

去慎刑司一趟。」

榮寶珠回去殿裡就沒再管外頭的事了，妙玉、碧玉她們幾個丫鬟也都進來了，幾人全都跪了下來。「皇后，是奴婢們的錯，是奴婢們沒有照顧好小皇子，求皇后責罰。」

「都起來吧。」榮寶珠嘆氣。「這哪怪得了妳們？」這事的確怪不了她們，若是有人想害壯壯，總能找出法子來的。就比如今天事忙人多，就有人趁亂做出這樣的事情，所以說，這些骯髒事根本防不住，寶珠都有些不知帶壯壯回宮到底是對是錯了。

榮寶珠道：「好了，妳們今兒也累了一天，都下去歇著吧，壯壯我來照顧就好。對了，先去尚衣監把壯壯的衣裳做出來，還有壯壯衣櫃裡的衣裳全部拿去燒掉吧。」

吩咐完後，妙玉她們幾人就把小皇子所有的衣物全都抱了出去。

榮寶珠只怔怔地坐在床頭看著熟睡的壯壯。

第四十四章

趙宸直接過去慎刑司，裡面已經開始審問兩個丫鬟了，慎刑司說白了就是用各種手段逼問人的地方，一開始就直接先打二十大板，趙宸吩咐人對青兒動手的時候輕一點。

趙宸相信縈寶珠的推論，管事嬤嬤說這青兒是個老實本分的人，家裡有在乎的親人，這種謀害皇子的事情一般人是不敢做的，肯定是有人教唆，就算真想找人做這種事，也不會找青兒這種性格的丫頭，什麼都寫在臉上，根本瞞不住。

他若是想找人做這事，只會找像含萱這麼精明的丫頭，況且含萱這種時候還跑去梳洗實在更加可疑一些。

趙宸讓慎刑司動刑，又派人去兩人的屋子裡搜查了一番，並沒有找到藥粉，不過含萱的床鋪全部換過，乾淨如新。

得知這消息後，慎刑司已經動了手，奈何兩個丫鬟還是什麼都不說，都說不是自己做的。

趙宸沒了耐心，直接進了慎刑司裡面的刑房，兩個侍女並沒有被關在同一間房裡，他過去含萱的刑房。

打含萱的板子都是實打實的，這會兒她的後臀是一片血肉模糊，慎刑司的板子跟外頭的板子可不一樣，外頭被打了五十板子之後的傷勢也不過如此。

趙宸在刑房站定。

「妳若是如實說了就能少受些罪。」

含萱疼得臉色慘白，額頭直冒冷汗，還是咬牙道：「不……不是奴婢做的。」

趙宸哦了一聲。

「不是妳做的，是誰做的？剛才妳在大殿外說是青兒所為，可有證據？皇后不過問了幾句話，妳怎麼就肯定是青兒做的？」

含萱咬牙道：「是……是奴婢撞見的。」

趙宸沈默，示意她繼續說，含萱繼續道：「奴婢同青兒一間屋子，前幾天就瞧見她鬼鬼祟祟地藏東西，所以奴婢肯定是青兒做的。」

「就憑這個妳就斷定是青兒做下的也太草率了些。」趙宸神色冰冷。「來人，繼續動刑，朕看這丫鬟嘴硬得很，再打五十大板。」

再五十大板下去就沒命了，含萱臉都白了，掙扎道：「就是青兒做的，她身上明明還有藥粉的味……」說著陡然住口。

趙宸冷聲道：「妳怎知謀害皇子用的東西是藥粉？還能聞見這藥粉味道？」

這下不用說都能肯定這事是含萱所為了，這藥粉味他找了好幾個人來聞，都說聞不出什麼。含萱一時慌張說漏了嘴，定是知道寶珠能夠聞見這味道，所以她才會把藥粉撒在青兒身上。

含萱臉色白得嚇人，牙齒格格作響。

「是……是奴婢在小皇子身上聞見這味道，青兒身上也有……所……所以，奴婢猜測……」

「閉嘴！」

趙宸直接打斷她的話，吩咐慎刑司的人去弄幾種胭脂來讓含萱聞一聞，看她能不能都辨得出是什麼味兒。

含萱臉色唰一下子慘白，身子抖得越發厲害，慎刑司的人很快弄了幾種胭脂過來，結果含萱說錯好幾種，可見她說什麼能聞見藥粉味的事根本是假的。

趙宸淡聲道：「若是妳肯說出幕後主使，朕就饒了妳一命。」

含萱猛地抬頭。

「皇上說的可是真的？皇上是九五之尊，可……可莫要說話不算數。」她也是急紅了眼，不然這種大逆不道的話她如何敢在他面前說。

趙宸冷笑。

「自然是說話算數。」

含萱喘了兩口粗氣才道：「是……是虞昭容讓奴婢做的，前幾日她給了奴婢一包藥粉，說是讓奴婢趁著嘉禮這日偷偷放在小皇子的衣櫃中，又……又告訴奴婢，說皇后嗅覺靈敏，肯定會聞出藥粉的味道來，所以讓奴婢把一些藥粉撒在青兒身上，剩下的全部灑在小皇子的衣物當中，之後奴婢就去梳洗一番，就是怕皇后會聞出什麼來。」

見皇上的臉色陰冷得嚇人，含萱生生打了個寒顫，結結巴巴道：「求皇上饒了奴婢一命。」

趙宸冷笑一聲，甩開衣袍大步走了出去，他既然說饒這丫鬟一命，自然就會饒她一命，不過他會讓她生不如死。

趙宸去了御書房，之前讓王朝去廬陵查的消息早回報了，的確跟太后說的一樣，先前有關寶珠的消息會洩漏，都是因為虞昭容飛鴿傳書給京城的太后。

這次總帳一起算，趙宸直接讓人抓了虞昭容押去慎刑司。

虞妹過去慎刑司見到趙宸和含萱的時候臉色並沒有什麼大的變化，似乎早就料到了這一天。

趙宸讓人把虞昭容的罪行都說了一遍，問道：「虞昭容，妳可認罪？」

虞妹溫溫柔柔地給趙宸行了個禮。

「臣妾認罪。」

趙宸冷聲道：「既已認罪，也沒什麼好說的了，來人，賜虞昭容毒酒一杯！」

虞妹不怒反笑，輕柔地將耳邊的髮絲攏在耳後，溫柔地道：「皇上好狠的心腸，皇上若是能夠看妾一眼，妾這輩子都會好好忠心於皇上的，為何皇上不肯多看妾一眼？妾第一次在宮裡見到皇上時就心悅於皇上了……」

她嫁進王府也幾年了，可見到趙宸的次數屈指可數，他的眼中只有那個正妻，自己到現在都還是清白之身，這男人若是肯把感情分一丁點給她，她就心滿意足了。可惜啊，到頭來，她還是連他一丁點的感情都沒得到，甚至都沒能讓他多看自己一眼，這幾年似乎也只有這個時候他的目光是完完全全停留在她身上的。

她想到那人告訴她的話——

「虞昭容的容貌一點都不比那皇后差，為何皇上眼中卻只有皇后娘娘？這後宮以後只怕就是皇后的天下了，我真真是替虞昭容感覺到可惜。」

入宮後，她的心漸漸不滿，憑什麼他的眼中只有皇后，她們這些後宮的妃嬪有什麼錯？她心生怨恨，不願見皇后好過，對小皇子她也不過是想給他個教訓，哪曉得這小皇子身子骨兒這麼差，就這麼點藥粉都能身上起滿了疹子。

虞妹在心底嘆氣，目光癡癡地看著趙宸。

趙宸心中厭惡，之後的事情就全部交給慎刑司處理，然後昭告宮中，虞昭容暗害皇子，賜毒酒一杯，婢女含萱謀害皇子，打斷雙腿丟去冷宮。

忙完這些事情後，趙宸並沒有回去德陽殿，他在御書房待了許久，直到天明直接去上早朝。

虞昭容暗害小皇子的事情這些大臣也都聽說了，今兒早朝的時候眾大臣就非常老實，沒給趙宸找麻煩，就怕這脾氣暴躁的皇上會趁著小皇子的事發落他們。

大臣省心，早朝就下得早，趙宸一夜沒睡，這才過去德陽殿。

德陽殿發生那樣的事，今兒趙宸就加派了不少侍衛，他進入大殿就能感覺到這些奴才們身體都繃得緊緊的，見到他似乎更加緊張了。

趙宸揮手讓所有人都退下，進入房裡時榮寶珠已經起床了，正在用早膳，壯壯賴在她懷中讓她餵小米粥。

昨天夜裡的事情，榮寶珠今兒一早就曉得了，她並沒有多理會這事，反正皇上已經處理好了。

過了一夜，壯壯身上的疹子都消退了，臉蛋又恢復了白嫩，就是這小傢伙一瞧見趙宸，小臉上的笑容立刻垮了下來，緊緊地抓著榮寶珠的衣裳。

榮寶珠輕拍了拍他的背，朝趙宸道：「皇上早上可用膳了？要不讓外頭的侍女進來伺候皇上用膳？」

「不必，我早上吃過了。」趙宸見壯壯的模樣，心裡實在不舒服，他兒子回宮也快兩個月了，卻還是對他這般，不過也怪他，誰讓他曾經誤會他們母子倆，欺負他娘了，這小子可真是會疼娘。

趙宸想了想，起身來到榮寶珠身旁。

「我來抱著他吧，妳先吃飯。」說罷就想接過壯壯，哪曉得這孩子一見他如此，嚇得哇哇大叫，使勁摟住了榮寶珠，就是不肯讓趙宸抱。

榮寶珠也挺尷尬的，拍了拍壯壯的背。「要不還是我抱著吧，他昨兒受了驚嚇，今天連妙玉她們都不要了。」

趙宸低沈地嗯了一聲，並未離開，只是拉過一張椅子在榮寶珠身旁坐下。

壯壯見這人不來抱他，就待在她懷中好奇地打量著趙宸。

趙宸朝他露了個笑容，拿起桌上的勺子添了一勺粥餵給他。

壯壯又立刻縮回榮寶珠懷中，趙宸並不氣餒，壯壯不吃，他就時不時地拿勺餵餵他，後來壯壯見他伸勺子就不躲了，只瞄他一眼。

榮寶珠跟壯壯用過早膳後，趙宸也不忙著出去，陪著母子倆一塊兒在房裡待著。

壯壯剛吃了東西，榮寶珠不敢讓他在床上亂爬，怕他吐了，只抱著他輕順了順背。

趙宸見狀，問道：「壯壯的名字可想好了？」

榮寶珠搖頭。

「還是皇上來給壯壯起名字吧。」

趙宸道：「我想著不如叫趙天瀚吧，妳覺得如何？」

榮寶珠點頭。

「這名字不錯，皇上若是也覺得不錯，壯壯的大名就叫天瀚了。」

壯壯似乎知道兩人在叫他，咿咿呀呀地應了一聲，兩人的心都軟了。

趙宸又笑道：「天瀚年紀雖小，可再大些就該選太師來教導了，我覺得榮四老爺文采了得，又不迂腐，若是岳丈大人能夠親自教導天瀚我也放心些，皇后覺得如何？」

榮寶珠沒想到趙宸會讓自己的爹來教導天瀚，不過若是讓爹爹來教導，她也能放心一些，爹的文采的確不錯，連中三元，這些年又在官場待了這麼久，足夠教導天瀚了。

榮寶珠感激他讓榮四老爺來教導天瀚，她笑道：「天瀚現在年紀還小，怕是要等兩、三年才能讓爹來教導了。」

趙宸不知多久沒見過榮寶珠這樣的笑容，心底有些癢癢的，忍不住長手一撈，把母子倆直接給拉進懷中，榮寶珠嚴嚴實實地坐在他的大腿上，懷中還抱著天瀚。

天瀚還以為娘在跟他玩，樂呵呵地笑起來，站在榮寶珠懷中用力蹬了兩下腿，蹬得她連帶在趙宸懷中顛了兩下。

趙宸忍不住笑出聲來，伸出大掌輕輕地捏了捏天瀚的小手，天瀚這次玩得開心，竟沒拒絕趙宸。

趙宸收手摟住榮寶珠的腰身，下巴擱在她的肩膀上，瞧見她白淨小巧的耳垂，忍不住親了一口，嘆口氣道：「寶珠，當年的事情都是我不對，妳原諒我可好？」

榮寶珠身子有些僵住，她回宮兩個月，只有一次夜裡睡得矇矓間聽見他似乎說了聲對不起，其他時候兩人並沒有什麼交流，她沒想到他如今會當面對她道歉，不過道歉了又如何？當初榮家的事情，他還不是道歉了？說是再也不會讓她傷心了，結果懷上天瀚的時候他卻懷疑她不忠。說到底他的性子就是如此；自大、多疑，就算現在道歉，她也不敢想像以後還會不會出現這樣的事情。

趙宸見榮寶珠不說話，曉得她心裡還是有根刺，在心底暗嘆了口氣，也不急著辯解什麼了，當初他的確是腦子糊塗，不過做錯了就是錯了，他會用以後去彌補。

天瀚在榮寶珠懷中顛得開懷，倒是把她身下的趙宸給顛出反應來了。

榮寶珠回宮這兩個月，他都沒有再碰過她，應該說自從她懷了身子後他都沒再碰過她了，自己早就熟悉她身上的味道，熟悉她身上的一切，除了她，他不願意碰任何人。

這兩個月，他都是等兩人睡熟之後才能休息，要說他沒點旖旎心思是不可能的，不過兩人都沒有太親密的接觸，有多少旖旎心思也被他給壓了下去。

這會兒她挺翹的臀正坐在他的大腿上，自己若是還沒反應就奇怪了。

趙宸的呼吸漸漸急促，一手摟住榮寶珠的腰身，側頭含住了她的耳垂。

榮寶珠可不願意現在歡好，天瀚還在身邊，他雖然還小，不過小孩子對什麼都好奇，大人做什麼他都會下意識地去學習，這種事她可不願意當著孩子的面做。

榮寶珠撇開頭，急道：「皇上，天瀚還在。」

趙宸唔了一聲，這才不捨地放開她。

榮寶珠抱著天瀚從趙宸身上起來，妙玉已經在房門外喊道：「皇后娘娘，尚衣監給小皇子做的其他衣裳都趕製出來了，可要現在拿進來？」

榮寶珠回頭看了趙宸一眼，見他神色不變，沒動怒，就道：「進來吧。」

妙玉領著迎春、芙蓉、木棉、春蘭四個丫鬟抱著天瀚的衣裳過來，榮寶珠讓她們把衣裳放在床頭，她待會兒要一件件地檢查。

幾個丫鬟放下衣裳就離開了。榮寶珠把天瀚放在床上，任由他在床上爬著玩，自己一件件地檢查起這些衣裳。確認這些衣裳都沒有問題後，她這才把衣裳收拾整齊放好了。

榮寶珠往後頭一瞧，見趙宸正目不轉睛地盯著她。她朝他微微一笑，並沒有說話。

趙宸捨不得妻兒，待到晌午陪著兩人用了膳才去御書房，等到晚膳的時候他又過去德陽殿陪著兩人用膳。

晚上的時候，他還派人把奏摺全部搬到德陽殿來批閱。

榮寶珠跟天瀚睡在房裡，趙宸就在外頭的大殿裡批閱奏摺，榮寶珠的耳朵靈敏，能夠聽見外頭翻動奏摺的聲響，天瀚似乎也知曉外頭有人，一直不肯睡，頻頻朝外張望。

到了戌時末，天瀚才睡下，榮寶珠梳洗乾淨躺在天瀚身側，還是能夠聽見外面輕微的翻動聲。

過了一會兒，榮寶珠漸漸閉上雙眼，迷迷糊糊地入睡，過了會兒似乎聽見外面傳來響動聲，她就忍不住醒了過來。

響動聲是大殿門打開的聲音，吱呀一聲。

趙宸聽見聲響，忍不住抬頭看了一眼，瞧見是拂冬拎著食盒進來，臉色立刻沈了下去。

「誰讓妳進來的？」

拂冬臉色發白。

「皇上平日在御書房總要用些宵夜，這事一直都是奴婢做的，想著這會兒皇上怕是也餓了，所以奴婢送了些熱食過來。」

趙宸冷聲道：「朕說過沒有朕的允許，誰都不許進德陽殿。」

拂冬慌忙跪下。

「都是奴婢的錯。」

「來人。」趙宸道。「把拂冬拉下去打二十大板！還有門外守夜的當值太監也一起拉下去！」

門外當值守夜的人是英公公的小徒弟，平日裡在御書房也曉得拂冬是皇上跟前的紅人，每天都會給皇上送夜宵，這會兒來到德陽殿想著賣拂冬姑娘一個人情，就直接把人放了進去，哪曉得皇上就這麼動怒了。

很快就有侍衛進來拉了臉色慘白的拂冬出去，趙宸又吩咐門外的當值太監以後不用出現在他的面前，這小太監以後怕是都沒出頭之日了。

榮寶珠見聲音漸歇，也就沒搭理，直接躺下了。

趙宸這會也實在沒了心思批閱奏摺，先去淨房梳洗一番，這時榮寶珠還沒睡著，趙宸上床就摟住了她。

察覺她的身子僵了下，趙宸就曉得她還沒睡下，直接把人壓在身下，親上她的嘴巴，他的吻有些急切、急躁，幾乎是立刻就用舌頭撬開她的嘴巴伸進去含住她的舌。

榮寶珠慌了，伸手推了他一把，想扭頭避開他的吻，不想卻被趙宸用手從後方托住了後腦勺，讓她動彈不得。

天瀚在旁邊哼哼了兩聲，榮寶珠急了，一口咬了下去，趙宸唔了一聲，卻沒放開她，反而吻得越發用力。

榮寶珠漸漸停止了掙扎，半晌後趙宸才放開嘴，卻是低頭朝下親去，她急忙攔住，低聲道：「皇上，不可，天瀚還在，他睡眠不好，動靜大了會醒來的。」

再怎麼樣她都不願意當著孩子的面歡好。

趙宸終於頓住，許久才坐直了身子，沙啞著聲音道：「我只是太想妳了，寶珠。」

榮寶珠不說話，兩人都是沈默不語，半晌後，趙宸才躺下，然後把她抱在懷中。「睡吧。」

榮寶珠嗯了一聲，兩人是夫妻，歡好自然是正常的事，就算她心裡有刺也不會拒絕這種事情，不過當著孩子的面，她實在覺得沒臉，見他誤會了，她就沒打算說啥了。

過了一會兒，兩人都還沒睡下，趙宸忽然想到什麼，在榮寶珠耳邊輕聲道：「拂冬年紀大了，之前我不願意管這些事，妳如今是後宮的主子，拂冬的事就交給妳處理，妳瞧瞧看有沒有合適的人家，有的話就讓她嫁了吧。」

榮寶珠嗯了一聲。

「我曉得了。」

拂冬要出嫁了是好事，說起來她也不清楚前世的事情跟拂冬到底有沒有關係，拂冬對皇上的心思她其實全都看在眼中。

天瀚很乖，晚上基本不吃夜奶，榮寶珠都是一覺睡到天亮。

天亮後，趙宸已經因為去上早朝而不在了。

日子漸漸燥熱起來，榮寶珠還未曾跟拂冬說過婚配的事情，拂冬自被打了那二十大板後就病倒了，這些日子一直在臥床休息。

轉眼到了八月，榮寶珠有些想念榮家人，這期間榮家人都未曾來見過她。

這日，趙宸陪她用完午膳後道：「妳若是在宮中覺得煩悶，不如帶天瀚去榮家坐坐，不必大張旗鼓的，只派一輛馬車就是，我會讓暗衛跟著，不會有事的。」

榮寶珠想了想就同意了，主要是她好幾年沒見著家裡的姊姊們，自從她出嫁後就跟姊姊們甚少來往，何況回京到現在她一直沒見過她們，她有些掛念著。

榮寶珠沒有直接去榮家，而是讓妙玉出宮一趟先跟榮家人說了聲，說她三天後回去，讓榮家人把家裡的幾位姊姊都叫來。因姊姊們都嫁在京城，往返很方便。

三天後，榮寶珠就抱著天瀚坐上馬車去了榮家。

天瀚自回宮就沒再出去過，這會兒他好奇得很，待在榮寶珠懷中都不老實，使勁想往前拱。

榮寶珠無奈，悄悄掀開簾子一角落讓天瀚往外看，能夠瞧見外頭的景色，天瀚就乖了，也不亂動，安靜地待在她懷中。

馬車一路駛出宮中，朝著榮家而去，路上的集市熱鬧極了，天瀚何時瞧見過這種熱鬧情景，在她懷中開心到不行。

半個時辰後就到榮府，榮家人早已得知榮寶珠今日回來，都在府外迎接著。

除了榮家人，榮家出嫁的幾位姑奶奶，還有榮寶珠的外祖父、姑母也都回來了。

榮寶珠跟著榮家人進去後，一屋子人熱熱鬧鬧的，姊姊、姊夫們回來也一同帶了孩子，這會兒一屋子孩子，她都快認不過來。

天瀚沒見過這麼多人，歡喜到不行，朝著屋裡人咿咿呀呀的。

人多熱鬧也嘈雜，不過都是最親近的人，榮寶珠跟大家聊得很開懷，趁著空檔還去探望了安置於榮府的小八、小九。

榮寶珠的姊姊們嫁的人家都不錯，如今也生兒育女了，平日裡兒女不用她們操心，婆婆也都省心，看著都跟未出嫁的姑娘們差不多，容顏不變，甚至更加嬌媚了。

榮寶珠的孩子算是哥哥姊姊們當中最小的，這些表哥表姊都很喜歡天瀚，榮寶珠就讓年紀大些的表姊帶著天瀚到一邊玩。

眾人聊得開懷，不多時外面傳來鬧騰騰的聲音，像是丫鬟們拚命攔著什麼人不讓進。

榮寶珠耳朵好使，這會兒聽見了丫鬟說的話。「季老夫人，這會兒皇后在裡面，您還是別硬往裡面闖了。」

季老夫人？那不是姑母的婆婆嗎？

姑母榮元婧嫁入季家，這季家出了一位太后、一位皇后，前皇后就是姑母的大姑子，這會兒還被關在冷宮裡。

榮寶珠心中一動，猜到這季老夫人過來榮府是為了什麼事。

季老夫人喝斥道：「還不滾開，我是你們姑太太的婆婆，這會兒來是找你們姑太太的，有你們這樣待客的嗎？」

狄氏已經率先走了出去，來到門外，見好幾個丫鬟正攔著季老夫人，季老夫人卻不管不顧地往前衝，幾個孩子還在外頭玩耍，這會兒都頻頻朝這邊看來。

狄氏皺眉道：「親家母，妳這是做甚？有什麼事讓丫鬟們通報就是了。」

季老夫人哼道：「妳還曉得咱們是親家？既然如此，皇后娘娘回娘家為何都沒給我下帖子？」

狄氏道：「皇后回來不過是與親人敘敘舊，哪能昭告天下？這不過是普通的家宴，自然是沒給親家母下帖子了。」

「好了，好了，」季老夫人擺擺手。「咱們進屋再說吧，反正我人都過來了，是不是？」

狄氏是不願意讓季老夫人進去的，她曉得這老夫人過來是為了何事，但還沒找好藉口讓人離開，季老夫人已經趁著大家不注意，猛地衝進了房裡。

狄氏無奈，揮揮手讓丫鬟們下去了。

季老夫人一進屋子，榮元婧就滿臉無奈，季老夫人對她開口道：「妳今兒回榮府還瞞著我做甚？皇后娘娘回娘家，我過來拜見拜見也是應該的。」

季老夫人說罷就來到榮寶珠面前，打算給她行個大禮，榮寶珠怎敢接這大禮，慌忙示意身邊的丫鬟把人給攔住了。

榮寶珠就算知道季老夫人過來是為了什麼事，這時也不能揭穿她，只能笑道：「季老夫人這是怎麼了，您到底是長輩。來人，還不給季老夫人看座。」

立刻有丫鬟過來給季老夫人備了座位和茶水，這時榮家人心裡都有底，什麼話都不提，只和榮寶珠聊著家常話。

季老夫人愣是插不上口，等到快晌午時，狄氏出去讓人備下飯菜，季老夫人終於忍不住道：「皇后娘娘，老身想求您件事，您看能不能就咱倆說說話？」

榮海珠掩口笑道：「老夫人說的這是什麼話，皇后才來榮家，咱們都掛念著她，想多和她說說話呢，您看您這一來就要把皇后給拉過去單獨說話，這可怎麼成？再說了，老夫人有什麼事求皇后也是無用的吧？寶珠雖貴為皇后，可能操心的也就是後宮的事，肯定是幫不上您的忙。」

季老夫人瞪了榮海珠一眼，恨恨道：「我求的自然是跟後宮有關的事。」

榮海珠只笑不語，榮寶珠笑道：「老夫人，我五姊說的是，我也不過就是能管管後宮幾個妃嬪而已，您若不是說關於後宮幾個妃嬪的事，其他的我肯定是幫不上什麼忙。」

季老夫人見榮寶珠不願意幫忙，立刻急了，也顧不上丟臉，上前緊緊抓住榮寶珠的手臂。

「皇后娘娘，您在後宮最得皇上的寵愛，況且還為皇上生下唯一的嫡子，老身所求之事只有您能幫得上忙，求您跟皇上說說，讓皇上饒了好潔吧。」

季好潔就是前皇后——季老夫人的大女兒。

榮寶珠笑道：「老夫人，您看您這不是為難我嗎？這事是皇上處理的，任何人都不得提起，我若是在皇上面前提這事，那不是自找沒臉？」

上輩子，趙宸把文安帝後宮裡的所有人都囚禁了起來，榮寶珠只曉得他殺了太后，至於其他人的下場她就不知道了。

季老夫人更急了。

「您現在是皇后，又誕下唯一的皇子，皇上肯定會聽您的。」

這時榮元婧尷尬到不行，勸道：「婆婆，皇后實在管不得這事，您同她說也是沒用的。」

季老夫人轉頭喝斥道：「我同皇后娘娘說事，沒妳插嘴的分！」

榮家人的臉色都變了，狄氏更是冷聲道：「親家母，妳這是做甚？我家元婧做錯了什麼事，妳要這樣吼她？」

季老夫人尷尬道：「我……我不是故意的。」

榮寶珠也道：「老夫人，這事我幫不上忙，您求我還不如去求皇上。」

季老夫人的臉色立刻就灰敗了下去。

等到家宴開始的時候，狄氏留季老夫人用膳，季老夫人蒼白著臉搖了搖頭，隨後就離開了。

午膳後，榮元婧還跟榮寶珠說了幾句話，讓她莫要放在心上。榮寶珠的確沒把這當一回事，反正她不會搭理這些事情，該怎麼處理也都是皇上說了算。

榮寶珠是在榮家用過晚膳後才帶著天瀚離開的。天瀚今天玩累了，在回去的路上就睡下了，榮寶珠一路輕輕抱著他坐馬車回宮。

回去德陽殿的時候，趙宸正在大殿裡批閱奏摺。

榮寶珠進房就撞見他，總不能不打招呼就進去，只得輕聲道：「皇上，我回來了，天瀚睡下了，我先送他進去。」

趙宸點頭。

「待會兒再出來下。」

榮寶珠問道：「皇上可是有什麼事想同我說？」

趙宸遲疑了下，還是點了點頭。他其實也沒什麼大事，就是有些掛念她，想讓她出來和他說說話，在房裡說話他怕會驚醒天瀚。

榮寶珠進去把天瀚放在床上，又幫孩子蓋好衾被，讓殿外守夜的妙玉進來陪著他這才去外頭的大殿，來到趙宸身側坐下。

「皇上有什麼事？」

趙宸把手中的奏摺推到一旁，伸手把人拉進懷中。

「今天在榮家過得怎麼樣？」

提到榮家，榮寶珠臉上的笑容終於多了些。「挺好的，姊姊們都回來了，今兒我和她們聊了許久，說起來還要多謝皇上。」

一般後宮的女人，不管是皇后還是妃嬪想要出宮都是極難的。

趙宸笑道：「反正這後宮也沒幾個人，妳想出宮隨時都能出去，沒那麼多規矩的。」

榮寶珠心裡感激，忍不住多嘴道：「皇上可餓了？」

還不等她多說什麼，趙宸已經道：「想吃妳煮的麵。」就算是最普通的麵，他也覺得那是世間最美味的東西，他曾經吃過幾次，一直念念不忘。

榮寶珠原本是想讓侍女們去御膳房讓御廚做些宵夜過來，這時見他這麼說，她推脫不掉，笑著起身。

「若皇上不嫌棄我的手藝，我這就去給皇上弄些吃的過來。」

德陽殿就有小廚房，裡面還熬著高湯，寶珠直接把麵條放在高湯裡熬煮了一會兒，就只是最簡單的湯麵，上面別的什麼也沒放，就是一些燙過的幾根素菜。

端過去後，趙宸很快就吃光了，笑道：「果然還是妳煮的食物最合口。」

榮寶珠笑道：「皇上喜歡吃就好。」她倒是不相信自己的廚藝有多好，裡面又沒放瓊漿，味道怕是連一般廚子做的菜都比不上。

趙宸又把人拉回懷中，親住榮寶珠的嘴巴，吸吮許久不願意放開，直到裡面傳來天瀚的哭聲，榮寶珠才慌忙推開了趙宸。

「我進去瞧瞧是怎麼回事。」

趙宸也不放心，大步跟了進去，裡面妙玉正抱著天瀚哄著，卻是怎麼都哄不住，天瀚還是大哭著。

榮寶珠趕緊把孩子接了過來，天瀚聞見熟悉的味道，漸漸止了哭，在她懷中睡下。

趙宸緊張地問：「怎麼回事？要不要找御醫過來瞧瞧？」

榮寶珠道：「我就是大夫，皇上不用慌，天瀚是夢魘了，今兒他出去玩了一圈，晚上會有些哭鬧是正常的。」

她曉得孩子白日裡玩得太狠，晚上就會夢魘，抱著哄哄就好了。

趙宸鬆了口氣。「這就好。」又道：「我先出去了，妳先陪天瀚休息吧。」

晚上榮寶珠挨著天瀚睡，他就沒再哭鬧了，一覺睡到了天亮。

第四十五章

這一個月，榮寶珠一直在替拂冬找適配的人家。她在京城找到了兩家，家世都不錯，男方年紀有些大了，都是要娶續弦，家中也都只有一個女兒，拂冬嫁過去後若能生下個男孩就能站穩腳跟。

拂冬年紀大了些，這會兒都有三十了，總不能找十七、八歲的配給她。

榮寶珠讓人去把拂冬請了過來，打算跟她說說這事，之前她被皇上處罰，一直在休養，想來這過了一個多月應該已經好了。

德陽殿的宮女很快就把拂冬請來，一見拂冬，榮寶珠就曉得她之前的確病得厲害，這會兒她瘦得嚇人，身上都沒瞧見多少肉。

榮寶珠被嚇了一跳，讓人給拂冬看座。

「妳沒事吧？要不要請御醫過來瞧瞧？」

「奴婢無礙，就是怕有些嚇著皇后了，所以一直不敢來跟皇后娘娘請安。」拂冬的聲音本來就沙啞至極，這時聽起來越發難聽了，猶如什麼尖銳的東西劃過地板，讓榮寶珠心裡都跟著縮了一下。

榮寶珠道：「妳坐下吧。」

拂冬微微福身謝過，這才坐了下來。

榮寶珠道：「找妳過來也沒什麼事，就是本宮聽聞妳身子好了些，這才讓妳過來，不過妳現在如此，本宮瞧著實在很不放心，還是讓御醫來看看吧。」

拂冬如今這模樣如何能嫁人？就算真讓她嫁人，男方怕是心裡也不樂意，按理說她對這拂冬並沒有什麼好感，隨意指婚也沒什麼，她就是擔心拂冬這身子嫁過去撐不了幾日就去了，這不是禍害人家男方嗎？

就算不為拂冬，她也該為男方想一想。

說起來，榮寶珠對後宮中的女子都沒什麼好感，誰知道她上輩子到底是死在誰手中的？指不定就是這貌不驚人的女子下的手，畢竟她能陪著皇上在那樣的後宮裡活下來，肯定是個有本事的。但她不願意冤枉人，所以真讓她對拂冬下手，她也狠不下心，這才想著把她遠遠打發嫁人了。

眼下看來，想讓她嫁人都算是奢望了。

拂冬起身福了福身子。「多謝皇后娘娘。」

宮女去請御醫過來，讓御醫替拂冬把脈一番後，榮寶珠讓拂冬先下去休息，這才問了御醫。「拂冬的身子如何了？」

御醫回道：「回皇后娘娘的話，這拂冬姑娘的身子虧空得很，實在是虛得厲害，沒有幾年工夫的調養，肯定是養不好的，若是不好好調養，只怕不到一年的時間就會香消玉殞。」

榮寶珠嘆息，看來這婚事暫時是不成了。

拂冬出了大殿後，回頭望了德陽殿一眼，神色平淡，這才提著裙角慢慢朝著自己的寢房而去。

拂冬成親的事情因此只能暫時擱淺下來，榮寶珠的日子恢復平淡，除了平日裡幾個妃嬪會過來請安外，其餘時間她就是在德陽殿裡照顧天瀚，看看醫書、製一些藥膏之類的。

天瀚的身子按照目前這樣調養下去，他體內的毒幾年後就能清除乾淨了，不過用瓊漿實在太費時。榮寶珠想起在廬陵的那些藥草，待藥草成熟作為藥引就能直接根除趙宸和天瀚身上的毒。

悶熱的夏季漸漸過去，轉眼就到了十月，天氣轉冷，榮寶珠和趙宸的關係差不多還是如此。趙宸有時會受不住地使勁親她，不過他似乎總不會找時刻，親她的時候總是有在天瀚的身邊，榮寶珠當然不願意了。

於是，回來五個月了，榮寶珠都還沒有同他歡好過。

這兩個月，榮寶珠帶天瀚回過榮家兩次，差不多一個月一次，她到底是不好太頻繁出宮，好在爹娘還有姊姊跟幾個嫂子們進宮過幾次，讓她解了思念之苦。

卻說後宮的幾個妃嬪漸漸著急了起來，有人忍不住整日煩悶到不行。

說起來這些妃嬪自從跟了趙宸後，都還沒有被臨幸過，其中數董昭儀最心急，以前在王府的時候她終日見不著趙宸，見面的機會少之又少，進宮做了昭儀後，又開始聽聞皇上每日的性子都陰晴不定，朝堂上隨意發落大臣的事情並不少。

那時候後宮上自妃嬪，下至奴才們，幾乎都是小心翼翼地在過日子，等到皇后回宮，他們才發現皇上的性子似乎平和許多，至少在朝堂上已經懂得給大臣留面子，對於犯錯的奴才們也不會一棒子就打死，最多就是罰二十板子，不會要人命了。

也許正因為如此，董昭儀又動了心念，她不求皇上寵愛，不過是希望皇上臨幸她幾回，讓她懷個孩子就好，在這後宮有個孩子傍身她也就安心了。

有了這小心思，董昭儀整日都有些坐立不安，最後終於打算試一試。

這日天色暗下去後，趙宸陪著榮寶珠跟天瀚用晚膳，英公公過來稟報，說是戶部左侍郎有事求見皇上。

德陽殿到底不是商討朝政的好地方，趙宸跟榮寶珠說了聲就過去御書房。

榮寶珠曉得這戶部左侍郎就是榮四老爺，榮四老爺之前在吏部任職，趙宸登基後把他調到戶部，任職正三品的戶部左侍郎。她曉得爹這時候找皇上肯定是有要事商討，因都是朝廷上的事，她當然不會過問。

趙宸過去御書房見了榮四老爺。這戶部本是掌管戶籍財經，趙宸登基後發現國庫空虛，問了戶部尚書一些事，又拿了以往戶部的帳目，就發現這帳目都有些問題，便把榮四老爺調到戶部，讓他悄悄查戶部尚書，恐怕他貪了不少銀子。

趙宸讓榮四老爺一有證據就立刻進宮，為了這事兩人在御書房裡待了快一個時辰，這次證據確鑿，能夠直接抄了戶部尚書的家。

榮四老爺走的時候面上帶著笑容，獲得趙宸的准許，他直接前往德陽殿去見皇后。

趙宸在御書房裡心情也不錯，想著老丈人過去看皇后了，他這會兒就不急著過去，在御書房裡繼續批閱奏摺。

過會兒，外頭的英公公進來通報。

「皇上，董昭儀送了夜宵過來。」

趙宸皺眉，這怎麼又不安分了起來？

正想說不見，旁邊的子騫已經道：「皇上，說起董昭儀，臣想起點事情來。」

趙宸讓英公公下去，子騫才道：「臣記得前些日子董昭儀在太醫院拿了些半甘草。」

趙宸道：「這半甘草是做什麼的？」

子騫咳了一聲。「這東西少量能夠安眠，大量就有催情的作用。前些日子董昭儀說睡不好，去太醫院拿了這草藥，太醫院也不知該不該給，就問了臣，臣讓給了。」這東西頂多只有催情的作用，又沒其他毒素，所以他也沒攔著。

趙宸一聽就懂了，怕是這董昭儀根本不是不舒服，而是想對他下藥吧？

趙宸皺眉，正想讓人把她敢走，心裡忽然一頓，看了子騫一眼。「好了，這兒沒什麼事了，你也下去休息吧。」

子騫離開後，趙宸就讓英公公把人放進來。

董昭儀在外面忐忑得很，沒想到等了一會兒皇上就讓人請她進去，她心裡一喜，就拎著食盒走入御書房。

她先給趙宸福了福身子，嬌聲道：「妾給皇上請安，如今夜色已深，妾怕皇上餓著，特意煮了些粥過來，還望皇上嚐嚐。」

趙宸點了點御書房的書案。

「擱這裡吧。」

董昭儀嬌笑著把食盒擱下，取出裡面的熱食一一擱在趙宸面前，笑咪咪地道：「皇上，請慢用。」

趙宸皺了下眉。

「好了，放這裡吧，朕待會兒自會用的。」

董昭儀如何肯放過這個機會，勸道：「皇上還是趁熱吃了吧，涼了就不好了。」

趙宸也沒再拒絕，把一碗粥都給用光了，結果沒一會兒，他就感覺下腹難受，有股火氣往上衝，下面也硬得厲害，他忍不住暗罵了一聲，沒想到這藥效會這麼猛烈。

見趙宸眼睛都有些赤紅，董昭儀愣了下，大概也沒想到藥效會這麼快發作，她不是蠢人，不可能做得太明顯，想來是估計用量的時候估算錯誤，用得太多了。

趙宸抓緊書案，啞聲道：「滾出去！」

都到這時候，董昭儀更加不會放棄，她慌張道：「皇上，您這是怎麼了？」說著就想往趙宸身上蹭。

不想趙宸直接一腳將她踹開了，喊道：「來人！」

立刻就有侍衛衝了進來，趙宸紅著眼道：「把董昭儀拉下去！」

侍衛見皇上眼睛都是赤紅的，還以為是董昭儀做了什麼事，立刻有人上前拖著董昭儀朝外走去。

侍衛上前。「皇上，您沒事吧？要不要請御醫？」

趙宸擺手。「朕無礙，把董昭儀直接送回寢宮！然後去德陽殿把皇后叫來，速度快些！」

侍衛不敢耽誤，立刻出去叫了皇后，並將董昭儀送回寢宮，這會兒董昭儀也不敢亂聲張什麼，對皇上下藥，甭管什麼藥，那都是重罪。

榮寶珠聽侍衛一說，不知是發生了何事，不過瞧侍衛緊張的模樣，想來是有重要的事情，便跟榮四老爺說了一聲，又吩咐妙玉照顧好天瀚這才過去御書房。

榮四老爺沒皇上的召見自然不能跟過去，只能先回去榮家。

榮寶珠一到御書房，英公公直接放人進去，她進去書房不見人影，聽見隔壁淨房似乎有水聲傳來，想了想，還是推門而入，一進去就瞧見白玉池裡坐著赤裸著胸膛的趙宸。

這會兒她看得一清二楚，沒有熱氣氤氳，顯然池子裡的都是冷水，這時都十月了，榮寶珠慌了，急忙提起裙角走了過去。「皇上，這裡頭都是冷水，小心生病了，您若是想梳洗，就讓侍女們來放熱水。」

等走到近處，榮寶珠跪在白玉池邊才發覺不對勁，趙宸全身緊繃得厲害，臉上帶了一絲不正常的紅，雙眼也有些赤紅，正緊緊盯著她，裡面有遮掩不住的情慾。

榮寶珠一驚。

「皇上，您這是怎麼了？」

趙宸喘著粗氣站起身來，白玉池的水只到他的大腿處，他全身上下只著一件裡褲，這時也全都濕透了，貼在緊繃的大腿上，一起身，身上的水珠濺到榮寶珠的身上，他幾乎是抖著手把她整個人拉入懷中。

等人貼在他緊繃的胸膛上，趙宸全身的情慾就再也壓制不住，幾乎是瞬間就把榮寶珠壓在白玉池上，胸膛緊緊貼在她的柔軟，他用力含住她的雙唇。

榮寶珠只覺皇上不對勁得厲害，他身上有些發燙，雙唇灼熱得嚇人，還沒反應過來，他的舌就靈活地伸了進去。

他的吻炙熱激烈，榮寶珠根本反抗不得，他將她的雙手固定在頭頂上，很用力地親著她。

等他的吻漸漸轉移向下的時候，榮寶珠的雙唇都有些腫了。

榮寶珠喘了口粗氣，並沒有拒絕他，等他的吻落在她的柔軟上，她終於忍不住呻吟了一聲，又問了一次。
「皇上，您這是怎麼了？」
她覺得皇上好像中了合歡散之類的媚藥。
趙宸的理智終於回神了一些，喘著粗氣道：「董昭儀下了藥，寶珠，幫幫我。」
榮寶珠驚訝，沒再多問什麼，只被他下身的涼氣驚得有些發冷。「皇上，去房裡吧，這兒太冷了。」
趙宸強忍著在這裡要了寶珠的衝動，抱起她回到房裡。

等一夜過去後，趙宸簡直想罵董昭儀是個蠢貨，連下藥這種事情都能超量。昨天一夜他幾乎沒休息，榮寶珠在後半夜差點昏死過去，直到天色漸亮，他身上的藥效才算是過了，平日裡精力很是旺盛的他都有些承受不住了，更何況是寶珠。
這時候已經差不多要早朝了，英公公小心翼翼地在外催著，趙宸起身後讓英公公去把德陽殿伺候皇后的幾個侍女叫來。
等人過來後，趙宸吩咐她們好好照顧皇后，皇子若是餓了就餵一些米粥。小皇子這時已經一歲一個月，平時軟一些的食物他都能吃了，夜裡斷了母乳，就是白天還吃點。
等趙宸去了早朝，幾個侍女去房裡伺候皇后，等瞧見皇后身子上的青紫她們都忍不住吸了口氣，這會兒連胡思亂想都不敢。

榮寶珠累得人都快散架了，等醒來的時候都晌午了，且還不是自個兒醒來，是被侍女們叫醒的。

幾個侍女無奈極了，皇上都交代過了，她們如何敢叨擾皇后休息，實在是小皇子鬧得有些厲害，早上醒來妙玉跟木棉還哄得住，過了會兒小傢伙沒瞧見榮寶珠就開始哭鬧了。這小皇子也真是倔得很，一個上午愣是沒停過，哭得嗓子都快啞了，她們實在扛不住了，這才把寶珠叫醒。

榮寶珠一聽是天瀚在哭鬧，強忍著身上的痠疼去了德陽殿，她身上還有點虛得厲害，因是體力流失，吃了一顆養生丸她才覺得好了些。

她一過去，天瀚立刻就不哭了，撲騰著要到她的懷中。等人進了她懷中，天瀚立刻就抓住她的衣襟，「母后母后」地叫了起來。

天瀚一歲多，就能扶著東西站一會兒了，這時也會喊母后了，只是發音有些不標準，其他的倒是不會喊。若是沒瓊漿，只怕這孩子連要活下來都不容易。

榮寶珠快心疼壞了，她也知道孩子不能太寵著，可這孩子自出生起就吃了不少苦頭，她實在捨不得他吃苦，哪怕寵著一些也無妨，只要能教給他正確的是非觀念和做人的道理即可。這方面她做得的確不錯，孩子除了對自個兒的父皇不愛搭理之外，對其他人並不會太驕橫。

哄了一會兒天瀚就乖了，榮寶珠和他講了些道理，讓他同妙玉和小宮女們玩，自己要去休息。

天瀚看著榮寶珠回房，沒再黏人，只要確定母后在他身邊，他就安心了。

趙宸是下午才下朝，他今天實在是太忙了，發落了戶部尚書，把那些罪證都摔在他的臉上，隨後就讓人去抄家，之後又忙著其他的事。他回去御書房時，得知皇后已經回了德陽殿，趙宸又立刻過去德陽殿，得知榮寶珠還在休息這才進房看了看她，等見著人的時候他心疼壞了，好在寶珠身上的青紫已經消退得差不多。

天瀚這會兒也在午睡，躺在榮寶珠旁邊，一大一小，小的緊緊依偎在大的身邊，趙宸看得屏住了呼吸，許久才俯身親了兩人後才出去。

雖然他早就知曉董昭儀要對他下藥的事卻沒拒絕，的確是想利用這藥緩解他和寶珠之間的關係，可下藥這種事情到底還是骯髒的，誰曉得董昭儀以後會不會下其他的藥，趙宸當然不可能饒了董昭儀，直接把她打入了冷宮。

這對董昭儀來說無疑如同晴天霹靂，她連見皇上一面的機會都沒有，就被侍衛關去了冷宮。

榮寶珠直到晚上才算是恢復過來，得知董昭儀被打入冷宮的消息，也沒多說什麼。

這兩日趙宸忙著將原戶部尚書進行懲處之後，直接讓榮四老爺任職戶部尚書，榮寶珠是兩天後才曉得這消息，對她來說，爹爹的確是有才能，不過她也曉得皇上做下這個決定多半還是因為她。總之，爹爹升遷是好事。

翌日，三位妃嬪過來請安後，榮寶珠正打算回去榮家一趟，這時迎春進來通報，說是有個名叫紅燭的小宮女來找皇后。

榮寶珠頓了下，才想起這叫紅燭的小宮女是誰。

當年采蓮犯事被蜀王打了板子，采蓮讓身邊的丫鬟紅袖攔下蜀王讓他去探視采蓮，蜀王最厭這樣的事情，當場就要把紅袖杖斃了，還是榮寶珠相勸，蜀王這才饒了紅袖一命，不過紅袖還是被發落出府。

當初紅袖和妹妹紅燭都是在采蓮身邊伺候的丫鬟，紅袖離開後，榮寶珠給了她一些銀子，紅燭待在王府，寶珠也頗為照顧她。原本她是想著讓紅燭在采蓮身邊，幫她看著幾位妾室的動靜，不過這紅燭性子憨厚，後來她也就沒怎麼指望她了。

采蓮離開王府後，榮寶珠更是快把這個小丫鬟給忘記了，沒想到她也進宮了。

榮寶珠道：「讓她進來吧。」

紅燭很快就進來了，模樣跟前幾年相比沒什麼大變化，榮寶珠笑道：「本宮記得妳之前是采蓮身邊的小丫鬟，過來找本宮可是有什麼事情？」

紅燭有些忐忑，見皇后還認識她這才心安了些，回稟道：「奴婢的確有事同皇后娘娘稟告。」

榮寶珠道：「妳說就是。」

紅燭這才道：「奴婢進宮後被分派在虞昭容身邊，雖未能近身伺候虞昭容，不過之前虞昭容出事前，奴婢見拂冬姑娘找過虞昭容幾次，有次進去送茶水的時候，奴婢還聽拂冬姑娘說，『虞昭容的容貌一點都不比那皇后差，為何皇上眼中卻只有皇后娘娘？後宮以後只怕就是皇后的天下了吧，我真真是替虞昭容感覺到可惜。』」

榮寶珠面色凝重。

「妳這話可記得清楚？」

若真是如此，拂冬可就沒表面上這般簡單了，莫不是虞昭容對天瀚下藥的事情，是拂冬挑唆的？

紅燭點了點頭。

「奴婢聽見這話後也沒多想什麼，等到虞昭容出事後，奴婢心裡不安，不敢多想，後來奴婢就被分配到拂冬姑娘身邊伺候著了。」

榮寶珠曉得拂冬現在並不是簡單的宮女，而是宮裡的管事，身邊的確能分配幾個宮女照顧她的衣食起居。

榮寶珠點了點頭。「妳繼續說。」

紅燭又道：「奴婢分配到拂冬姑娘身邊時，拂冬姑娘剛好被皇上責罰打了二十大板，那時都是奴婢近身伺候拂冬姑娘的，奴婢敢保證自己是盡心盡力地在伺候拂冬姑娘，卻沒想到一個月過去後，拂冬姑娘的身子還是沒有養好……」

紅燭遲疑了下，看了皇后一眼。

榮寶珠道：「妳繼續說就是了。」

紅燭才繼續道：「後來有一天，奴婢無意中發現，拂冬姑娘把奴婢送去的藥全部都倒掉了。」

榮寶珠忍不住皺眉，紅燭道：「奴婢就是覺得這事有些古怪，所以想了想就來跟皇后娘娘說一聲。」

榮寶珠沒想到拂冬為了拒婚，會拿自己的命開玩笑，可見就算是丟了命，她也只想留在宮中。她如今唯一不敢肯定的就是，拂冬對虞昭容說的那些話已經算是挑唆，那麼虞昭容陷害小皇子的時候可是拂冬推波助瀾的？

榮寶珠思慮有些多，打算給拂冬說親的事情，德陽殿不少侍女都能察覺得出來，透露到拂冬那裡也沒什麼，她覺得以拂冬對皇上的感情，做出傷害自己也要留在宮裡的決定也就沒那麼奇怪了。

榮寶珠打量了紅燭一眼，她不確定該不該相信紅燭的話，距離她救下紅袖已經過去幾年了，這期間紅燭並沒有幫她什麼忙，也沒有通風報信過，為何這個時候突然過來了？紅燭的話到底該不該信？

眼下無非就是兩種情況，紅燭說的都是真的，拂冬的確有異心，虞昭容謀害天瀚的事情也是拂冬推波助瀾的；二就是紅燭說的是假的，或者真假參半，幕後另有他人。

紅燭的表情有些忐忑，有些不安，那是對見到皇后的緊張，她忠厚的面容上實在看不出什麼。

說起來，拂冬在虞昭容面前說的那句話一般人聽也想不出什麼，最多只會覺得她是在討好虞昭容，拂冬倒藥的事情也不算什麼大事，為何紅燭會在這種時候跑來告訴她？

榮寶珠想了想，問道：「為何妳會突然想到要把這兩件事情告訴本宮？」

紅燭道：「虞昭容平日的性子很溫和，我實在想不到她會暗害小皇子，奴婢又聽拂冬姑娘說了那樣的話，後來又見小皇子出事，怕……怕這事跟拂冬姑娘有什麼關係，所以奴婢就想來告訴皇后。」

榮寶珠許久沒說話，看了紅燭好一會兒，半晌後才道：「好了，這事多謝妳了，妳且退下吧。」

紅燭歡喜地道：「能為皇后娘娘辦事是奴婢的榮幸。」

等紅燭離開後，榮寶珠有些拿不定主意，說起來為了這兩件事發落拂冬怕是根本不可能。最主要的是，她怕中了別人的計，拂冬平日性子很是高傲，只怕後宮妃嬪沒誰會喜歡她。

榮寶珠為這事愁著，不過今兒她還打算去榮家，這事只能先擱置，等她回宮再作打算。

抱了天瀚坐上馬車去了榮家，榮家這會兒是熱鬧不已，過來道賀的人絡繹不絕，榮家早就知道榮寶珠要回來，這時見到馬車沒讓她下車，而是直接讓馬車駛進府中，實在是門口的客人太多，怕驚擾了榮寶珠跟小皇子。

一路進到內院，那裡是榮家出嫁的姑奶奶們與和她們比較熟悉的一些閨友們待的地方。

榮寶珠抱著天瀚還沒進門就聽見房裡傳來榮海珠的聲音。「阿玉，妳可想清楚了？這事我們是不會勸妳的，妳要是想清楚了，那就隨妳的意。」

高陽郡主楚玉笑道：「自然是想清楚了，想了大半年，如今終於做下決定了。」

榮寶珠心中還在好奇，阿玉說的是什麼？做下什麼決定了？

當她走到房檐下已經有丫鬟通報了。「皇后娘娘駕到。」

裡面靜了下，房門立刻被打開，榮寶珠瞧見幾個姊姊都在，除了阿玉還有幾位不錯的閨友，都是當年和她們玩得很好的朋友。

榮寶珠抱著天瀚進去就覺得氣氛有些不對勁，忍不住笑道：「這都是怎麼了？怎麼我一來都不說話了？」

榮明珠上前挽住榮寶珠的手臂，笑道：「沒說什麼。來來，快讓我們抱抱天瀚。」

「可不是，我也想這小傢伙了。」海珠笑嘻嘻地上前抱過天瀚，逗小傢伙玩。「寶寶乖，快叫五姨母。」

「五咿啵……」天瀚很給面子地叫了一聲，雖然發音不大標準，也足夠讓榮海珠開心了。

天瀚由幾個榮家姑奶奶輪流抱著，榮寶珠輕鬆不少，順勢在楚玉身旁坐下，朝她笑咪咪地道：「咱們可是有些日子沒見著了。」除了榮家姊妹們，她也就在楚玉面前沒什麼正經，比較放鬆。

楚玉笑得燦爛。「我倒是想經常進宮去見見妳，不過這些日子被季家老夫人纏得厲害，一直不得空。」

榮寶珠驚訝。「這是怎麼回事？」

楚玉嘆氣。「能是怎麼回事，前皇后被打入冷宮，她到處求人想讓皇上饒了前皇后，怕是求了不少人都沒法子，最後求到我和我娘跟前，纏了我們快一個月，我們真是大門都不敢出了。」

「這季老夫人可真是……」榮寶珠也無語了。

這事誰攬下誰倒楣，她也不想想，皇上沒把人殺了都是好的，不過是軟禁，至少命保住了。

榮寶珠抬頭，有些納悶。

「妳不是住在盛家？莫非她還跑盛家去鬧了？」

楚玉頓了下。

「哪有啊，我回娘家住了一段日子。」

榮寶珠驚訝。

「回娘家去住了？」

她有些糊塗了，說實話，姑娘家出嫁就是夫家的人，一般就算是小夫妻倆吵架，女方回娘家也是不好的。況且盛名川性子溫和，她實在想不通兩人怎麼會吵架。

還不等她多問一句什麼，旁邊的榮海珠已經笑道：「七妹，妳不曉得，娘這兩天可老是念叨著妳，不過娘這會兒在前頭忙，妳今天能不能晚點回去？娘怕是有很多話想同妳說呢。」

榮寶珠笑道：「我留下用了晚膳再回去。」

這話題一岔開，榮寶珠也就沒繼續問楚玉的事了。

聊了會兒，榮寶珠要去茅房一下，只有妙玉跟著她一塊兒過去，天瀚則是被幾個榮家姑奶奶抱著。

出了房，榮寶珠還未到茅房前就聽見牆角處有兩個小丫鬟正小聲議論著。「高陽郡主真的要跟盛家大少爺和離了？」

「可不是，聽說高陽郡主都在公主府住了一個多月，這事一個月前就有不少人知道了，如今不知道的可是少數。」

榮寶珠心裡咯噔一聲，妙玉正想喝斥兩聲，寶珠急忙拉住了她。

兩個小丫鬟又道：「據說兩人感情不是很好嗎？怎麼還會和離？」

「感情好又如何，高陽郡主嫁過去都幾年了，肚子還沒起來呢，只怕是為了這個原因吧。」

榮寶珠腦子有些懵，妙玉這才喊道：「作死的丫頭們，不好好做事跑這兒來嚼什麼舌根！」

兩個小丫鬟聽見聲音嚇了一跳，出來一看發現是皇后娘娘，臉都嚇白了，撲通一聲跪了下來。「皇后娘娘饒命，奴婢以後再也不敢了。」

榮寶珠揮揮手，這才一步步朝著茅房而去。

等出了茅房，她腦子還有點懵，怎麼都沒想到阿玉會跟盛大哥和離，兩人和離肯定不是因為孩子的事情，她曉得盛大哥的為人，不會因為這個同阿玉和離的，莫非是阿玉提出來的？

榮寶珠這才想起她剛回來的時候，五姊跟阿玉說的應該就是和離的事情了，她竟然連一點消息都沒聽到，若不是今兒來榮家，只怕以後不知過多久她才會曉得這件事。

榮寶珠的步子很慢，她想了又想，覺得這事她不好問阿玉，畢竟她同盛大哥曾經是未婚夫妻的關係。

半晌後，榮寶珠終於嘆了口氣，只能當作不曉得這事了。她知曉盛大哥對她的感情，她怕兩人要和離是因為盛大哥的緣故，這樣她就不僅僅是害了盛大哥一人，還害了阿玉。

榮寶珠心裡難受，回去屋子裡見到榮家人和楚玉卻不得不打起精神來。這會兒榮寶珠只與楚玉說話，沒敢問她和盛大哥的事情。

晌午一家人用了膳，楚玉就離開了，榮寶珠送她到榮府大門口，正想和楚玉說下次給她下帖子，讓她去宮裡的時候，外面傳來一道溫和的聲音。「阿玉。」

榮寶珠一震，楚玉倒是面色平平，她轉頭朝眼前的男子溫和一笑。「盛大哥，好久不見。」自她打算和離後，她就改口了。

盛名川微微皺了下眉。「阿玉，我有些話想同妳說。」

楚玉笑道：「可是我沒什麼話想同你說的，我還要回去陪我娘。盛大哥，不說了，我先回去了。」

盛名川斯文儒雅的面色終於有了一絲變化，他啞著聲音道：「阿玉，我是真的有話想同妳說。」

楚玉不再說話，只以行動表示出她的決定，直接轉身離開了。榮寶珠這時都不知該說些什麼了，只能默默跟上。

盛名川眼睜睜看著，卻沒有追上去，他今日過來是為了找榮四老爺。

榮寶珠跟著楚玉朝前走了一會兒，來到停放馬車的位置，楚玉終於抬頭看榮寶珠，笑道：「我沒告訴妳，我打算同他和離了，一個月前我就搬離了盛家，他若是還不同意和離，我準備這幾天就去官府。」

榮寶珠張了張嘴，艱難地道：「阿玉，這是為何？」

楚玉的面上並不見痛苦，反而有解脫，她笑著把自己當初會嫁給盛名川的原委一五一十地說了出來。

榮寶珠心裡抽疼著，當初為了不嫁給蜀王，她的一個決定卻害了兩個人。

楚玉繼續道：「成親後他對我很尊重，可我要的不是這種尊重，我不過是想要他的感情，既然求不來，那就算了，我不要了！」

罷了，不喜歡就不喜歡吧！她也想明白了，感情強求不來的，她不稀罕他的感情了。曾經高傲的高陽公主又回來了，哪怕她為了他降封為郡主，她都沒後悔過。如今也不是後悔，只是終於想開了，她楚玉想開的事情，以後就不會糾結了，放開就是真的放開。

榮寶珠想起方才盛大哥的神情，心裡不禁有些疑惑，瞧盛大哥的模樣，只怕不像阿玉說的對她無情，盛大哥心裡應該是有阿玉的。

楚玉拍拍榮寶珠的肩膀，笑道：「我先回去了，改日再進宮看妳和天瀚。」

榮寶珠點頭，目送楚玉離開後，又回去榮府，今兒待了大半天，她一直未見過爹爹，問過下人曉得爹爹在書房後就過去了。

等到了書房她才曉得有客人，榮寶珠正打算離開，就聽見裡面傳來盛大哥的聲音，他似乎正同爹爹商量著關於前任戶部尚書的一些收尾事情，盛大哥像是也參與其中。

榮四老爺聽聞下人通報榮寶珠過來的消息，盛名川聞言，怔了下，兩人都走了出去。

榮寶珠這才頓住步子，上前朝榮四老爺喊了聲爹爹，又喊了聲盛大哥。

盛名川對榮寶珠溫和一笑。「寶珠，許久沒見。」

她如今雖貴為皇后，但在他眼中她仍是那個自己從小護到大的寶珠，是他的妹妹，是他的親人。

榮寶珠也溫和一笑。「可不是，盛大哥最近怕是都在忙著吧，不然怎麼連自己的妻子都不顧了。」

她的話到底帶了一絲的怨氣，有些為楚玉抱不平，他方才既然想同阿玉說話，就該強勢一些，阿玉離開時他竟沒有追上去。

盛名川只是笑了笑，並不多話。

外面的奴僕來報，說是有官員上門拜見，榮四老爺只得先出去一趟。

這時院子中只剩下榮寶珠和盛名川，盛名川指了指桂花樹下的石凳子，笑道：「要不坐著說一會兒話？」

兩人坐下後，寶珠一時無言，似乎並沒有什麼話想和他說，只有楚玉的事情反覆在心中翻滾，想問出口，到底還是忍著了。

還是盛名川先開口。「自那次幫我治腿後我就一直沒再見過妳了，妳失蹤的事情我也聽說了，阿玉那次差點急死了……」

一提起楚玉，盛名川的神色頓了下，心底一縮，有些疼得厲害，忍不住在心底嘆了口氣。

榮寶珠道：「我並無大礙，倒是盛大哥你，阿玉為何要同你和離？」到底還是沒忍住。

盛名川只覺心窩子處疼得越發難受了，半晌後才道：「都是我不好，所以她要同我和離。」

榮寶珠忍不住道：「盛大哥，你到底喜不喜歡阿玉？你要是不喜歡，就放阿玉離開，阿玉值得對她更好的人。」

盛名川苦笑。「自然是喜歡的。」只是自己知道得太遲了。

榮寶珠鬆了口氣，盛大哥果然是喜歡阿玉的，不過阿玉這麼倔的性子，只怕這事也不好辦。

兩人又閒聊幾句，榮寶珠這才回去內院。

盛名川與榮四老爺商量完事情後就過去了公主府，哪曉得阿玉是鐵了心要同他和離，根本不願意見他。

盛名川在公主府外站了許久許久。

第四十六章

榮寶珠是在榮家用過晚膳才回去宮裡，這時趙宸還在御書房中忙著。

等榮寶珠一覺醒來，身邊也沒了趙宸的影子，他一大早就去上早朝了。

榮寶珠回來自然是要開始處理拂冬的事情，沒想到還沒等她處理，晌午趙宸過來後就直接問了她這件事。

紅燭跟她說的話，趙宸也全部知曉，顯然這德陽殿裡有他的人，這點倒沒什麼意外的。

兩人用過膳，等侍女把食案撤下去後，趙宸才道：「拂冬的事情交給我處理就好了。」

既然他願意插手，榮寶珠也就沒打算管這件事，不管如何拂冬都是他身邊的人，他來處理更好不過。不想兩人正說這話，外頭的宮女通報，拂冬姑娘求見。

榮寶珠想不明白拂冬這時候過來做甚，趙宸已經讓人進來了。

拂冬走得很慢，她的身子還是瘦得嚇人，顯然這段日子她也沒有好好養身子。

等人進來後，拂冬顯然沒料到皇上會在，她朝兩人行了禮，才在榮寶珠面前跪了下來，沙啞著聲音道：「皇后娘娘，奴婢有一事相求。」

榮寶珠道：「什麼事？」

拂冬的聲音隱隱有些激動。「奴婢一直派人四處打探家人的行蹤，前兩日奴婢收到消息，說是找到了奴婢的家人，如今他們正被安頓在京城裡，奴婢想出宮一趟見見家人，奴婢想求皇后娘娘成全。」

拂冬也沒想到和她自幼失散的家人還有找回的一天，沒找到親人之前，她最在乎的人就是皇上了，如今有了家人，她本已死透的心漸漸復活。原本她只想留在宮裡，哪怕做一輩子宮女，她也要看著皇上，現在她的心思卻動搖了起來。

榮寶珠還沒回話，趙宸已經冷聲道：「拂冬，妳可知謀害皇子是什麼罪？」

拂冬一驚。「皇上這話是何意？」

趙宸冷著臉道：「莫要以為妳做的事朕不曉得！虞昭容暗害天瀚之前，妳同她過從甚密，妳對她說的那些話是何意？什麼叫『虞昭容的容貌一點都不比那皇后差，為何皇上眼中卻只有皇后娘娘？後宮以後只怕就是皇后的天下了吧，我真真是替虞昭容感覺到可惜。』」

拂冬臉色一白，怎麼都沒想到她曾經因為一時妒忌說的話會傳入皇上耳中，她面色有些發白，她的確嫉妒過皇后，心裡也恨過她，在虞昭容面前也說過這些大逆不道的話，可要說暗害小皇子，她是絕對沒有這個想法的。

她知道皇上的孩子來得有多不容易，她這輩子最在乎的人就是他，又怎會謀害他的孩子？哪怕孩子是皇后生出來的，她一樣不會謀害皇子。

拂冬白著臉道：「皇上，這話的確是奴婢說的，奴婢知道這是大逆不道的話，奴婢的確心存妒意，可奴婢從來沒有想過要謀害小皇子。」更沒有想過要謀害皇后，她所求的一直都很簡單，不過是留在他的身邊。

趙宸喝斥道：「若不是妳在虞昭容面前說這些挑撥的話，她如何會對小皇子下藥？妳敢說妳沒存挑撥的心思？」

拂冬的臉色越發慘白。「奴婢……奴婢……」

她當初說這話不過是因一時之氣，從沒想過後果。可虞昭容是什麼樣的人，又豈會因為她這一、兩句話就對小皇子下手，只怕她背後還有其他人。

那人如今還借著這事對她下手，她並不記得自己在宮中有得罪過誰，這事情到底是誰做的？

趙宸道：「妳可是無話可說？」

拂冬咬牙道：「奴婢並無謀害小皇子的意圖，求皇上明察。」

她心底到底還是失望透了，她跟在皇上身邊也十幾年了，為了他，自己的嗓子毀掉了，清白也被當初太后身邊的大太監弄沒了，自己一心一意都為他，可他卻不信任自己。

拂冬心裡灰敗，之前若是肯同意成親多好，離開宮裡該多好，可她為了留在他身邊，不惜傷害身子毀去自己的親事，到頭來卻落得一個這樣的下場。她很清楚趙宸對自己起了猜疑就絕對不會留她的命，更何況他還懷疑自己想要謀害皇子。

拂冬心如死灰，若是當時肯出去，現在她早就已經和家人團聚，如今她怕是再也沒有機會了。

趙宸的確對拂冬起了疑心，就算她現在說的話是真的，她並沒有想謀害皇子的意圖，她只是有了妒忌之心，卻不能保證她以後不會出手。

拂冬當年為了救還是孩子的他，確實犧牲很大，他之後對她也的確比對別人客氣一些，其他的事情他或許還能容忍，可威脅到寶珠跟天瀚，他是絕對不會容忍的。對他來說，死人更加安全些。

趙宸道：「妳該知道，光是那些話我就能處死妳了。」那些大逆不道的話的確就能處死一個宮女。

拂冬白著臉道：「奴婢知曉。」

拂冬面上現出絕望來，她不再求饒，曉得就是求饒也沒用，即使不是她做的，只要皇后容不下她，皇上也就容不下她。

榮寶珠皺眉看著拂冬，拂冬臉上的神色做不得假，這種時候她都不再求饒，顯然是真的絕望了。說實話，她並不喜歡拂冬，可也不願意真讓別人把他們當成傻子，這事她總覺得透著古怪。

想了想，榮寶珠悄悄伸手扯了扯趙宸的衣袖，低聲在他耳邊說了幾句話。

趙宸深深地看了她一眼，最後伸手握住她的手，這才看向拂冬，冷面吩咐道：「拂冬陷害皇子，賜毒酒一杯！」

拂冬癱軟在地，很快就被侍衛拖了下去。

翌日一早，袁昭媛、陳淑儀、穆淑媛過來德陽殿向皇后請安。皇后住的寢宮早就修建好了，不過趙宸還是不讓榮寶珠跟天瀚搬過去，兩人一直都住在德陽殿裡。

如今後宮除了榮寶珠，也就剩下這三位妃嬪，至於在冷宮的董昭儀，怕是一輩子都出不來了。

袁昭媛性子冷淡，平日在宮裡也是安安靜靜的；陳淑儀不管什麼時候看來都是老老實實、中規中矩，從沒有出挑和過分的地方；只有穆淑媛性子活潑一些，偶爾還會做出一些故意撞見皇上的把戲來，不過也沒太出格的地方，小聰明倒是有一些，在皇后面前卻也規矩，不會故意挑事。

榮寶珠曉得拂冬那件事透著古怪，若真是有人想謀害小皇子，針對拂冬的話，多半就是這三人之一了。

三人向前給榮寶珠行禮，榮寶珠笑道：「快起來吧，賜座。」

待人坐下後，榮寶珠笑問道：「都說了不用每日過來請安的，妳們倒還是天天都過來。」

三人都道：「這是妾身們該做的事。」

她們神色都很平淡，從外表上，榮寶珠實在分辨不出到底是誰有異心，跟三人說了一會兒話就讓人都下去了。

時間過得很快，轉眼就是年底，這幾個月榮寶珠很少去榮家了，她派人打探了下阿玉跟盛大哥的事情，曉得楚玉已經同盛名川和離，心底忍不住嘆了口氣。

阿玉性子剛強，做下的決定根本不會改變，就算盛大哥喜歡阿玉，只怕今後的路也不好走。

榮寶珠沒再多問這件事，畢竟她也幫不上什麼忙，只能看盛大哥的決心了。

如今宮裡已經張燈結綵，貼起對聯，看著一派喜慶。

到了年底，趙宸反而越發忙碌，榮寶珠白天見他的時候都不多，不過再忙，他每天也都會過來陪他們母子倆。

壯壯的身子經過調養，身上養了些肉，小傢伙如今會喊母后，也會認人了，平日裡趙宸都會儘量多抽空陪天瀚，奈何這孩子對趙宸還是認生得很。

這會兒宮裡的小宮女跟太監們都忙著打掃，天瀚第一次瞧見這麼熱鬧的事，開心極了，每天都不願意在大殿裡待著，非要在外頭瞧著宮女們忙活。

大年三十這天不用早朝，趙宸也難得休息兩天，今年他不想折騰就沒大張旗鼓，把後宮妃嬪們都叫來擺了簡單的家宴，還安排幾個餘興節目，等用過膳後，天色也不過剛剛暗下。

趙宸讓所有人都退了下去，朝榮寶珠笑道：「可想出宮去轉轉？我們帶天瀚出去轉轉吧。」

榮寶珠點頭，這麼熱鬧的時候，天瀚也高興。

趙宸換了便裝，三人直接坐馬車去了宮外，三十晚上的集市是熱鬧非凡，天瀚何曾見過這樣的景象，眼睛都快看直了。

三人出了宮後下了馬車，雖沒帶侍衛，可榮寶珠曉得暗衛應該不少。天瀚才剛會走路，榮寶珠這時不可能牽著他走，因為集市的人潮實在太多，只能抱著，小傢伙這半年長了不少肉，她抱了一會兒就覺得有些吃力。

趙宸瞧見，心裡猶豫，他不忍寶珠吃苦，不過這孩子還是不親近他，平日裡碰碰他的小手小臉他都不願意，這會兒去抱他也不知這小傢伙會不會鬧脾氣，別看這小傢伙平日對妙玉她們都是笑咪咪的，可一對上他，那小臉就變了。

趙宸苦笑，到底還是不忍榮寶珠累著，伸手接過天瀚。「我來抱吧。」

「不要。」奶聲奶氣的聲音響起，天瀚這會兒也不看別處了，認真地看著趙宸，再次說了一句。「不要。」

趙宸臉都黑了，半晌後才僵著聲音道：「你娘累了，讓我抱會兒。」

天瀚看了看榮寶珠，小臉上有了一絲的猶豫，趙宸又道：「你瞧瞧，你娘額頭上都出汗了，她累著了，你還忍心讓娘抱著？」

天瀚這時不再猶豫了，伸手小手替榮寶珠擦了擦汗。「娘……」這才轉頭看向趙宸，不情不願地對他伸出了小手。

趙宸見著胖乎乎、白嫩嫩的小手，心底的怒氣消了，心中軟得不可思議，輕輕地伸手把天瀚接了過去。

天瀚實在不大喜歡趙宸，過了好一會兒，他的注意力才被外頭的花燈、糖葫蘆，各種好玩的、好吃的吸引過去。

榮寶珠見小傢伙終於肯讓趙宸抱了，心裡總算鬆了口氣，她心中希望兩父子能好好相處，畢竟她不敢肯定天瀚是不是趙宸唯一的孩子，日後趙宸的毒解了，只怕後宮其他女子也會懷孕、生下孩子，天瀚若還是如此，對他自己也不好。兩人感情若是越來越好，對天瀚只有好處。

之前寶珠或許還不大在意，但最近這幾個月她經常會在天瀚面前說些趙宸的好話，只盼這孩子可以快些接受趙宸。

三人如同平常人家一樣，趙宸一隻手就能抱穩天瀚，另一隻手自然是牽著榮寶珠。趙宸的手很乾燥，掌心傳來的灼熱似要燙傷了她。

兩人在人群中逛了許久，買了不少東西，天瀚也鬧著買了不少小玩意兒。

一個時辰後，趙宸見榮寶珠跟天瀚都累了，就道：「過去歇歇吧，是想喝些茶水還是吃些東西？」

榮寶珠不餓，天瀚晚上也吃了不少，她就道：「去喝些茶水就好了。」

兩人在旁邊的茶攤子上坐下，趙宸要了兩碗茶水，天瀚鬧著也要喝，榮寶珠就讓店家上了碗白開水。

趙宸道：「妳先喝點吧，我來餵天瀚就好。」

榮寶珠也希望他們兩父子多親近親近，就沒攔著，先端起茶水喝了一口，這茶水還沒入口，她就聞出一股淡淡的怪味，心中一驚，抬頭瞧見趙宸正端著碗打算餵天瀚，她嚇得臉都白了，一個伸手將他手中的茶碗打落。「不能喝！」

榮寶珠這一聲驚駭的叫喊立刻就讓趙宸曉得是怎麼回事了，可茶攤子對面的那對中年夫妻反應更快，瞧見榮寶珠面色變的同時就抽出藏在案底的長劍朝著兩人刺來。

趙宸的心都嚇得停了，他就算功夫再好，也不可能一下子對上兩個人，況且這其中一人的長劍還是朝著榮寶珠而去，另外一人則是直奔他而來。

他甚至不可能去對付其中一人，唯一能做的就是擋在天瀚和榮寶珠面前。這些思緒不過是一瞬間，他的腦子炸得嗡嗡作響，只想著寶珠跟孩子千萬不能出事，他和寶珠經歷了這麼多，好不容易才有了天瀚，他們絕對不能出事。

趙宸幾乎是在兩人抽出長劍的那一刻就把天瀚塞進榮寶珠的懷中，而後猛地轉身把榮寶珠跟天瀚護在胸前，感覺到長劍從背後刺進身體，趙宸沒有任何猶豫，大掌用力一推，就把榮寶珠跟天瀚推了出去。

好在街上全是人群，榮寶珠跟天瀚撞在人群中並沒有摔傷。

推開榮寶珠的那一刻，趙宸見到她眼中的驚懼。

這些經過不過是一瞬間就發生，等長劍刺進趙宸的後背時，那些暗衛也全都現身了。其中幾人立刻把榮寶珠跟天瀚扶了起來，護住兩人，剩下的人全部拔劍衝了上去。

趙宸感覺長劍從背後刺穿前胸，瞧見天瀚跟寶珠都沒事，他才鬆了口氣，眼前一黑，卻是什麼都不知道了。

刺客只有兩人，顯然是衝著趙宸而來，兩人很快就被暗衛給抓住。

這些暗衛都跟在趙宸身邊很長的時間，就算沒有趙宸吩咐也能完成這個任務，他們並沒有殺死兩名刺客，而是活捉起來，甚至怕他們咬舌自盡或者吞藥服毒，第一時間就先卸了他們的下巴。

榮寶珠見到趙宸被劍刺穿的那一刻，腦子一片空白，在暗衛的包圍下，她的臉色煞白，耳旁是人群的驚呼和尖叫聲。

天瀚愣愣地看著倒在地上的趙宸，瞧見他身上的衣裳被血跡染紅，天瀚嘴巴一癟，哇哇大哭了起來。

人群發出陣陣尖叫，忽然其他地方竄出不少刺客的同黨來，好在跟著的暗衛不少，幾個暗衛護住榮寶珠母子倆和躺在地上生死不明的趙宸。

大概這些刺客也沒想到會有這麼多暗衛在此，剩下的同黨很快被抓獲了，都是第一次時間被卸了下巴，只有兩人因來不及阻止他們咬碎藏在嘴裡的毒藥而自盡身亡了。

人群早就全部逃開，等到情勢全被控制住，榮寶珠才抱著天瀚煞白著臉走到趙宸身側，她的身子抖得不行，就連懷中的天瀚她都快抱不住了。

天瀚年紀雖小，可一些事情他還是懂的，就算平日裡對趙宸認生，這時見他滿身血跡躺在地上立刻被嚇得嚎啕大哭。

旁邊的暗衛瞧見，急忙接過天瀚。「皇后娘娘，還是讓屬下們照看著小皇子吧。」

榮寶珠耳邊嗡嗡作響，下意識地看了那人一眼，這才放手讓人接過天瀚。

她幾乎是踉蹌地跪在趙宸身邊，她的手抖到不行，想伸手探探趙宸的鼻息，好幾次都沒成功。她心裡慌得厲害，第一次這麼害怕，她原本以為這人傷了她的心，自己能一輩子對他無動於衷，可看見他中劍的那一刻，她的心還是驚懼不已。

「不要有事，千萬不要有事。」榮寶珠喃喃細語，終於探到了他的鼻息，微弱的鼻息似要中斷一般，只剩下最後一口氣。

榮寶珠臉色越發慘白，她雙手撐在地上站起來喊道：「快、快些把皇上抬進去。」

暗衛們聽了吩咐，立刻上來幾人小心翼翼地把趙宸抬進附近的民房中。

因為出了事，附近的民房這時都關上房門，暗衛上前敲了兩次門還是沒開，直接一腳把房門給踹開了。

房中的平民嚇了一跳，只差跪在地上求饒了，還以為這事會牽扯到他們身上，不等他們跪下，就瞧見跟在幾人身後的嬌小女子，等見到那女子的容貌時都愣了下。

只聽見那美得不像話的女子道：「快把人放到裡面的床上。」

還不等平民有什麼反應，前頭的幾個暗衛便把人給推出去，塞了幾錠銀子。「現在徵用你們的房屋，一個都不許進去！」

等人把趙宸抬進屋中的床榻上，榮寶珠沙啞著聲音道：「全都出去等著。」

她又回頭看了暗衛懷中哭鬧不已的天瀚一眼，狠下心腸道：「你們先派幾個人送小皇子回宮，然後準備一輛馬車在門外等著，等我替皇上簡單包紮後就立刻回宮救治。」

幾個暗衛立刻抱著小皇子出去了，榮寶珠又吩咐道：「你們去準備一些熱水、酒水、紗布，還有一些藥材。」

她把幾種藥材報了出來，剩下的人也立刻出去準備東西。

等人都出去後，榮寶珠使勁攥了攥拳才讓自己冷靜下來，她來到床榻前扯開趙宸身前的衣裳，長劍是從後背刺穿前胸，血殷殷流著。

她見到傷口，心疼得不行，這種傷勢，要是沒有瓊漿，根本就不可能救活的。

榮寶珠攤開手心，那乳白色的瓊漿漸漸凝現。榮寶珠顧不上其他，就把手心中的瓊漿全部滴在傷口處，血勢很快就止住了。

外面的暗衛已把榮寶珠要的東西全部送來，她把東西拿進去後，並沒有讓其他人進屋，趙宸這麼重的傷勢，這些藥材她不過是要來當掩飾用的，她總不能讓人知道她什麼藥材都沒用就把傷口的血給止住了。

不過這些的確是止血的藥材，榮寶珠把藥材搗碎之後，全部敷在他的傷口上，又幫他把身上的血跡清理了下。

外面的馬車早就準備好了，榮寶珠見血已止住，立刻讓人進來把趙宸抬上馬車一路朝宮中趕回。

有了這幾十滴續命的瓊漿，趙宸的傷勢止住，原本微弱的呼吸也漸漸加重。

這些暗衛曉得皇上受了極重的傷勢，見血跡止住，也只以為是皇后娘娘醫術了得。

馬車很快就進了宮，宮中的風華和趙宸身邊幾個得力的屬下早就聽聞皇上受傷的事情，雖然曉得皇后娘娘的醫術了得，不過還是讓所有御醫都在德陽殿待命。

等人把趙宸抬了進去，榮寶珠沒讓御醫進去，只讓他們把準備好的東西全部抬進去。風華、子騫沒任何異議，他們都曉得皇后的醫術，並不擔心，只有太醫院院使道：「皇后娘娘，皇上傷勢極重，可要微臣們進去幫忙？」

榮寶珠當然不可能讓其他人進去幫忙，搖頭道：「不必了，你們就在外守著吧。」

「可是……」院使大人似乎還想說什麼。

榮寶珠已經道：「沒什麼可是的，你們全都退下吧！」

這不是商量的口氣，而是直接命令了，便沒有人再說什麼。

榮寶珠進去後，趙宸還是昏迷不醒，他傷勢極重，光是那些瓊漿根本不夠，寶珠又把存在羊脂玉瓶中的瓊漿取出來用了一些，等趙宸的呼吸漸漸平穩下來她才徹底鬆了口氣。

榮寶珠替他清理過傷口，又包紮好，並把他身上染紅的衣裳全都換了下來。等全部處理好後，她讓妙玉把血衣拿出去燒掉。

等候在外頭的幾人見到盆子裡的血衣都忍不住打了個冷顫，流了這麼多血，可見皇上傷勢的確極重，也不知……

風華和子騫只剩下擔心，其餘人就心思各異了。

榮寶珠之後就出來了，疲憊地道：「皇上已無大礙，不過這時還沒醒來，你們也都退下吧。」

風華跟子騫還要去審問刺客，聽見皇后說無礙，就曉得皇上應該是真的沒事了，心放下一大半，都退了下去。

榮寶珠也是累極了，她還要照顧皇上，自然是顧不上天瀚。暗衛一回來就把小皇子交給了妙玉、碧玉她們，這會兒天瀚還在隔壁鬧騰，榮寶珠讓人把天瀚抱來。

天瀚抱著榮寶珠就不肯撒手了，待在她懷裡還在抽噎，榮寶珠拍了拍他的背。「天瀚乖，不哭了，父皇不會有事的。」

天瀚哭道：「父皇，父皇……」

榮寶珠抱著天瀚進去，天瀚瞧見躺在床上的人，哭得越發傷心了。她哄道：「天瀚乖，父皇沒事，很快就醒了，等父皇醒了，天瀚不要再同父皇鬧脾氣了可好？」

天瀚是個半大的孩子了，榮寶珠跟他說了一會兒他就曉得，也不鬧她，乖乖地跟著碧玉下去休息。

榮寶珠不敢休息，只坐在床頭照顧著趙宸，深怕他半夜會出什麼事。等到後半夜時趙宸還是沒醒來，妙玉擔心皇后，進來悄聲道：「皇后娘娘，要不就讓奴婢守著吧，您下去歇息，等皇上醒了，奴婢再去叫您。」

榮寶珠搖頭。「不必了，妳下去吧，有什麼事我會吩咐的。」

妙玉不敢再勸，悄聲退了下去。

榮寶珠怔怔地看著躺在床上的人，伸手觸碰了下他的臉頰，他的臉頰有些冰涼，臉色蒼白，閉著的眉眼此刻竟讓她覺得很溫順。

到了早上，天邊泛起魚肚白的時候，趙宸才醒了過來，一睜開就瞧見靠在床頭的榮寶珠。

他心中一動，眼前浮現出那長劍刺向她的畫面，趙宸的心這會兒終於平定了下來，只要她沒事就好。他伸手握住她的手，再沒有什麼比這一刻更讓他動容的了。

榮寶珠並未熟睡，感覺他的動作就立刻睜開了雙眼，對他微微一笑。「你醒了？」

趙宸嗯了一聲，眉眼溫和。

榮寶珠問道：「要不要喝些水？」

趙宸搖頭，他緊緊握住她的手，什麼都不想，什麼也不願意去想。

兩人對視半天，最後還是榮寶珠抽出手來，去給他端了一杯溫熱的水扶他起來喝下。

胸口的傷一動就疼得很，也提醒趙宸他經歷了什麼，想到那劍刺進去的位置，趙宸神色一暗，他的前胸都被刺穿了，按照常理來說他根本活不下來。

他曉得寶珠有一個極大的秘密瞞著他，以往的事情在他眼中漸漸清晰起來，他之前被寶珠救過一次，那時候寶珠年紀還小，他被太后派的人暗殺，在山中昏迷，幸得寶珠相救，那次他的傷也很重，可是回去後傷卻好得極快。

還有寶珠臉上的疤痕，仔細想來，那麼嚴重的傷不可能不留下疤痕的，可她的臉卻恢復如初。此外，還有風華的傷、她製的藥丸……

這一切都表示寶珠有很大的秘密，他卻不願意去多問什麼。經歷這麼多，他也想清楚了，只要她好好活在他的身邊，自己還有什麼不滿足的？

榮寶珠當然也知道這次怕是瞞不住了，她原本以為自己不願意暴露這個秘密的，可看見他受傷的那一刻，她知道自己不可能眼睜睜看著他死去，心中更是連掙扎的想法都沒有，只想著就算暴露了瓊漿，也要把他救活。

榮寶珠做好了會被趙宸質問的打算，不想趙宸喝了水只問道：「刺客可抓起來了？」

榮寶珠點點頭。「都被抓回來了，你昏迷後又出來不少同黨，都已被制伏，只有兩人服毒自盡，這會兒風華大人跟子騫都已經過去審問了，皇上不用擔心，只管好好養著身子就好。」

趙宸點頭，又問道：「天瀚沒事吧？」

那孩子只怕被嚇得不輕，趙宸心底有些擔心，天瀚身子本來就不好，就怕他受此驚嚇又出了什麼事。

「皇上不用擔心，天瀚沒事。」

趙宸不再多問，只是握住榮寶珠的手，深深看著她，半晌後才啞聲道：「寶珠，謝謝妳。」

榮寶珠輕輕一笑，並不多話，心裡卻是鬆了口氣，他不多問傷勢的事情便好。她一夜沒休息，趙宸這會兒已無大礙，只需休養一段日子就好了，她心中的擔子放下，便讓侍女們進來伺候，自己就回去休息了。

趙宸的確還有許多事情要吩咐，也不好讓榮寶珠同他一塊兒。

等她離開後，趙宸就把風華、子騫跟王朝他們叫過來。他先問了刺客的事，經過一夜已經審問出來，這些刺客都是太后身邊的死士，這次幾乎所有人都出動了，他們在太后被抓之前就得了吩咐，若是可以一定要殺了趙宸。

趙宸厲聲道：「那老太婆，朕饒她一命，她還如此不知好歹，既如此，朕也不用留她了！」

風華曉得太后有多惡毒，自然不會攔著，只道：「皇上還是等身子養好了再處理這些事情吧。」

趙宸點頭，並沒有拒絕，他如今的確是連床都還下不去。

風華又道：「這次多虧了皇后娘娘，皇后娘娘一直為皇上盡心盡力，皇上也該多體諒皇后才是。」這話的意思就是說，讓趙宸多關心皇后，像上次冤枉皇后肚子的事情莫要再發生了。

趙宸沒多說，過一會兒又把其他事情吩咐了，這半個月他怕是都不能下床，也不能上早朝，奏摺只能找風華幫忙批閱，這半個月他打算要好好休養身子。

等該吩咐的都吩咐得差不多，時間也快晌午了，不一會兒外面太醫院的御醫們都來了。

等英公公進來通報，趙宸不耐煩地道：「他們過來做甚？」

英公公道：「御醫們曉得皇上已經醒來，說是來為皇上把脈的。」

趙宸皺眉道：「不用了，讓他們都回去吧。」

傷口的位置刺穿整個前胸，這傷口若是被其他人瞧見，他們肯定會懷疑寶珠。

英公公出去後，很快就回來了，愁眉苦臉地說：「皇上，太醫院院使大人說非要親自看看

趙宸冷哼一聲，他不過受個傷這太醫院院使大人就非要來替他診治身子，也不知是誰在後頭鬧騰。

趙宸道：「讓人進來吧。」

很快一大群御醫就進來了，院使大人上前道：「臣等擔心皇上，還請皇上讓微臣們替皇上診治一番。」

趙宸並不言語，只看著這院使，半晌後才冷聲道：「誰給你的膽子，朕不是說過朕有皇

后，無須你們操心嗎？」

院使抹了把額頭上的冷汗。「微臣們只是擔心皇上的龍體，還請皇上讓微臣們瞧瞧皇上的傷勢。」

趙宸心知這院使肯定是受了誰的指示，心中頓了下，到底是沒揭穿他，只道：「皇后的醫術比你們好太多，你們該心知肚明才是，朕的傷勢有皇后就夠了，你們都退下吧。」

這些御醫瞧出皇上的忍耐力怕是到了極限，他們若還是不肯離開，只怕沒什麼好果子吃，其他御醫都看向院使，院使這時很是膽顫心驚，縱使有人交代他一定要看看皇上的傷勢，他也不敢在這時候惹惱了皇上，只能領著一眾御醫全部退下了。

等人離開，趙宸讓人把子騫叫過來，吩咐了幾句話。

榮寶珠到了晌午才起身，去看了看趙宸的傷勢，替他換了藥，兩人誰都沒提傷口的事情了。

等換好了藥，英公公進來道：「皇上，可要擺膳？」

趙宸點頭，等人把膳食擺了進來，趙宸就看著榮寶珠。

榮寶珠明白他的意思，這是要她餵他，這時他全身動彈不得，也只能如他的意。

因他傷口還沒恢復，只能吃一些簡單的粥類，榮寶珠餵了他一碗白米粥，趙宸臉色就有些發白了，他的傷勢實在太重，輕微的動彈都讓他覺得有些吃力。

等用完一碗米粥，外頭的英公公進來通報，說是妙玉抱著小皇子過來了，小皇子鬧著要進來。

趙宸道：「快些讓人進來吧。」

妙玉很快就抱著天瀚進來，天瀚瞧見趙宸眼眶又有點紅了，朝榮寶珠伸著手要抱。

榮寶珠接過天瀚，天瀚乖乖地待在她懷中看著趙宸。

趙宸神色柔和地看著天瀚。「天瀚能不能叫聲父皇來聽聽？」

天瀚自會說話以來還從未開口叫過他，這大概是趙宸最遺憾的事情了。

天瀚這次倒沒任何遲疑，奶聲奶氣地喊道：「父皇。」

趙宸心都快軟化了，這會兒要不是他動彈不得，早就把天瀚抱在懷中了。

榮寶珠見這孩子終於肯叫人，心裡鬆了口氣，又瞧見趙宸那模樣，心中也有點發酸，他真的是非常愛孩子，之前孩子不肯同他親熱，他心底恐怕難受得很。以前自己同他嘔氣，見天瀚這般對他，甚至還有點快意，這時她才有些內疚了起來。

榮寶珠讓天瀚陪了趙宸半個時辰就讓妙玉把孩子抱走了，趙宸的傷勢還沒恢復，還是得多休息才行。

之後的一段日子，趙宸幾乎是整日躺在床上休息，榮寶珠每天會用一滴瓊漿為他調養身體，如今她也想清楚了，按趙宸的性子應該早就懷疑她了，倒不如替他把傷勢先養好了再說。

這日早上榮寶珠過來替趙宸換藥，就瞧見趙宸正半躺在床頭看著一封書信，眉頭微皺。他聽見響聲側頭瞧見是寶珠，便不慌不忙地收了手中的信，笑道：「早上岳丈過來一趟，許是有些擔心妳，妳若是得空了不妨回榮家一趟。」

自出事後，外面的人不曉得到底是發生了什麼事，只聽聞皇上跟皇后在外被刺客襲擊，皇上又多天未上早朝，大臣們是人心惶惶，不過也有不少人趁著這時候看熱鬧、滋事。

趙宸曉得朝中不少大臣是刺頭子，之前他剛登基，一時動不得他們，倒是可以趁著這次把太后的人都給換下來。

榮家人也曉得這事，都擔心到不行，這都快十天了，宮裡的消息只說皇上的傷勢越來越重，怕是不行了。

榮家人擔心，就讓榮四老爺進宮看看，原本趙宸這段日子是不見任何人的，聽聞榮四老爺來了，還是見了一面，吩咐了一些事情。

榮四老爺雖沒說什麼，可他也看得出這岳丈大人擔心寶珠了。

榮寶珠端著調好的藥膏在床頭坐下，笑道：「我先不回去，等過段時間吧。」又看了一眼趙宸放在身側的信，問道：「這是？」

趙宸笑道：「沒什麼事，先替我上了藥再說吧。」

榮寶珠點頭，藥膏裡早就滴了瓊漿，她也不多問什麼，替趙宸解開身上的衣物和紗布，重新為他換上了傷藥。因為瓊漿的關係，他傷勢恢復得極快，這十天過去，幾乎沒多疼，傷口已經結痂了。

等換了藥，趙宸半直起身子靠在軟枕上跟榮寶珠說話。

榮寶珠的目光又落在那書信上，信雖然摺著，不過她隱隱透過背面瞧見「廬陵」、「藥草」幾個字。

榮寶珠心中頓了下，也不顧趙宸，直接取了放在床頭的書信看了起來，上面是廬陵侍衛來信說，後院那十幾株藥草不知怎麼全部死了。

那藥草已經適應廬陵那邊的氣候，她還在池塘裡滴了不少瓊漿，讓人專門用池塘的水澆灌藥草，藥草再過一段時日就能成熟，不料卻在此時出了事。

榮寶珠皺眉，抬頭看趙宸。「皇上，這事你沒打算告訴我？」

趙宸心裡嘆息，對他來說，有了天瀚，他身上的毒解不解都無所謂，他沒在乎過廬陵那邊的藥草，廬陵那邊的人來信說藥草全死了，他也沒放在心上，不過他還是不想讓寶珠擔心。

他曉得寶珠身上有秘密，這秘密說不定能治好他身上的毒，他卻不願意讓寶珠幫他，反正解不解對他來說都沒什麼。

榮寶珠跟趙宸想的卻不一樣，如今雖然少了這藥引無法立即根除毒性，但透過瓊漿長期調養，她也有信心能解除天瀚和趙宸身上的毒。眼下她關心的是這藥草為何現在突然全死了？

榮寶珠又把信上面寫的東西全部看了一遍，上面沒寫那些藥草是怎麼死的，她問趙宸。

「這上頭似乎沒寫清楚是怎麼回事？」

趙宸問道：「可是有什麼不對勁的地方？」

榮寶珠也不方便說那些藥草有用瓊漿養著，只含糊道：「我走的時候那些藥草還活得好好的，只要好好打理，應當不會死，我只是覺得有些奇怪罷了。」

聽寶珠這麼一說，趙宸就知道藥草這時候會死疑點重重，神情嚴肅了一下。「送信的侍衛還在大殿外，要不把他叫進來妳親自問問？」

當初離開廬陵的時候，他還特意派了兩名侍衛守著。

榮寶珠點頭，侍衛很快就被叫進來了，看起來有點緊張。

她問道：「那十幾株藥草好好的怎麼突然全死了？」

這些藥草她還是分開種在後院中的，就算有一、兩棵照顧不當，也不可能一次全部死掉。

侍衛回道：「也不曉得是怎麼回事，一夜之間突然就全死了。」

一夜之間？榮寶珠曉得那些藥草恐怕是被人動了什麼手腳，揮了揮手便讓人退了下去。

榮寶珠跟趙宸道：「皇上也聽見了，這藥草只怕是人為弄死的。」

那人顯然知道這藥草對趙宸很重要，大概也知道他中毒的事情。

趙宸沈默，他中毒的事情沒幾人知道，除了風華、薛神醫和榮寶珠，就只有太后跟文安帝知道。

那麼到底是誰？

趙宸想了一會兒。「這事妳別管了，我會找人查清楚的。」

榮寶珠點點頭，沒說話了。

第四十七章

等趙宸身子好了點，能動彈了，就忍不住想抱榮寶珠一會兒。

還不等他伸手，榮寶珠就看出他的意圖來，急忙坐得離他遠了點。「你傷沒好，少動點，我把天瀚抱過來陪陪你。」

榮寶珠是真為他著想，這時候可不是親熱的時刻，總不能讓快好的傷口迸裂開吧。

把天瀚抱過來後，天瀚一瞧見趙宸就開始喊父皇，這孩子經過這幾天的相處跟趙宸親近了起來，再沒有之前的認生，連榮寶珠都不知為何。

天瀚坐在床上玩了好半晌，玩一會兒還會抬頭看看趙宸，叫聲父皇，前幾日這孩子叫人的時候還有點害羞，這幾天就差往趙宸身上爬了。

等趙宸歇下後，榮寶珠讓妙玉把天瀚抱回去，自從知道藥草無故死後，為了幫天瀚去除體內的毒，她讓他每日服用的瓊漿增加一滴，每日還會用瓊漿給天瀚泡澡，這樣不出幾年，天瀚體內的毒素應該就能去除得差不多了。

榮寶珠坐在床頭看著趙宸的睡顏，心思翻滾，她沒想到藥草會全部死了，沒有藥草，他的毒就只有自己的瓊漿能解了。

一想到天瀚，她還是決定幫趙宸把體內的毒去掉，兩人的關係漸漸變好，以後肯定還是會歡愛的，她怕又跟懷天瀚的時候一樣莫名其妙懷上了。

因為趙宸的關係，天瀚自娘胎出生就帶毒，那時候榮寶珠心裡難過得很，再也不想自己的孩子遭遇這樣的事情了。

她想替趙宸解毒，一是因為真的喜歡他，二是不願意在懷孕的時候讓孩子受苦。

既然想清楚了，翌日她給趙宸準備的飯食裡就添加了瓊漿，她還打算等他身上的傷勢恢復就讓他用瓊漿泡澡。

轉眼就過了十五，外面的集市熱鬧極了，宮裡卻是一派蕭條，每個人進進出出時都顯得極為謹慎。

這時皇上還在德陽殿裡，除了皇后和皇后身邊的幾個侍女，沒其他人進去過，宮裡的人都不曉得皇上這會兒到底如何了，不過大家都在傳皇上這次受了很重的傷，只怕是不行了。

榮寶珠不曉得趙宸到底想做什麼，也不多問，知道自己只要每天照顧好他跟天瀚就可以了。

這日早上，她幫趙宸換了藥，外頭英公公就進來了。「皇上，皇后娘娘，外頭幾位妃嬪求見。」

趙宸想了想，湊在榮寶珠耳邊說了幾句話，榮寶珠驚訝地看著他，點了點頭。「我曉得了，我這就出去見見她們。」

趙宸告訴她，如果之前拂冬是被人冤枉的，那麼那些事應該跟後宮中的這幾個妃嬪有關係，還有廬陵那邊的藥草只怕也跟她們有關，他讓榮寶珠探探她們，看看這次是誰慫恿她們過來的。

榮寶珠出去大殿，讓幾個妃嬪都進來。

三人行了禮，榮寶珠讓她們坐下，最前面的穆淑媛已經忍不住快言快語地問道：「皇后，皇上到底如何了？妾身們擔心得很，皇上自從出事後妾身們就沒見過皇上了。」

榮寶珠遲疑了下，這才支支吾吾道：「皇……皇上並無大礙，妳們就不用擔心了。」

她這個模樣，穆淑媛自然是不相信皇上沒事，也是急了，紅著眼眶道：「皇后娘娘，您就讓妾身們進去看看皇上吧。」

榮寶珠遲疑道：「皇……皇上不願意見妳們，妳們還是回去吧。」

榮寶珠這樣說也不過是按趙宸的吩咐，她仔細地打量著眼前三位妃嬪的表情，穆淑媛似乎很氣憤，怒視著寶珠，袁昭媛跟陳淑儀並沒有什麼表情。

只有陳淑儀上前低聲道：「妾身們很是擔心皇上，還請皇后讓我們見見皇上吧。」

袁昭媛仍舊不說話，表情淡淡，不過她嘲諷地看了陳淑儀一眼。

榮寶珠心中一動，只道：「皇上雖然並無大礙，不過身子還沒恢復，怕是見不得妳們。」

穆淑媛看起來很是氣憤，卻也不敢在榮寶珠面前放肆，還是陳淑儀溫聲道：「既然皇上身子還沒好，妾身們就退下了。」

榮寶珠點了點頭，穆淑媛還想說些什麼，不過看陳淑儀跟袁昭媛都不說話也默不作聲，三人很快就離開了。

榮寶珠進去後把三人的反應跟趙宸說了一聲，趙宸沈默了下，榮寶珠忍不住問：「可知道是誰所為？」

只怕這事跟這三位嬪妃脫不了關係，不過她也不敢肯定到底是誰所為，指不定上輩子對她下毒的人就在其中。

趙宸道：「現在還不能肯定，不過王朝他們的調查應該快有結果了。」

榮寶珠不再多問。

且說袁昭媛、陳淑儀、穆淑媛三人出了德陽殿一路往自己的寢宮而去。

穆淑媛忍不住氣憤地道：「皇后娘娘可真是霸道，皇上自從出事來也只有她一人見過，也不知皇上到底如何了，看皇后那模樣，皇上的傷勢怕是極為不妥。」

袁昭媛不說話，陳淑儀想了想道：「皇后娘娘的醫術比院使大人還要厲害，有皇后娘娘照顧著，我們也能放心一些，只是我們白來了一趟，如今還不知道皇上到底怎麼樣了。」

穆淑媛恨恨道：「太可惡了，她真當皇上是她一個人的了！」

這會兒大家都不再說話了。

過了會兒，陳淑儀才回頭朝著冷宮的方向看了一眼。

轉眼又過去十日，朝堂上人心惶惶，好多大臣都忍不住抗議起來，有人則開始悄悄行動了。

這日早上，榮寶珠替趙宸換了藥，他的傷口已成淡色疤痕，能下床行動了，只要不做劇烈動作基本上就沒什麼問題。

兩人用了早膳，英公公來通報，說是王朝過來了。

趙宸立刻讓人進來，也不避著榮寶珠，直接問道：「讓你查的事情怎麼樣了？」

王朝道：「都查清楚了，紅燭這些日子跟陳淑儀接觸過幾次，兩人都很小心，臣派人守著紅燭幾個月才發現她趁著最近宮裡比較混亂去找了陳淑儀。臣也派人去盧陵查過，藥草的事是當初陳淑儀留在盧陵的一個丫鬟做的。」

當初趙宸要賜拂冬毒酒的時候，榮寶珠就覺得這事有些古怪，這才讓趙宸留意一下，拂冬其實沒被賜死，而是被帶出宮外看押了。

只不過榮寶珠有些沒想明白，當初陷害小皇子的事情已經由虞妹認下，就算陳淑儀是幕後主使，她為何還要冒著被人發現的危險陷害拂冬？如果不是她陷害拂冬，或許自己也不會讓趙宸派人查查紅燭了。

陳淑儀是侍在趙宸身邊最久的一個妾室，當初趙宸還是少年的時候，陳淑儀就是他第一個通房，這些年來她給人的印象一直是老老實實的，她怎麼都沒想到幕後指使者竟會是她。

除了這些事情，王朝還告訴兩人，之前太醫院院使大人非要過來查看趙宸的傷勢也是陳淑儀指使的，好像是院史大人有什麼把柄落在她的手中。

榮寶珠也曉得陳淑儀是在趙宸身邊待頗久的人，這十多年來只怕已經安下不少人脈，不然這些事情憑她一個妃嬪如何做得出來？

不過陳淑儀為何會做這些？說是奪寵也沒見她有用過什麼手段。若是要對付自己和天瀚還好說，可指示太醫查看趙宸的傷勢又是為何？還有陳淑儀怎麼知道那些藥草對趙宸很重要？

榮寶珠隱隱猜測陳淑儀可能是太后的人，不過太后如今連翻身的可能都沒了，陳淑儀為何還要替太后辦事？她若是陳淑儀，就不會把心思放在太后身上，而是會為自己的今後找好退路。

趙宸吩咐道：「去把陳淑儀、穆淑媛、袁昭媛三位妃嬪叫來。」

今天一切都可以解決了，朝廷上那些上躥下跳的人他也已經派人著手收拾，不出十天，太后跟文安帝在朝堂上的勢力就會徹底剷除，到時他也好發落他們。

英公公退下，得令去叫了人。

陳湘瑩站在窗下出神地看著外頭宮殿房角上的積雪，白皚皚的一層，她只穿了薄薄的裙衣站在那兒，房間幾個角落擺著上好的銀霜炭，她並不覺得冷，反而覺得有些熱。

綢華的衣裳包裹著她已經慢慢老去的身體，雖然表面看起來她的胸部依舊挺拔，腰身依舊纖細，可只有她自己知道再過不了幾年，她的皮膚就會起了皺紋，腰身會慢慢變粗，所有的一切都會離她遠去。

想到德陽殿裡生過孩子、容貌卻依舊如同含苞待放的花朵一樣的皇后，陳湘瑩就有些想哭。

當年啊，她也這麼年輕過，甚至比皇后還要年輕，鮮嫩飽滿，如同嬌嫩的花朵一樣，隨著被選作宮女的女孩們一塊兒進了宮，經過教導，她並不是和其他女孩一樣被分去其他宮殿，而是繼續跟著同樣身為宮女的姑姑身邊，由著姑姑調教。

她也不清楚為什麼，姑姑每天會偷偷帶她去見太后，太后同她說了許多話，每天還親自教導她一個時辰，慢慢的，她曉得自己和其他宮女的不同。

她在宮裡慢慢長大，到了花朵一樣的年紀，太后也曾私下派給她幾個任務，她都完成了，甚至做得很出色，她曉得要想在宮裡站穩腳跟就必須依附其他人，如果太后能給她她想要的，為誰效力都沒關係。

那幾年她一直待在幾個年老的嬤嬤和姑姑身邊伺候著，直到有一天，太后忽然告訴她，要她去給蜀王侍寢，又告訴她這是蜀王第一次經歷人事，讓她好好伺候著。

她之前的調教中的確包括了男女之事，全都是由年長的嬤嬤和姑姑教導的。

那時候她心裡並沒有太大的感觸，她有聽聞過一些事，曉得蜀王是皇上的親弟弟，皇上跟太后對他都很好，蜀王現在有十五、六歲了，這時候才找宮女伺候第一次實在是晚了些。說起來，她已經十八了，比蜀王還要大三歲。

她由著專門管理皇子侍寢之事的嬤嬤把她領到了蜀王面前。等她抬頭瞧見蜀王時，只覺耳旁炸開了，她第一次瞧見長得如此好看的人，姿容秀美，清雅高貴。

她很快就把頭埋了下去，心中卻有些激動。

等嬤嬤說明了來意退了下去，只剩她和蜀王待在房間裡，她一時也不知該如何是好。半晌沒聽見動靜，她忍不住抬頭看了一眼，只見蜀王面無表情地看著她。

她猶豫了半晌，按著來之前嬤嬤們的吩咐，羞怯地脫了身上的衣裳，開口吶吶道：「殿下，讓奴婢伺候您吧。」

蜀王還是無動於衷，看著他俊美的容貌，她忍不住主動上前想伸手脫了蜀王的衣裳，卻不想還沒挨著人就被蜀王一腳踹開，他冷淡的表情終於有了一絲的鬆動，卻是讓她滿心絕望的厭惡表情，他厭惡她的觸碰。

之後蜀王出聲讓她滾出去，那是她最羞辱的一晚，出去後她如實跟嬤嬤們彙報了，並沒說蜀王踹了她，只說蜀王不讓她侍寢。

最後她還是決定留在蜀王身邊，成了蜀王的妾室。她就如同被蜀王忘記了一般，待在蜀王的宮中，偶爾私下會被太后叫去說一會兒話，太后告訴過她，讓她莫要告訴蜀王這些。

她意識到太后跟蜀王之間似乎有些什麼，不然太后為何要偷偷地把她塞給蜀王？那時候她並沒有太多的想法，每天想的都是蜀王，她是真心愛慕他。

隨後幾年，太后交代過她一些事情，都是對蜀王不利的，既讓她心驚不已，也忍不住懷疑，蜀王或許根本不是太后親生的孩子，不然哪個母親會這麼對自己的親生孩子。

幾年過去，蜀王訂親了，她心中難過卻沒有表現出來，這麼多年來，她早就已經能做到喜怒不形於色了。後來得知與蜀王訂親的女子早就有了相好，她甚至還慶幸了起來。

蜀王又定下榮家七姑娘，她得知榮家七姑娘容貌被毀，心裡也是慶幸不已，可等人嫁過來後，慢慢的，她就覺得不對勁了，蜀王似乎很喜歡這個破了相的王妃。

這些年，她知曉太后跟蜀王之間是有仇恨的，太后讓她做一些對付蜀王的事情，她並沒有下狠手，她甚至想著，要是蜀王肯多看她一眼，哪怕幫著蜀王對付太后，她都甘之如飴，可是這麼多年了，他的眼中還是沒有自己。

等蜀王謀反，登上皇位，皇后回宮，她的心就徹底冷了，之後就算沒有太后的吩咐，她也不願意看他們好過。

她恨皇后，恨拂冬，更恨趙宸。拂冬不過是皇上身邊的一個侍女，可就是這麼一個侍女都敢給她臉色瞧，她自然不想放過她。她知道皇后嗅覺靈敏，所以一時還沒想到對付皇后的辦法，就先從小皇子下手。

拂冬當初跟虞妹說那些話的時候她自然是在場的，但光是幾句話又如何會讓虞妹動手暗害小皇子，最後還是她暗中提點了幾句。想來虞妹也恨皇后和小皇子，亦知道她是太后的人，所以虞妹把行動告訴了她，藥粉是她提供的，她出謀劃策了一番，卻沒想到最後還是被皇后給識破，好在虞妹沒有把她供出來。

她本沒打算動拂冬，哪曉得有一次在御花園裡，拂冬對她嘲諷了兩句，她這才沒有忍住，買通紅燭，讓她把拂冬做的事情告訴了皇后。

原本她想得挺簡單的，拂冬的確說過那樣的話，自己肯定不會被人發現。之後也的確很順利，以皇上對皇后的寵愛，立刻就處死了拂冬，所以說一個下人有什麼好耀武揚威的，還不是連皇后的一根髮絲都比不上。

跟著太后多年，她早得知趙宸中毒的事情，太后說過蜀王體內的毒只有那幾種藥草才能解除，那些藥草生在廬陵，如今她已經派人動手弄死了。至今她不解的是，皇上體內的奇毒沒解，皇后到底是怎麼懷上孩子的？

等到皇上遇刺，她心中不由得暢快了許多，得知皇上被刺中胸口，還不讓御醫診治，她心中的懷疑不禁越來越大，越發想知道皇上的傷勢到底如何。

太醫院院使大人以前替太后辦過幾件對當今皇上不利的事情，她是知道這些事的，所以就拿這把柄威脅院使大人讓他替皇上診治，沒想到還是沒見到皇上。之後她又煽動兩個妃嬪跟她一起過去，依然沒見著皇上，甚至仍舊不知皇上的傷勢到底如何了。

她想著，皇上莫非不行了？她的心底隱隱有些不安，所有事情她都做得很慎密，想要被察覺似乎不大可能。

正忐忑不安的時候，殿外忽然響起英公公的聲音。「皇上有旨，陳淑儀立刻前往德陽殿面聖。」

陳湘瑩呆了下，心底的不安越發大了，她安慰自己說，肯定不會有事的。

穿上薄襖，披了披風，陳湘瑩出了宮殿，打算隨著英公公一塊兒去德陽殿，不想外頭英公公身邊還站著袁昭媛和穆淑媛。

陳湘瑩心中大定，既然也叫了其他兩位妃嬪，定不會是自己的事情被揭穿了。

一路上，穆淑媛忍不住好奇地問了英公公，皇上叫她們過去所為何事，又問皇上的身子如何了。英公公都是笑而不答，送她們三人進入德陽殿就退了出去。

三人在大殿中站定，瞧見皇上正坐在大殿中央的榻上，旁邊坐著皇后，大殿中還有不少侍衛。

皇上面色冷淡，皇后也沒什麼表情。

陳湘瑩心中忍不住咯噔一聲，漸漸不安了起來。

三人上前叩拜行禮。「妾身參見皇上，皇后娘娘。」

陳湘瑩做了見不得人的事情，心中有些慌亂，面上卻無一絲表現，只有微微的忐忑和詫異，其他兩人沒做虧心事，不過突然被皇上叫來，心裡也有點擔心。

還是穆淑媛忍不住先問道：「不知皇上叫妾身們過來所為何事？」

前幾日她貿然來德陽殿質問皇后娘娘，莫不是皇上這時好了，就為了這件事情把她們叫來？她心裡忍不住埋怨，皇后娘娘可真是不擔心皇上的身體，皇上身子才恢復就開始告狀了。

趙宸看向陳湘瑩。「妳可認錯？」

這話問得陳湘瑩心中一顫，穆淑媛則一臉莫名其妙，只有袁昭媛淡淡地看了陳湘瑩一眼。

陳湘瑩俯身跪下，一臉惶恐。「妾身不知皇上是何意，妾身聽不明白。」

趙宸問道：「天瀚出事的藥可是妳給虞昭容的？還有廬陵的藥草可是妳讓人毀去的？還指示太醫院院使來查探朕的傷勢，誰給妳的膽子讓妳干涉朕的事？」

陳湘瑩心中一驚，面上卻不動分毫。「妾身不知皇上說的話是什麼意思，皇子的事不是虞昭容做下的嗎？皇上已經昭告後宮了，這事為何要怪到妾身頭上來？」

見她如此，趙宸忍不住皺眉，人心難測，他怎麼都沒想到，想害他和天瀚的會是這個在他身邊待得最久的女人。他雖然沒碰過她，可也從來沒虧待過她，甚至曾經還讓人透意給她，若是想出府就讓她出府去，是她自己要守在他的後院中。

「妳還想狡辯？」趙宸道。「王朝，把東西都給她看看！」

王朝上前把他調查到的東西扔在陳湘瑩面前，陳湘瑩臉色發白，卻還是不肯承認。「這些不是妾身做下的，還請皇上明察。」

旁邊的穆淑媛已經驚呆了，她雖不滿皇后霸著皇上，可也從來沒想過要毒害皇子、毒害皇上，她沒想到平日裡那個最老實敦厚的陳淑儀會做下這種事情來。

趙宸冷聲道：「都到了這種時候妳還要狡辯！非要朕把妳送去慎刑司不成？」

「求皇上明察，就算皇上把妾身送去慎刑司，妾身也不會承認的，這些都不是妾身所為。」陳湘瑩還是咬牙不肯承認。反正虞昭容已經死了，死無對證，那藥草的事，以及威脅太醫院院使的事情她絕不會承認的。

陳湘瑩只想著死不認帳，卻忘了眼前這個帝王到底是個什麼樣的人，趙宸懶得再跟這女人廢話。

「好，很好。」趙宸的神情陰沈了幾分。「來人，陳淑儀謀害皇子，干涉朝政，送去慎刑司發落！」

原本他可以讓她無聲無息地死去，想來她身後的人應該就是太后，太后他也沒打算留著，叫她過來無非是做個樣子給另外兩個妃嬪看，讓她們老實些，莫要做出什麼出格的事情來。

陳湘瑩咬牙道：「這些事情不是妾身所為，皇上憑什麼送妾身去慎刑司？」

「憑什麼？」趙宸冷笑。「妳還真把自己當回事了？就憑妳面前的那疊信件，朕就能直接要了妳的命。」

陳湘瑩的臉色白了兩分，終於想起眼前這男人到底是個怎樣狠心的人。

旁邊的侍衛上前捉住陳湘瑩，陳湘瑩一甩手。「放開我！」她又轉頭怒視趙宸。「皇上，妾身跟在您身邊這麼多年，如今您卻因為這些莫須有的罪名要將妾身送去慎刑司，皇上，您可真是狠心。」

趙宸頗為不耐煩。「來人，還不趕緊把人拉下去！」

侍衛上前捉住陳湘瑩，趙宸見她掙扎不已，忍不住冷笑道：「原本想著只要妳們安生地待在後宮，朕就一輩子讓妳們錦衣玉食、寢食無憂，可想不到妳會如此犯蠢！」說罷，眼神掃過穆淑媛和袁昭媛。

袁昭媛面色淡然，穆淑媛臉色發白。

陳湘瑩這會兒心中真是恨極，由愛生恨，誰也感受不到她有多難受，她曾經很愛眼前這個男人，可是他的目光卻從未在她身上流連過半分，終於，對他的愛全部轉化成了恨。

眼下這男人根本不會放過她，被送去慎刑司還不知會有什麼折磨人的法子等著她。這一切都是因為皇后而起，若不是皇后，她也不會知道這男人能如此愛一個人，如果沒有皇后，他對所有女人都會一視同仁。

陳湘瑩自知今日難逃了，目光看向榮寶珠。

從一開始，榮寶珠一句話都沒說，其實她也不需要說什麼，一切有趙宸在，只不過讓她沒想到的是，到了最後，這陳淑儀似乎把錯都怪到她頭上來了？瞧瞧她看自己的眼神。

陳湘瑩心中恨得不行，為什麼皇后不去死？早知道會有今日，她當初不管冒著什麼樣的危險都要把她除掉。她也不是沒想過要弄死皇后，在後院中想弄死一個人無非就是那麼幾種，陷害她，讓她被皇上厭惡，可皇上對她這麼喜愛，又如何會厭惡她？另外一種方法就是下藥，可皇后的鼻子太靈敏了，只要有稍微不對的地方她就能聞出來，她這才沒下藥，自己步步為營，最後還是落得這麼一個下場。

陳湘瑩心中不甘心，她就算是死也要拉一個墊背的，這會兒她根本沒有多想，只知道自己死也要拉上皇后！

忽然想起什麼，陳湘瑩露出一個古怪至極的笑容，直直看向榻上的榮寶珠。「妾身不甘心就這麼被送去慎刑司，妾身想說，光憑這樣無足輕重的罪名就要把妾身送去慎刑司，那麼皇后呢？背著皇上偷人的皇后又該如何發落！」

榮寶珠忍不住皺眉，這女人死到臨頭還想著要陷害她，她猜的不錯的話，這女人恐怕要在皇上中毒的事情上作文章。

眾人一聽這話都忍不住呆了，不等大家反應過來，陳湘瑩又道：「皇上想必早就知道我是太后的人，外間都在傳，皇上並不是太后的親生孩子，這話自然不假，太后恨極了皇上，不然怎會在皇上小時候就對您下了藥？太后對皇上下的藥能斷了皇上的子嗣，試問皇后娘娘又是如何懷上的？」

大家都被這一消息驚呆了，小皇子明明跟皇上像是同一個模子裡刻出來的，這話實在不可信。

陳湘瑩當然知道這話一時半會兒不會有人相信，畢竟小皇子跟皇上長得像，不過她也不求外人相信，傳言多了，不信也會信的。

榮寶珠道：「陳淑儀，妳做了這麼多壞事，不僅不知道反省，還想誣衊本宮，妳該曉得本宮的醫術如何，區區中毒又如何難得倒本宮，皇上體內的毒，本宮早就替皇上解除了。」

陳湘瑩恨聲道：「怎麼可能，若真是解了毒，那些藥草又是怎麼回事？只有那些藥草才能解了皇上體內的毒，既然早就解了，為何要花大功夫弄來那些藥草？」

榮寶珠淡淡一笑。「自然是為像妳這樣的太后的眼線準備的。」

眾人聞言，又想起小皇子的容貌，這會兒根本就不信陳湘瑩的話，反而對陳湘瑩越發鄙夷起來，都死到臨頭了她竟還想誣衊皇后娘娘。

趙宸根本不在乎陳湘瑩說的這些話，有眼睛的人都曉得是怎麼回事，他懶得再拖延，皺眉道：「還不趕緊把人拖下去！」

恨，她好恨吶！

陳湘瑩用力推開兩個侍衛，她原本就有些功夫，這麼多年來雖沒用過，可兩個侍衛輕視她是女人，並沒有用很大的力氣，就讓她輕易掙脫了。

陳湘瑩快速抽出侍衛身上佩戴的長劍，朝著座上的榮寶珠刺去。

這一變故讓在場的人都驚呆了，怎麼都沒想到這陳淑儀竟還會一些功夫，穆淑媛何時見過這樣的場面，忍不住發出一聲尖叫癱軟在地上。

陳湘瑩也不過是會些拳腳功夫，只比一般人的手腳靈活些，在場的侍衛功夫都不錯，就算一時被她掙脫仍立即反應過來，再瞧見她拿劍刺向皇后，都第一時間抽劍朝著陳湘瑩刺了過去。

一時之間，有數十把利劍刺在陳湘瑩的身上，她手中握著的劍還直直指向寶珠，滿眼都是不甘。

劍傷及內臟，陳湘瑩的七孔都在流血，這會兒她死死瞪著寶珠。「都是因為妳，倘若沒有妳，皇上對待我們會是一視同仁，若是沒有妳，我又如何會落得這樣一個下場……」到底還是死了都不甘心啊。

穆淑媛嚇得暈死過去，袁昭媛的臉色也有些發白了。

趙宸直接讓侍衛把陳湘瑩的屍體拖了下去，這才轉身握住榮寶珠的手。「妳沒事吧，沒嚇著吧？」早知就不讓寶珠過來了，誰會想到這女人臨死前還要噁心人一把。

趙宸面色陰沈，想到冷宮裡的太后，打算盡早把人除去。

榮寶珠任由他握住，對他笑了下。「我沒事。」臉色到底還是有些發白。

下面的侍衛似乎早就習慣帝王和帝后這樣的相處，他們不用敬語，如同平常的夫妻。

趙宸拉住榮寶珠一塊兒起身。「我們回去吧，這裡交給他們就好了。」說罷，他又看了眼穆淑媛和袁昭媛，眼神中帶著淡淡的警告。

穆淑媛早就被侍衛弄醒，這會兒看見皇上的眼神，她下意識曉得皇上叫她們過來就是讓她們看看陳淑儀的下場，給她們一個警醒。穆淑媛心中委屈，她就算愛慕皇上、不喜皇后，也不會做出陳淑儀做的那些事情來。

袁昭媛的神色還是淡淡的，等到皇后和皇上離開才忍不住嘆氣一聲，她慢慢地走出大殿，站在大殿外，看著那些巍峨的宮殿，再透過巍峨的宮殿看向那澄澈明遠的天空，目光嚮往。

陳淑儀死後直接被扔在亂葬崗上，落得個死無全屍。

拂冬當初並沒有被處死，而是被悄悄送出宮外，跟著好不容易找到的家人一起回了老家。

趙宸的傷勢漸好，陳淑儀死後沒幾天，他就把朝廷上下整頓了一番，有不少官員落馬，京城也有不少新貴崛起。

榮寶珠每日會偷偷地給天瀚和趙宸服用一滴瓊漿，後宮裡幾乎沒什麼事，她日子過得很輕鬆，只不過趙宸又忙了起來，兩人經常見不著面，等趙宸回寢宮都是半夜了。

日子漸漸轉暖，天瀚已經快兩歲，此時孩子會走路也會說些簡單的話語，他的身子骨兒強健了不少，每天都不得空，醒著的時候老是在爬上爬下，好動得很。

等趙宸忙完朝廷上的事情，差不多已是五月份，他陪著妻兒的時間也多了些。

這日一大早起來，趙宸正陪著榮寶珠跟天瀚用膳，天瀚許久沒跟父皇說過話了，這會兒賴在他的懷中讓他挾菜，趙宸好脾氣地哄著天瀚。

英公公忽然進來通報。「皇上，太后薨了。」

趙宸的手沒有半分停頓，似乎早就料到了，只點了點頭。「朕知曉了，擬詔書昭告天下吧。」

等趙宸吩咐完，英公公才退了下去。

太后死後，前太子趙天瑞、前長安公主趙天雪、前皇后、前妃嬪全部被送去盧陵，一輩子不得出盧陵，變相將他們囚禁在盧陵城。

榮寶珠還是忍不住有些唏噓，這輩子太后並不是被趙宸一劍刺死，而是慢慢病死的。當然，很可能是趙宸讓人給她下藥，不然像太后這樣性格強韌的人，想要病死也不是件容易的事情。

陳淑儀臨死前說的那番話並沒有引起什麼閒言閒語來，一是當初大殿裡的侍衛都是趙宸的親信，不可能在外亂說什麼，況且他們都是有眼睛的人，瞧得出來小皇子的模樣跟皇上就是一個模子刻出來的。二來，當初陳淑儀的慘死對穆淑媛的驚嚇很大，這位當然不可能在外亂說什麼。至於袁昭媛，她性子本就清冷，自然也不會亂嚼舌根。

等到天氣熱起來時，榮寶珠就聽聞朝堂上的大臣上奏摺建議趙宸選秀擴充後宮，替皇家開枝散葉。

第一天的時候，趙宸沒搭理他們。連續三天，有的大臣漸漸放棄，還有幾位鍥而不捨地繼續上摺子讓趙宸選秀。

這日早朝的時候，眾位大臣稟告了一些重要的事宜，趙宸處理一番，等到快要下朝之時，那幾位大臣又忍不住相互看了一眼，一同向前跪下。

「皇上，臣等有事稟告！」

趙宸淡淡看了他們一眼。「要是選秀的事情就免了，朕沒打算再選秀。」

「皇上，萬萬不可啊！」幾人急了。「如今宮裡只有一位皇子，皇上子嗣太過單薄，臣等都是為了皇上著想啊。」

趙宸淡聲道：「這是朕的家務事，你們不必多說了。」

「皇上，這怎麼是您的家務事，這是天下百姓的大事啊，只有皇上子嗣綿延，臣等才能安心吶。」陳大人道。

趙宸冷笑。「就好比陳愛卿的家中，一房正妻，六房妾室，給你生了七個兒子，正經的嫡出長子被小妾暗中給弄死，所以陳愛卿希望朕的後宮也是如此？讓朕選秀選妃子，再讓那些妃子來謀害朕的嫡出皇子？」

幾位大人的冷汗都冒了出來，一時沒人敢說話，其餘大臣都賊精，眼觀鼻，鼻觀心，不去皇上面前拉仇恨。他們早就知道皇上對皇后的感情，覺得皇上要是還肯選秀那才是奇怪，反正他們都看開了，皇上和皇后感情好也不錯，省得皇上像之前一樣陰冷到不行，至少皇后在他身邊，皇上整個人都溫和不少，他們也過得輕鬆。況且皇上已經有了嫡皇子，皇后又不是不能生，以後再多生幾個就成了。

也就只有眼前幾個老古董還看不清形勢，這會兒陳大人臉色脹得通紅，嫡長子的死在他心中就是一道傷疤，雖然他最後處死了那暗害嫡長子的小妾，可人死不能復生。陳大人到底是屈服了，想著反正有小皇子，不選就不選了吧。

其他幾人見陳大人不說話，都有些急了，他們都曉得這陳大人為人正直古板，說了好久才讓他一塊兒進諫皇上，哪曉得陳大人就這麼屈服了。

趙宸看著下面急躁的幾人，盯著其中一個約莫四十多歲的中年男子道：「劉愛卿，朕聽聞你寵妾滅妻，家中侍妾的派頭都趕上正房了，庶出子比嫡出子還要囂張。朕可是聽聞你家庶出小兒子前些日子在大街上叫嚷著就算是天皇老子來了他都不怕？」

劉大人額頭上的冷汗瞬間就落下來，支支吾吾地說不出話來。

趙宸神色漸漸冷了下來。「劉愛卿連家務事都處理不好，談何治理國家？依朕來看，劉愛卿還是先回去把家務事處理好了吧！」

劉大人嚇得臉都白了，慌忙跪下。「臣……臣謝主隆恩。」

皇上剛才的意思可夠明白的，你們這些人要是還想干涉朕的家務事，那麼都先回去把自己的後院打理好再來吧，打理不好就別來了。

這年頭，誰家後院沒個寵妾什麼的，總會有些家務糾紛的。

這會兒大家都不吭聲了，趙宸揮了揮手，旁邊的太監掐著嗓子喊道：「退朝！」

自此之後，朝堂上的大臣們再也不敢在皇上面前提選秀的事情了。

榮寶珠對這些事情也有所耳聞，聞言忍不住一笑，心中還是有些暖呼呼的。

日子慢悠悠地過去，轉眼天瀚已經四歲，他體內的毒早已清除乾淨，就連趙宸體內的毒，因長期服用瓊漿調養得也差不多了。

趙宸這些日子有意識到了什麼，卻從未開口問榮寶珠。

天瀚三歲那年，趙宸給他請了榮四老爺做太傅，榮四老爺每日上午都會抽出兩個時辰的時間待在宮裡教導天瀚。

天瀚年歲越長，模樣和趙宸就越發相像，只不過這兩父子容貌雖差不多，性格卻完全不一樣，趙宸在外人面前自然不必說，常常冷著一張臉，不苟言笑，他也就只在妻兒面前面容會柔和一些。可天瀚頂著一張跟趙宸相似的面孔，每天對人都是笑咪咪的，溫和有禮。

每次瞧見小皇子那溫和的模樣，宮裡的人總忍不住有些恍惚。

大臣們似乎死了心，曉得皇上不會再選秀，都沒再勸說什麼，不過也有流言說是皇后善妒，所以不許皇上納妾。這事很快被人查清楚，是從之前寵妾滅妻的劉大人府中傳出來的。

皇上直接在朝堂上說：「之前朕給過劉愛卿一個機會，沒想到劉愛卿還是沒把家務事處理好，這種情況讓朕如何相信劉愛卿能處理好政事？」

於是他就讓這劉大人徹底滾蛋了，之後再也沒有關於皇后半點不好的流言傳出。

這日趙宸批閱完奏摺後已經是戌時末了，天瀚早就睡下，如今天瀚大了，自然不會像小時候一樣跟榮寶珠一塊兒睡，他在德陽殿裡有個單獨的房間。

榮寶珠曉得趙宸平日都是這個時辰才休息，所以時間一到她就去熬煮一碗小米粥，裡面加了一滴瓊漿。她也沒給趙宸送去，只放在房間的桌上，等趙宸梳洗好了自會吃下。

聽見房間傳來的輕微腳步聲，榮寶珠沒起身，知曉大概是趙宸在桌前吃宵夜，他隨後又去淨房梳洗，榮寶珠睡得迷迷糊糊的，等到身後的床有些陷下，她這才清醒了些，曉得是趙宸過來了。

榮寶珠也沒回頭，等到他的吻密密麻麻地落在她身上時才忍不住悶哼了兩聲，嘀咕道：

「唔，我睏了……」

趙宸整個人覆在她身上，似沒有聽見她的話語，灼熱的吻繼續落在她身上，漸漸朝下，等到那裡傳來濕潤的觸感，榮寶珠猛地驚醒過來。異樣的戰慄從那裡朝四肢百骸竄去，讓她深深顫抖了起來。

忍住快要逸出口的呻吟，榮寶珠伸手去推趙宸的頭，觸碰到一頭柔軟的黑髮，她被那觸感弄得打了個寒顫。「不要……皇上……」

在趙宸受傷後，兩人的關係明顯好了許多，自從天瀚自己單獨睡一間房開始，趙宸幾乎每天都會要她，榮寶珠早就習慣他的每一個動作和親吻了，可每次被親吻那兒的時候，她還是有些不習慣，覺得有些羞恥。

在這方面，趙宸還是秉承著他一貫強硬的態度，根本不容她拒絕，靈活的舌就鑽了進去，榮寶珠緊緊抓著床榻，等到身子疲軟下來的時候還以為他就會離開，哪想到他竟趁著她的濕潤進去了。

榮寶珠悶哼一聲，忍不住摟住了趙宸的背，聞見他身上熟悉的味道，只覺心口處有一陣陣酥麻的感覺。

好不容易結束後，趙宸抱著榮寶珠去淨房梳洗，因她身上沒什麼力氣，就任由他幫著梳洗後又回到床榻上。

趙宸還有些睡不著，半壓在榮寶珠身上，就著燭光的亮，榮寶珠的面上越發顯得瑩潤無瑕，她的身姿玲瓏，趙宸的手放在她的腰身上輕撫著，目光沈沈。

榮寶珠嘀咕了聲。「趕緊睡了吧。」

趙宸親了親她的臉頰，她的皮膚柔軟得似嬰兒的肌膚，他心中有些不是滋味，她還如同初見那般，好似朵剛剛綻放的芍藥花苞，鮮嫩嬌豔，可自己卻慢慢老去。

榮寶珠感覺到趙宸的視線緊緊盯著她看，到底是沒能睡下去了，睜眼看著趙宸，笑道：「怎這樣望著我？」

趙宸不說話，只是沈沈地看著她，視線落在她紅潤的嘴唇上，又忍不住親了親。

榮寶珠笑咪咪任由他親著，他最近似乎經常這樣，總是目光沈沈地看著自己，問他看什麼他也不說。

趙宸親吻了一番才抬頭，伸手輕輕撫上寶珠的臉蛋。「寶珠，妳還是這麼漂亮。」

小時候的趙宸並沒有對榮寶珠有太多的關注，兩人碰面過幾次，那小團子一樣的寶珠還救過他一次，可他沒想到那個小團子一樣的小人兒長大後會讓他怦然心動。

之後宮中給他安排了侍寢，他年紀也不小了，這年紀許多少年都已經嘗過女人的滋味，可他一直不願意碰女人。如果他之前沒有見過寶珠，或許他就同意了，可自從見過榮寶珠後，他實在是不願意。

後來，看著榮寶珠漸漸地長大，她越發讓他魂牽夢縈。一開始他還為榮寶珠著想，覺得自己連個以後都沒有，不願連累她，後來實在受不住，就任由太后賜婚了。

他一直都很愛她，只是性格使然，一開始他或許做不到太信任她，也不大會跟她相處，可經過這麼多事情，過了這麼多年，他早就曉得夫妻間到底該怎麼相處，他慢慢收斂他的脾氣，把最溫和的一面給她，也只給她。

被他這樣看著，說出這樣的話來，她到底是有些不好意思，忍不住伸手捂住了他的雙眼，笑道：「都老夫老妻了，還說這種話。」

趙宸捉住她的雙手放在嘴邊親吻，神色溫和了下來。「在我眼中，妳還是同剛成親的時候一樣。」

榮寶珠這些年的容貌的確沒什麼變化。趙宸的容貌只不過比年少的時候更加剛毅挺拔，因打仗跟登基那幾年太過勞累，他的眼角有幾條皺紋，不過他這些日子長期服用瓊漿，皺紋早就消掉了，容貌看起來也就是二十多歲的模樣。

榮寶珠低笑，趙宸親了親她。「明兒應該沒什麼事，我帶妳出去轉轉？」

榮寶珠點點頭，她平日出宮的次數不多，都是跟著趙宸一塊兒出去的。

兩人叨叨絮絮地說了不少話才睡下。

翌日醒來，趙宸已經去早朝了，榮寶珠曉得他今兒應該會提早下朝，梳洗過後用了早膳就等著。因天瀚早上還有功課，榮寶珠沒打算帶他去。

沒想到未等來趙宸，卻等來袁昭媛。

後宮如今妃嬪不多，董昭儀被關在冷宮，就剩下袁昭媛跟穆淑媛，兩人也不用每天過來請安，都是初一、十五才過來向榮寶珠請安。

聽見袁昭媛求見，榮寶珠就讓人進來了。

袁昭媛一進來就跪在地上，把榮寶珠驚住了，她讓人把她扶起。「袁妹妹這是怎麼了？」

袁昭媛抬頭，目光帶了幾分祈求。「皇后，妾身有事相求。」

每日都只能待在這後宮，猶如金絲籠裡的鳥兒一樣，就算錦衣玉食又如何？沒有愛的人，也沒有人愛她的人，到底還是不甘心啊，不甘心自己一輩子被困在這牢籠之中，她想離開了。

思來想去，皇上根本不會在乎她離不離開，當然了，這事情不能跟皇上說，所以她就求到了皇后這。

榮寶珠讓人賜座。「有什麼話妳就說吧。」

袁昭媛再次起身跪下。「妾身求皇后娘娘放妾身離開。」

榮寶珠沒有半分驚訝，她已經曉得趙宸並沒有碰過這些後宮的嬪妃們，守著這樣的後宮，於她們來說只怕痛苦得很。

「妳可想清楚了？若是離開，妳將不是袁昭媛，不是袁家的女兒，只能以新的身分繼續活下去。」

就算能夠放她離開，也不可能昭告天下，到底還是要顧及下趙宸的面子和那些大臣。只能讓袁昭媛死去，給她一個新的身分讓她出宮。

袁昭媛面上終於有了一絲喜色。「妾身自然是知道的。」她當然曉得自己不可能以袁昭媛的身分離開，只能換個新身分，甚至以後再也不能跟袁家人相認。

可她在袁家是個庶女，姨娘早就過世，對袁家她沒什麼好惦記的，有個新身分重新開始生活也很不錯。

榮寶珠道：「那好，待皇上回來，本宮同皇上說說。」

袁昭媛曉得皇上肯定會聽皇后的話，這才歡喜地道謝離開。

趙宸今日下朝的確早了許多，他一回德陽殿就先去淨房梳洗，榮寶珠幫他搓背，順帶把袁昭媛的事情跟趙宸說了聲。

「妳來處理就好，順帶再問問其他妃嬪願不願意離開，願意的話給她們一個新身分，也讓她們離開好了。」趙宸沒怎麼在意，目光在榮寶珠微微有些濕意的胸部流連著。

榮寶珠點頭。

趙宸實在沒忍住，直接把人拉下水。等兩人從淨房出來之時都快晌午了，只能先用過午膳再出去。

下午的時候，兩人做了普通打扮，坐著馬車離開皇宮。

出宮後，趙宸沒繼續坐馬車，拉著榮寶珠一起在集市上轉了起來。

榮寶珠買了不少東西，還給天瀚帶了不少小玩意兒，趙宸在一旁念叨著。「他也四歲了，少讓他玩這些，他該以學業為重。」

寶珠笑道：「不礙事的。」

她只是覺得天瀚才四歲，每天的學業如此繁重，都沒了孩童該有的樂趣，她曉得天瀚身處這個位置，這一輩子怕是都不能輕鬆，倒不如讓他小時候過得愉快一些。

趙宸不好念叨了，他也心疼兒子，不過他就這麼一個兒子，以後繼承皇位的肯定是他，他對兒子自然就要嚴厲一些。

兩人逛了一會兒，榮寶珠有些累了，趙宸帶她去酒樓吃了些點心，兩人坐在二樓臨窗的位子，一眼就能夠看到樓下熱鬧的集市。

榮寶珠吃了兩塊點心，喝了些茶水，聽見下面傳來鬧哄哄的聲音。順著窗子望下去，發現酒樓門口那賣包子的攤位旁正圍著不少人，似乎是有人偷了包子，包子鋪老闆正在教訓那賊人。

榮寶珠也沒在意，瞧了那賊人一眼，那賊人被人拳打腳踢還不忘把搶來的包子塞進口中，模樣瞧著狼狽極了，看起來像是個四、五十歲的婦人。

等榮寶珠瞧清楚那髒兮兮的婦人容貌後忍不住瞪大眼，這人……不是消失已久的二伯母嗎？

當初二伯父死後，他們家被封了，二伯母不知去向，沒想到幾年後她會在京城裡見到她，還是如此場面。

榮寶珠想起高氏做的那些事情就不打算出手幫高氏，這對高氏來說不過是報應。她坐在那裡，定定地看著下面。

高氏似乎被包子噎住了，使勁捶了幾下胸口，終於把包子吞嚥下去，還抬頭對打她的人樂呵呵地笑了兩聲。

高氏的模樣看起來就有些不大對勁，那包子鋪的老闆似乎也注意到了，終於停手，往地上呸了一聲。「竟是個傻子，真是晦氣！」

高氏竟傻了，嘿嘿傻樂，朝周圍的人直樂，等人都離開了，她才慢悠悠地起身朝著遠方晃去。

榮寶珠心中不知作何感想，她曉得這高氏怕真是傻了，不然按高氏的性子，回到京城肯定會去榮家鬧騰，可她並沒有去，顯然是已經什麼都不記得了。

榮寶珠暗暗嘆息一聲。

趙宸笑道：「若是不想見到她，我派人把她處理了。」

榮寶珠搖頭。「不必了，反正她也得了應有的懲罰，就這樣吧。」

讓老天爺來決定高氏的命運吧！

想通了，榮寶珠也不再糾結，笑道：「我們回去吧。」

「好。」趙宸起身，牽起榮寶珠的手朝著酒樓外走去。

夕陽西下，兩人的身影被拉得長長的，手掌緊密地握在一起，慢慢走遠，只餘下淡淡光輝。

——全書完

番外一　踏雪尋

公主府。

楚玉這會兒正坐在房間裡的貴妃榻上，臉上有著一絲茫然之意，她伸手碰了碰胸口處，那顆心早就麻木了，可今日在榮家看見他的時候還是能夠感覺到心跳加速。

今天是榮寶珠封后後第一次回榮家的日子，她也接到了帖子，就算曉得過去榮家有可能會碰見盛名川，她還是出席了，果不其然，榮寶珠送她出府的時候就碰見他了。

盛名川微微皺著眉頭，說：「阿玉，我有些話同妳說。」

可自己並沒有給他說話的機會，只說要回去了，他溫和的面容終於有了一絲的變化，他固執地告訴她，有話想跟她說。

自己並沒有再給他機會，直接轉身離開，果然，他並沒有追上來。

楚玉苦笑一聲，又忍不住嘆息一聲，她做下的決定自然不會改變，可若是說她不難受肯定是假的。

榮寶珠出來送她的時候，面上帶著愧疚，可見寶珠把這事全部怪到她自己頭上了，可這事情跟寶珠有何關係？要怪只怪自己昏了頭，明知他的心中只有寶珠，自己還執意要嫁給他，到頭來，她才是最活該的那個人。

楚玉仰頭一笑，就算他不喜歡自己又如何，就算他一直惦記著寶珠又如何？皇上對寶珠如珍似寶般，寶珠也喜歡皇上，他這一輩子怕是也不好過。

不知為何，覺得他會痛苦一輩子，楚玉心中竟生起一絲怪異的暢快之感。

「郡主，長公主讓您過去一趟。」外面傳來丫鬟的通報聲。

楚玉神色恢復，起來道：「我曉得了，這就過去。」

她去榮家的時候是盛裝打扮，楚玉換了一身舒適點的衣裙才過去福壽長公主那邊，還不等福壽長公主說什麼，她已經笑咪咪地依偎在福壽長公主身邊了。

「娘，您可用晚膳了？要不我陪著您一塊兒吃吧。」

福壽長公主早就知道女兒跟盛名川的事情，這事她也怪不了誰，要怪只怪女兒當時太傻了，不過如今她想開了也好。原本她想著女兒今兒去榮家不知道會不會碰見盛名川，她還有些擔心，這會兒見女兒沒事她就放心了。

福壽長公主一直都曉得自己的女兒是個什麼性子，她說要和離，那定是要和離的。哎，自家女兒是個有主見的人，她實在不好多說什麼。

楚玉陪著娘親用了膳，剛把桌子撤下去，外面的丫鬟就進來通報。「郡主，長公主，郡馬過來了。」

楚玉看了丫鬟一眼。「誰？」笑容有些古怪。「我怎麼同妳們交代的？何時還有郡馬這一說法？」

她一個月前回公主府時就已經跟下人們說過自己跟盛名川沒關係了，這府中的下人竟還叫他郡馬？

丫鬟吶吶說不出話來，楚玉就盯著她看，半晌後丫鬟終於道：「郡主，盛家大少爺過來了。」

楚玉挨著福壽長公主坐下，挾了娘親愛吃的菜放到碟子裡，推到娘親面前，這才淡淡道：「不見，就直接告訴他，我不見他，讓他以後都不要再來了。」

丫鬟心裡叫苦連天，都有些埋怨自家主子了，盛大少爺在外的名聲自是不用說，大家都覺得他是個有擔當的好男人，可主子為何非要跟盛大少爺和離？莫不是因為這些年主子都沒懷上？可盛大少爺都沒說什麼，主子這是做甚呢。

楚玉又接著道：「再告訴他，他什麼時候同意和離我就什麼時候和他在官府見面！」

丫鬟臉色更白了，真覺得這是個苦差事。

到底還是不敢違抗郡主的命令，丫鬟立刻去長公主府大門口，盛名川正站在門外，望著遠處的一棵槐樹出神，小丫鬟上前喊了聲盛大少爺。

盛名川這才收回目光，神色莫名有些惆悵，看著丫鬟溫聲道：「阿玉說什麼了？」

丫鬟為難道：「盛大少爺，您還是離開吧，郡主不願意見您，還說……」小丫鬟一閉眼，就把後面的話說了出來。「郡主還說盛大少爺什麼時候同意和離，她就什麼時候和您在官府見面。」

盛名川垂下眼瞼，心中猶如吞下黃連一樣苦不堪言，半晌後他才道：「妳幫我帶句話給阿玉……」

小丫鬟聽完，神色越發古怪，心裡越發覺得盛大少爺對主子是真心的。

回到房裡，小丫鬟沒敢瞞著，把盛名川方才說的話轉述了一遍。「盛家大少爺說……說，他不會同意和離的，還說下次會再來見郡主。」

楚玉不說話，只揮揮手讓小丫鬟下去了。

福壽長公主有些看不下去了。「阿玉，妳和盛家小子到底是怎麼回事？我瞧著他對妳是真心的，就算他以前和皇后訂婚過，可那都是以前的事情了，妳不至於因為這個要跟他和離吧？」

楚玉垂下眼瞼，沈默不語，半晌後才道：「我們成親五載，我都未曾懷上，和離不是應該的嗎？」

福壽長公主嘆氣道：「那也不必和離，這幾年他都未曾納妾，讓他納房侍妾，誕下的孩子養在妳身邊不就好了嗎？」

女兒不能懷孕，福壽長公主心裡也難受，可要是和離了，女兒這輩子可怎麼辦？

楚玉慢慢抬頭，笑道：「我高陽的男人能和離，絕對不能納妾。」

福壽長公主嘆氣，不肯再說話了。

過了會兒，楚玉陪著娘親用膳後才回房，梳洗一番，她躺在床上閉目準備睡下。

她腦中亂糟糟的一團，卻是怎麼都睡不著，耳邊總是忍不住想起盛家幾個丫鬟說的話——

「大少爺可真是惦記著皇后娘娘，皇后娘娘成親都幾年了，大少爺竟還這麼念念不忘。」

「這話怎麼講？我瞧著咱家大少爺對大奶奶挺好的啊，不像是還記得皇后娘娘。」

「哼，妳是不知道，大少爺每日吩咐我們給大奶奶煮的湯水，裡面其實加了避子湯，不然大奶奶嫁進來都五年了怎麼可能還沒懷上？是咱家大少爺根本不想讓她懷上……」

「呀，不會吧，大少爺……大少爺這也太過分了……」

楚玉當時根本不曉得自己是怎麼離開那裡的，回房之後，盛名川很快下早朝回了盛家。丫鬟們擺了膳食上來，盛名川把其中一碗當歸黃耆鴛鴦貝湯放在她的面前，溫聲道：「把這個喝了吧，我專門囑咐小廚房給妳燉的。」

楚玉當時只覺得全身發冷，她怔怔地看著那碗湯水，好半晌才抬頭問盛名川。「這是夫君專門讓小廚房給我做的？」

盛名川笑著點了點頭。

「妳身子有些寒，要多吃些溫補的食物才好。」

楚玉默不作聲地把湯喝掉，到底是沒喝完，留下了一些，等到用完膳，盛名川還要出門一趟，囑咐楚玉在家好好休息。

等人離開後，楚玉立刻讓信得過的丫鬟去叫大夫上門。

楚玉讓大夫瞧了瞧那碗當歸黃耆鴛鴦貝湯，大夫一嚐就道：「這雖是補氣養生的湯藥，可裡面加了少量的紅花和其他幾味藥材，抵掉了當歸和黃耆的藥性，讓這碗湯有了避子湯的功效，說白了，這就是碗避子湯。」

楚玉腦子有一瞬的空白，好久都沒回過神來，之後送走了大夫，她坐在房間裡忍不住回想著這幾年她跟盛名川的關係。

成親頭兩年，兩人算是相敬如賓，他一直都沒碰過自己，兩年後，兩人的關係似乎有些改善，他們圓了房，之後他們在房事上並不頻繁。似乎是在一年前，他開始讓小廚房給自己燉湯，卻不想那些竟都是避子湯，難道他就真的忘不掉寶珠嗎？自己做了這麼多的努力，全都白費了，當年，她真不該去西北找他，他們兩人間到底是段孽緣。

之後楚玉根本沒有質問盛名川的勇氣，直接收拾東西回了娘家，只給盛名川留書說要和離。罷了，不管如何，兩人之間也算是結束了。

楚玉心中疲憊不堪，不再多想，終於睡下。

接下來幾日，盛名川下了早朝後，都會去公主府找楚玉，奈何楚玉是狠了心不肯同他見面。

後來休沐的時候，盛名川又去求見，楚玉不同意，公主府的人根本不敢放他進去，哪怕他在府外守了一天一夜，楚玉都不肯見他一面。

公主府內，福壽長公主忍不住嘆氣。「那孩子心中是真的有妳，阿玉，妳是不是誤會什麼了？」

楚玉半晌才道：「不管是不是誤會，我決定的事情不會再改變。」

轉眼就過去一個月，兩人之間還是誰都不肯讓步，楚玉不見盛名川，盛名川也不肯和離。

楚玉終於不耐煩了，直接以長公主的名義給官府施壓，讓官府發放兩人和離的文書。

待和離文書被送去盛家，盛名川見著文書時臉都鐵青了，直接捏著文書去公主府。

等公主府的門房一開門，瞧見是他，立刻變了臉色。「盛大少爺，郡主說了，不會見您的，您還是回去吧。」

盛名川並不答話，沈著臉要往裡面闖，門房攔都攔不住。

盛名川進去公主府後才發現整個府中都忙碌不已，似在收拾東西，他攔住一個下人，沈著臉問道：「你們這是在做什麼？」

府中的下人都認識盛名川，不敢瞞著，直接實話實說了。「盛大少爺，長公主和郡主打算收拾東西回西北了。」

盛名川的臉色越發沈了，手中的文書都快被他捏碎了。「何時離開？」

那下人道：「約莫三日後就要啟程了。」

盛名川又道：「你家郡主呢？」

「我家郡主去宮中看皇后娘娘了。」

盛名川不再多問，捏著文書直接過去楚玉的房間，他是硬闖進來的，可是卻沒一個人敢攔著他，任由他闖進楚玉的房間。

丫鬟上完茶水後就打算離開了，過來送茶的是楚玉身邊的貼身丫鬟，名平兒。

盛名川道：「平兒，阿玉在盛家是不是發生了什麼事情？」

平兒猶豫了半晌，才小聲地道：「盛大少爺，奴婢偷偷跟您說，雖然奴婢不大清楚發生了何事，但是郡主離開盛家的那天請了大夫上門，不許別人進去，大夫離開後，郡主的臉色嚇人得很，奴婢們也不敢多問，之後郡主就讓奴婢們收拾東西離開盛家了。」

「大夫？」盛名川皺眉，心中隱約升起不好的預感。「是哪家的大夫？」

平兒道：「是劉家藥館的劉大夫。」

盛名川半晌後才揮手讓平兒下去了。

從劉大夫那裡得知避子湯的事後，盛名川也不是什麼傻瓜，一想就覺察到其中不對勁的地方，再一查，這其中居然是他的表妹在作梗，為的就是挑撥他們夫妻間的感情。

楚玉三日後就要離開京城了，盛名川打算明日下早朝就去公主府同她說清楚。

翌日一早，下了早朝後，盛名川直接趕去公主府，卻不想門房為難地道：「盛大少爺，您來晚了，我家郡主同長公主今兒一早已經先一步回西北了。」

盛名川只覺呼吸一頓，他不相信門房的話，直接衝了進去，公主府裡的奴僕們還在收拾東西，只是他找遍了整個府也沒看見楚玉。

府中下人道：「盛大少爺，我家郡主的確是今天早上離開的，原本是定在三日後，只是昨天夜裡，長公主說了，今兒一早她們就要趕路，讓奴才們收拾好府中的東西再送去西北。」

盛名川哪會不知道阿玉是為了避開他才提早離開的，他失魂落魄地回了盛家。至於表妹衛九蓉則是一早就被送回了衛家。

盛名川一回去就把自己關在書房裡，到晚膳的時候還不肯出來。

忠義伯夫人也曉得楚玉已經離開京城，心中惋惜不已，她擔心兒子，親自去書房找人，叫了半天卻沒人開門，忠義伯夫人就直接讓人把門撞開了。

一進去她瞧見盛名川坐在書案後怔怔地看著書案上的東西，整個人猶如失了魂般，再也沒有以往的風采。

忠義伯夫人心疼得不行，揮手讓下人們都離開，走至書案前才瞧清楚盛名川眼前的是一幅字畫。

這幅山水畫上面還提了詩句，詩句表面上看似是對山水的讚美，實則是在暗喻對一個人的愛慕，這筆跡明顯是楚玉的。

忠義伯夫人忍不住在心底嘆息了一聲。「名川，算了吧，阿玉看來是真的不原諒你了。」

盛名川攥緊拳頭，面上一片痛苦，眼底也有些發紅。「娘，太晚了。」現在想放手已經太晚了，她早就成了他心底最重要的人，現在放手就是真的要他的命。

忠義伯夫人見兒子如此難過的樣子忍不住落了淚。「那你打算如何？阿玉都已經回西北了，明顯是想避開你。」

盛名川不語，只怔怔地看著眼前的字畫，這是楚玉剛嫁給他那時送給他的字畫，他一直沒怎麼在意過，這幾年楚玉送了他不少小玩意兒，可他從來不知道珍惜，總是任由它們待在角落積下厚厚的灰塵。

現在就算想睹物思人他都沒法子，找了許久也不過只找到了這幅字畫，其他的東西竟全被楚玉收拾帶走了。

盛名川望著這幅字畫，彷彿瞧見楚玉初嫁他的時候，那時候她的笑容是嬌憨的，人也是活潑的。

忠義伯夫人嘆息一聲，終於不再勸說什麼了。

忠義伯夫人離開後，盛名川一宿沒睡，他在書房整整坐了一晚上，最後決定去西北找人，不管如何，他一定要把阿玉找回來，他會用他的下半輩子好好疼惜她，這次他終於知道珍惜了。

盛名川很清楚阿玉不會輕易原諒他，他這一次去西北只怕沒有一、兩年工夫是回不來的，他已經想好，要去跟吏部說說外派西北的事情，不求官職大小，只要能待在有阿玉的地方就成。

讓盛名川沒想到的是，他才跟吏部上了摺子，沒幾天吏部就同意了，讓他出任盧陵刺史。

交接處理完，盛名川便快馬加鞭趕去了盧陵，他從士兵口中得知楚玉這段日子過得不錯終於放心了些，他到了刺史府安排完一些事情後就立刻去了楚家。

來開門的門房自然不認識盛名川，不過瞧著盛名川俊俏的模樣也不像是小戶人家的公子，立刻問道：「敢問這位大爺是？」

盛名川道：「我是楚玉的夫君，楚玉可在？」

郡主的夫君？門房一驚，郡主不是和離了嗎？他這會兒到底不敢胡亂說什麼，立刻進去通報了。

楚玉一聽。「不見！」

盛名川一聽門房的回報，直接抬腳走進去，門房連攔都不敢攔。

盛名川一路走去，問了個丫鬟才找到楚玉的房間，等人進了院子裡，他就看見楚玉正坐在石凳上同旁邊的丫鬟說著什麼。

楚玉聽見響聲一抬頭瞧見是他，臉色就冷了下來，立刻喊道：「來人！」

很快便有奴僕進來，楚玉指著盛名川喊道：「你們怎麼讓一個外人進來了？還不趕緊把人打出去！」

盛名川心裡苦澀得很，上前道：「阿玉，我有話同妳說。」

楚玉臉上滿是不耐煩。「都愣著做甚？還不趕緊把人趕出去！」

奴僕不認識盛名川，聽見郡主發話，立刻上前要拉人離開，盛名川會些拳腳功夫，這些奴僕自然近不了他的身。

楚玉瞪著他。「你到底想做什麼！」

盛名川道：「我只是有些話想同妳說。」

楚玉沒想到這人會追到西北來。罷了，反正自己也有話同他說，講清楚了，大家以後橋歸橋，路歸路。

揮手讓所有人都退了下去，楚玉指了指眼前的石凳讓盛名川坐下。「有什麼話你就直說吧。」

盛名川在楚玉身側坐下，原本想握住楚玉的手，不想被她甩開，盛名川卻執著地繼續去握住她的手，這一次楚玉掙脫不開，使勁瞪他。

「你若是再捉著我的手不放，那你話也不用說了，直接離開吧。」

盛名川心中宛如被人用刀凌遲一般，疼痛難忍，他從不知阿玉竟也會有這麼絕情的時候，到底還是放開了她的手。

「妳別生氣，我不想惹妳生氣。阿玉，我心中只有妳，妳誤會了我，那避子湯不是我讓人下的，那是衛九蓉讓丫鬟放的藥，很抱歉，讓妳遭受這種事情，不會再有下次了。阿玉，妳再給我一次機會可好？」

楚玉看著他。「你說完了？」

盛名川繼續道：「阿玉，我們一開始並不美好，都是我糊塗了，可若不是想清楚了，放開了，喜歡上了妳，我又如何會碰妳？當初既有夫妻之實，我心中也就只剩下妳一個人而已，只是我到底還是忽略了妳，這幾年也讓妳吃苦難受了，可以後再也不會了，阿玉，妳相信我可好？」

楚玉垂下眼瞼，在心中苦笑，自己等了他五年，五年啊，可為何非要等到自己心冷的時候，他才開始說這樣的話？就算避子湯不是他讓人下的，可這幾年他的無視和不在意還是把她傷透了，自己又如何敢再給他一次機會。

楚玉慢慢抬頭，啞著聲音道：「名川，太遲了，我如今已經不想再給你機會了，也不想再同你在一起，讓你把這些話說完，也只是想讓你以後莫要來糾纏著我。名川，我們真的不可能了，你離開吧。」

盛名川的臉色沈了下去，他握住楚玉的手。「真的是一次機會都不肯給我了？」

楚玉沒有任何遲疑地點頭。

盛名川苦笑。「阿玉，妳可真是狠心。」說著他的臉上卻是笑了起來。「不過我是不會放棄的，我是不是忘記同妳說，我如今在廬陵任刺史一職？以後我會經常上門拜訪的。」

楚玉使勁瞪他，氣得臉都有點發青了，她竟不知溫和的他也會有這樣耍賴的一面。

盛名川不肯再給她說話的機會，站起身來，俯身在楚玉唇上印下一吻這才轉身離開。

這驚嚇太大，以至於等人走了許久楚玉才反應過來，當即跳腳把盛名川大罵了一頓。可再罵都沒用，盛名川自此以後每天都會登門拜訪，只要府中的事情忙完，他幾乎是無時無刻地賴在楚府，就算楚玉當著他的面罵他厚臉皮都沒用。

福壽長公主偶然的一句客氣話，讓他留在府中用膳，導致往後他只要得空，幾乎都會留在楚府陪著楚玉用膳。

楚府的奴僕都曉得這剛上任的刺史大人是郡主的前任夫君，似乎還很喜歡他們家郡主。雖然郡主不許盛名川進楚府，可楚家的奴僕誰也不敢得罪刺史大人，更何況就算他們努力攔著，刺史大人還是能硬闖進來，以至於最後門房一開門瞧見是刺史大人後連攔都不攔，直接放人進去。

如此過了半年，盛名川除了偶爾幾日政務繁忙抽不出時間，幾乎每日都要去楚家，福壽長公主也看得出盛名川對阿玉是真心的，他是真心在悔改，就默認了讓盛名川每日過來楚府，她甚至還勸說了阿玉幾次，奈何阿玉還是不肯原諒他。

轉眼又是半年過去，盛名川來到廬陵已經一年了，可楚玉依舊沒鬆口，每天見到他的時候還是會忍不住瞪他，出言諷刺兩句。

廬陵的冬日格外冷一些，出門的時候，哪怕披著厚厚的披風都還會覺得寒風刺骨，冷得讓人直打寒顫。

這日處理完政務，盛名川披了件黑貂大氅就過去楚府，前幾日雪才停下，今兒難得是個好天氣。

過去楚府，還不等他進去，楚家下人已經道：「大人，我家郡主今兒一早去城外的山中冬獵去了。」

盛名川臉色一變。「就阿玉一個人去？」

門房點了點頭。「郡主說想親自獵隻雪狐給長公主做披風，瞧著天晴了才上山的。」

盛名川心中一沈，這一年他也算是接觸到了真正的楚玉，曉得她性子很活潑，對於騎馬、射箭這些很是喜歡，可這會兒雪才停，誰曉得還會不會繼續下，她竟然在這時跑去冬獵。

盛名川到底不放心，讓楚家準備了兩件大氅，又帶了一些其他應急的東西，這才騎馬出了城，一路朝著山中走去。

盧陵城外有座大山，這時全是白茫茫一片。

盛名川很快就到了山地，他已經問過盧陵城的老獵手，雪狐在背山面的一處地方比較常出沒，那地方有個狐狸窩，楚玉怕是去了那裡。

卻不想剛上山，又飄起了鵝毛大雪，盛名川的臉色就有些變了，只能快馬加鞭朝著山的北面趕去。

到山北雪狐窩的路上並不好走，快到目的地時，他只能下馬繼續趕路，走了許久，雪越來越大，盛名川心中有些發沈，幸好聽見前面傳來吱吱的叫聲，他慌忙上前，瞧見一抹火紅的身影正搭著箭對著樹後的雪白狐狸。

白茫茫的一片，就算這邊有雪狐窩，想找到一隻雪狐也不容易，只怕楚玉是等了好久才碰見這雪狐。

盛名川曉得楚玉孝順，西北地寒，福壽長公主的身子有些不好，這雪狐的皮毛最是保暖，平日裡就算是最厲害的獵戶都不一定能獵到這雪狐，市面上的雪狐皮毛更是千金難買。因雪狐只有下雪天才會出現，楚玉這才選了這時候上山來獵狐。

盛名川沒敢上前打擾，楚玉這時正跟那雪狐對峙著，雪狐對著楚玉齜牙咧嘴。

楚玉等了許久才等來這隻雪狐，自然不會讓牠跑了，雪狐皮毛更是要完整才好，她屏住呼吸，等到雪狐打算轉身逃開的那一刻才放開手中的箭，正中雪狐的頭顱。

盛名川這才上前走到楚玉身邊，楚玉聽見響動回頭看了一眼，瞧見是他沒有吭聲。

盛名川上前把雪狐撿了過來，也沒說話，拉著楚玉就打算回去了。

楚玉掙脫開他的手，悶聲問道：「你怎麼過來了？」

盛名川沈聲道：「自然是擔心妳，我曉得妳是擔心長公主的身子，可也不該在這種時候一個人上山來。」

楚玉沒吭聲，盛名川繼續牽起她的手往回走。

兩人都默不作聲，走了一段路程，兩人察覺身後似乎有些不對勁，回頭一看，他們的臉色都變了。

只見距離兩人身後五、六公尺遠的地方竟站著一頭瘦骨嶙峋的灰狼。

盛名川慢慢鬆開楚玉的手，側頭看了她一眼。「別動。」

這時候搭箭肯定是晚了，楚玉若是這時候搭箭，只怕那餓狼會立刻撲上來。

楚玉沒說話，心中卻是緊張極了，她曉得現在不可妄動。

餓狼張開大口朝著兩人齜牙，兩方都不敢妄動，到底還是餓狼先受不住，一步步朝著兩人走去。

盛名川把楚玉拉至身後，慢慢從懷中抽出一把匕首，這匕首是他讓楚府準備的，沒想到竟真派上了用場。

餓狼見盛名川動了，立刻朝他撲了過來，盛名川大步朝前跨了兩步，怕待會兒傷到了楚玉，他會一些功夫，這時又只有一頭落單的狼，他自然是應付得過來。只是等到餓狼衝過來的時候，他卻突然沒能反應過來，等餓狼衝上來時才稍微偏開身子，餓狼還是一口咬住了他的肩膀。

楚玉在他身後看見這情景，眼睛都紅了，她緊緊地捂住了嘴巴。

盛名川不給餓狼撕咬他的機會，立刻一刀刺進餓狼的頭顱中，又快又準，餓狼立刻斃命。

盛名川這時丟開手中的匕首，躺在白雪皚皚的大地上喘著粗氣，肩膀上的血跡立刻滲透身下的白雪，染紅了一片雪堆。

「盛大哥……」楚玉幾乎是踉蹌顫抖著走到盛名川身邊跪了下來，她臉色蒼白得嚇人，伸手捂住盛名川肩膀上的傷口，血跡卻是怎麼樣都止不住地往外冒。

楚玉終於嚇得大哭了起來。

「盛大哥，你不要嚇我，盛大哥……」

盛名川伸出滿是血跡的手握住楚玉的手，蒼白著臉道：「阿玉，別怕，別怕，我沒事。要是沒了妳，我生不如死，方才……方才我其實是故意讓牠咬著我的，阿玉……阿玉，妳原諒了我可好？」

楚玉哭道：「盛大哥，嗚嗚……你怎麼能這樣，盛大哥，你太過分了。」

盛名川淒慘一笑。「我的阿玉，都是我的錯，是我太過分了，我不該嚇著妳的，可方才被咬住的那一刻，我真是覺得解脫了。阿玉，沒了妳，我就什麼都沒了，阿玉，妳原諒我可好？」

楚玉大哭。「我原諒你就是了，你何必如此？這可怎麼辦，若是把其他狼群引來可如何是好？」

盛名川卻是不管不顧地握住她的手。「阿玉，等回去了，妳就嫁給我可好？」

楚玉哭著搖頭。「盛大哥，你怎麼能拿自己做威脅？」

盛名川笑了起來。「我的阿玉太狠心了，這一年來我連睡覺都會夢見失去了妳，醒來後卻是再也睡不著了。妳不知道這一年多來，我幾乎是日日夜夜夢見妳，阿玉，我不想再失去妳了。」

若真是失去了她，還不如讓他死去算了。

楚玉卻只哭著不說話。

盛名川肩膀上流出的血越來越多，楚玉終於有些害怕，想要扶著他起身。

「盛大哥，咱們快些離開這裡吧，你一定會沒事的。」

盛名川搖頭，面上慘白一片。「阿玉，妳可願意嫁給我？」

楚玉看著他，能夠瞧見他面上的緊張，他目不轉睛地看著自己，自己的手也被他捏得緊緊的。

楚玉終於哭道：「我願意，盛大哥，我們快回去吧。」

盛名川展顏一笑，再也不顧肩膀上的傷口，半撐起身子緊緊把人摟在懷中。

楚玉默不作聲任由他抱著，半晌後才悶聲道：「盛大哥，我們回去吧，你肩膀上的傷……」

盛名川這才俯身親了親楚玉的額頭，拉著楚玉一塊兒站了起來，他肩膀上的血勢並沒有止住，而他似乎感覺不到半分疼痛，心中只有滿腔的喜悅。

楚玉把雪狐扔在不遠處的馬匹上，然後過來攙扶著盛名川，深一腳、淺一腳地朝著遠處走去，血跡一滴滴地滴落在白雪上，兩人緊緊相依的身影越走越遠。

感情便是如此，哪能如同潔白的雪般沒有任何雜色，可你若是不把它當成雜色，換個角度去看，這些鮮紅的血跡滴落在白雪之上，豈不宛如最美豔的梅花？

——本篇完

番外二 念春歸

自酒樓那次撞見高氏後，不出數個月，榮寶珠從榮四老爺口中得知，癡傻的高氏被他們接回了榮府，給她安排一間小院子，專門找人伺候著，不讓她在外面亂跑了。

榮寶珠曉得現在的高氏對榮家沒什麼威脅，榮家這麼做，一部分原因是怕高氏被人認出來，這樣接高氏回府，反而會讓他們得一個好名聲。

又過了一個月，榮寶珠聽聞高氏從榮家偷偷跑出去了。

原來高氏癡傻後，根本不樂意在榮府待著，整天鬧著要出門，可榮家派人守著她，昨兒榮家宴請賓客，她就趁著這空檔偷偷跑出去了。

榮寶珠道：「爹，那可還要把二伯母找回來？」

榮四老爺哼了一聲。「派人找了兩天，還是沒看見人影，也不曉得跑哪兒去了。罷了，罷了，找不著就算了，她瘋瘋癲癲的，只怕人早就跑出城去了。」

榮寶珠也不多問了，過了會兒，妙玉來通報，皇子已經用完膳，可以開始學習了。

等人過來了，榮寶珠笑咪咪地把人拉過來說了幾句話，讓天瀚好好跟著榮四老爺學習。

天瀚點了點頭，和趙宸如出一轍的臉上帶著溫和的笑意，他伸手牽住榮寶珠的手。「兒臣曉得，母后不用擔心，兒臣會好好學習的。」

榮寶珠笑道：「學習是好事，可也不能累著自己了，跟太傅學習一會兒就起來走動走動，省得坐的時間久了，身子不舒服。」

榮四老爺笑道：「就算這小子肯這麼辛苦，我還捨不得了，他還小，的確不需要太繁重的課業。」

榮寶珠陪著兩人說了一會兒話才離開。

站在大殿外，榮寶珠就感覺眼前飄起了雪花，抬頭一看竟是下雪了，這是今年入冬的第一場雪，一眼望去，巍峨的宮殿如夢似幻。

翌日一早，昨天的小雪花，今兒已經成了鵝毛大雪，一夜之間，到處都是白雪皚皚的一片，宮牆上有厚厚的積雪，地面倒是沒什麼積雪，顯然昨兒夜裡就被宮人們打掃乾淨了。

榮寶珠起來唸了一會兒經書，趙宸就差不多下了早朝，天瀚這時也還沒用早膳，三人就一塊兒吃了。

早膳都是一些養胃的米粥和小菜，分量不多，差不多剛好夠三人食用。

榮寶珠胃口有些不大好，這會兒吃了小半碗就不想吃了。

趙宸見狀忍不住皺眉。「不合胃口？再讓御膳房去準備一些合妳胃口的菜吧。」

天瀚也放下碗筷擔憂地道：「母后，您沒事吧？」

榮寶珠壓下有些反胃的感覺，搖搖頭。「我沒事，天瀚不用擔心。」又看向趙宸，笑道：「就是不怎麼餓，換了其他的，怕是也吃不下，不用麻煩御膳房了。」

趙宸有些擔心。「可是不舒服？要不然讓御醫過來瞧瞧。」

榮寶珠瞋了他一眼。「皇上忘了我是做什麼的？若是身子不舒服我自然會曉得的。」

旁邊的碧玉有些欲言又止。

趙宸見狀，沈著臉問道：「可是皇后這幾日不舒服，妳們沒上報？」

碧玉慌忙道：「回皇上的話，是……是皇后娘娘的月事遲了幾日，奴婢想著……會不會是皇后娘娘懷了身孕。」

趙宸愣住，轉眼間面上是一片狂喜，他猛地站起身來，差點帶倒了身後的凳子。

「快……快傳御醫來！」

榮寶珠平日對這些事情的確沒怎麼在意，都是由著侍女伺候著，她不曉得這個月自己的月事還未來，又想著胃口不大好，甚至隱隱有些反胃，只怕是真的懷上了。

之前她沒多想，懷天瀚的時候自己一點反應都沒有，她還以為服用瓊漿會消除害喜的反應，看來並不是如此。

天瀚四歲多了，自然曉得懷了身孕是什麼意思，他歡喜地看著榮寶珠的肚子。「母后這是要給兒臣生小弟弟小妹妹嗎？」

榮寶珠忍不住伸手撫了撫肚子，笑道：「那天瀚是喜歡弟弟還是喜歡妹妹？」

天瀚認真地想了想，過了會兒表情嚴肅。「喜歡妹妹，母后會給兒臣生個小妹妹嗎？」

榮寶珠笑道：「這可說不準了，不過不管是弟弟妹妹，天瀚以後都要好好愛護他們才好。」

天瀚鄭重地點了點頭。「母后放心，兒臣曉得。」

趙宸這時站在旁邊一直走來走去，他的手似乎還有些發抖。

榮寶珠忍不住道：「皇上，您先坐會兒吧，御醫沒這麼快到。」

其實她覺得，自己八九不離十應該是懷上了。

趙宸又怎麼坐得住，當年榮寶珠第一次懷孕的時候他犯糊塗，根本不知道她懷孕是什麼模樣，甚至連天瀚出生時他都不在他們身邊，這幾年他後悔萬分，但寶珠的肚子一直沒動靜，他還以為沒有彌補的機會了，沒想到寶珠會再次懷孕。

過了半晌，御醫終於來了，這時太醫院院使早就換了人，是個五十來歲的老御醫。

因是給皇后把脈，來的人不少，御醫們正想跪下行禮的時候，趙宸已經道：「好了，都快些起來，趕緊給皇后把脈，看看皇后可是懷了身子。」

幾位御醫一愣，都面露喜色，這幾年皇后的肚子一直沒動靜，皇上的脾氣就有些不好，他們這些御醫過得戰戰兢兢的，如今皇后若是能懷上，那真是太好了。

院使大人立刻上前給皇后把脈，把得有點久，趙宸就有些不耐了。「怎麼回事？把個脈都要這久，莫不是根本把不出來？」

院使大人收回手，擦了擦額頭上的汗水，跪下道：「皇后娘娘的滑脈並不明顯，老臣一時也不敢肯定……只怕還需等上幾日才能確定……」

趙宸冷著臉道：「朕要你們這些御醫做什麼用，如今連個脈都把不出來！」眾位御醫苦不堪言，女子懷了身子頭幾日的確很難把出脈來，他們又不能真的肯定皇后是不是懷上了，若是這時候誇下海口，結果皇后沒懷上，到時候皇上還不得宰了他們啊。

趙宸臉色冷得可怕，榮寶珠起身牽住他的手。「皇上，無非是多等幾日，先讓御醫們下去吧。」

趙宸終於平靜了點，揮揮手讓御醫們都退了下去。

雖然還不能肯定榮寶珠懷上了，可趙宸已經把她當成孕婦來看待，德陽殿裡上上下下對孕婦不利的東西都被清了出去，都已經這樣了趙宸還不放心，又把暗衛調來了大半。

每次半夜榮寶珠稍微翻個身，他都能迅速驚醒過來，發覺身邊人並沒有異樣，才又把人摟進懷中入睡。

十天後，御醫再次過來把脈，很明顯把出了滑脈，皇后娘娘的確是懷了身子。

不過這次懷孕跟懷天瀚的時候有些不同，榮寶珠害喜的反應有點嚴重，十天過後，基本上是吃什麼都想吐，只有添加瓊漿的膳食，她才能服用一些，雖然還會有些反胃，到底是不會吐了。

趙宸見榮寶珠害喜的樣子，臉色陰沈得可怕，又叫來御醫讓他們替皇后診治，御醫們根本不敢給皇后開藥，雖有能止住嘔吐的藥，但是藥三分毒，就算為了皇后肚子裡的皇子，他們也不會開。

聽御醫們說是藥三分毒，趙宸的臉色越發黑了，直接讓御醫們都滾了。

又過了一個月，御醫們來例行把脈的時候，把出皇后娘娘懷的是兩個娃，趙宸高興的同時也擔憂到不行。

御醫們也很擔憂，自古女子生產就如同一腳踏進鬼門關，更何況這次皇后還懷了兩個，因此整個宮裡的人越發顯得小心翼翼。

三個月過後，榮寶珠的害喜反應就慢慢沒了，不過她整個人消瘦了不少，讓趙宸心疼壞了。

這段日子，也不知是不是因為大臣們曉得了皇后娘娘懷孕，然後害喜反應嚴重，所以皇上脾氣不好，大臣們都格外聽話，早朝基本上沒啥事，也沒人敢惹惱趙宸，所以他這些日子陪著寶珠的時間就多了些。

榮寶珠的肚子漸漸大了起來，因為懷了雙生兒，五個月的時候肚子就顯得有些大了，趙宸每次瞧見榮寶珠的肚子，呼吸都輕了幾分，每天晚上還要輕輕撫摸寶珠的肚子，偶爾會叨叨絮絮地跟肚裡的孩子說幾句話。

榮寶珠何時見過這樣的趙宸，笑到不行。

趙宸自從她懷了身子後就沒敢碰過她，哪怕平日裡有些難受他也都憋著，對他來說，沒什麼比寶珠跟孩子更加重要的了。

到了八個月的時候，榮寶珠的肚子就大得嚇人了，趙宸每天的精神都繃得緊緊的，整夜睡不著，幾乎都是守著她到天亮。

寶珠這會兒肚子大得很，行動不便，都是由著趙宸親自伺候，榮寶珠一天夜裡要起來上幾趟如廁，她人一動，趙宸就立刻翻身起來披上衣裳，又拿了大氅過來，榮寶珠睜開眼睛，瞧見趙宸的模樣，心裡有些感動。

趙宸扶著她過去如廁，又替她收拾乾淨，這才又扶著她上床休息。

他後半夜都沒怎麼睡，等到天快亮的時候就聽見榮寶珠發出一聲輕微的呻吟聲。

趙宸立刻翻身坐起，嚇得臉都白了。「寶珠，怎麼了？可是不舒服？御醫……快叫御醫們進來！」

榮寶珠懷的是雙胞胎，御醫們也很擔心，因此每天晚上都會有幾個御醫在德陽殿外守夜，趙宸這一叫，立刻把所有人都驚動了。

榮寶珠呻吟道：「有些疼，怕是要生了。」

一般的雙胞胎的確會早產一些，她也早做了打算。

妙玉、碧玉聽見聲音都進來了，趙宸立刻吩咐了起來。

御醫們很快過來把脈，確定皇后的確是要生了，宮中專門照顧皇后生產的醫女也都趕了過來，一時之間，德陽殿忙碌不已，卻也都井然有序。

大家都忙著，就趙宸無措地站在床頭，臉色慘白，醫女終於看不下去了。「皇上，皇后娘娘快要生了，您還是在外等著吧。」

了。

趙宸瞪了醫女一眼。「朕，朕……就在這裡等著！」他手抖得嚇人，說話都有些不利索

榮寶珠卻不願意自己生產的模樣被他看見，她咬牙道：「皇上，您還是出去吧，您在這裡，我緊張，生不出……」

趙宸白著臉。「瞎說，什麼叫生不出，莫要說胡話了，我就在這裡等著。」

「皇上，您還是去外頭等著吧。」榮寶珠還是堅持。

趙宸到底是沒倔過榮寶珠，出去外頭等了。

陣痛越來越密集，榮寶珠疼得再厲害也只是哼哼兩聲。

趙宸在外頭走來走去，過會兒直愣愣地站在產房門口聽著裡面的動靜，這時他連腿肚子都有些打顫了，轉頭去問御醫。「生孩子不是很痛嗎？為什麼皇后不叫？」

御醫抹汗。「生產雖疼，可大聲叫嚷會耗去力氣，對生產不利，皇后娘娘這樣反而容易生一些。」

趙宸又開始在原地走來走去，走一回就站在產房外聽聽裡面的動靜，早就到了上朝的時間了，可是沒人敢過來提醒趙宸，因此今日的早朝就免了，大臣們一進宮就得了信，沒一個人敢抱怨，都趕緊打道回府跟屋裡人說這事了。

趙宸從早上等到下午，未時，產房裡終於傳來兩聲嘹亮的啼哭聲。

醫女笑道：「恭喜皇上，賀喜皇后娘娘，是個小皇子和小公主。」

孩子雖然早產，可一落地嘹亮的哭聲就能看出兩個孩子的身子很健康。

竟是一對龍鳳胎！趙宸懸著的心終於放了下來，衝進了產房。

榮寶珠只是有些脫力，並無大礙，趙宸見她額頭上的汗水，心疼得厲害，坐在床頭握住了她的雙手，將自己的臉埋在她的雙手中，榮寶珠只覺有溫熱的淚水滴落在她的手心裡。

永昌四年，皇后娘娘誕下一對龍鳳胎，二皇子名趙天灝，小公主名趙天濘。

普天同慶。

榮寶珠生下天灝和天濘之後坐了一個月的月子，兩個孩子都很乖巧，吃了睡，睡了吃。

此時五歲的天瀚最喜歡的事情就是背完書後，過去榮寶珠的房間看皇弟、皇妹，原本喜歡皇妹的天瀚，在瞧見粉嘟嘟的天灝時也愛到不行，這會兒不管是皇弟還是皇妹，在他心中都占了極大的分量，他心中更是想著以後要好好保護皇弟皇妹。

天瀚很乖巧，平日裡就算是去看皇弟皇妹也不會打擾到他們跟母后的休息，都是眼巴巴地坐在一旁瞧著，連伸手摸摸都不敢，就怕把兩個小傢伙給驚擾了。

這也不是沒有原因的，兩個小傢伙剛出生沒幾天，天瀚就去看過了，因為太喜歡他們，他忍不住伸出手摸了小皇弟的臉蛋一下，結果不得了，小傢伙當即嚎啕大哭了起來，把天瀚當場給嚇得呆愣在原地不知所措。

最後還是榮寶珠安撫了哭鬧不已的天灝，至此以後，天瀚再也不敢隨便碰這兩個小傢伙了。

在床頭坐了一會兒，天瀚看著兩個可愛的小嬰兒，心中實在癢癢的，天灝他自然不敢碰了，看著睡在旁邊的皇妹天濘，他忍不住伸手碰了碰她的臉頰。

天濘沒什麼反應，天瀚屏住呼吸，又忍不住伸手握住她的小手。

天濘動了下，小手緊緊抓住了天瀚的手指，天瀚越發不敢呼吸了，呆愣愣地看著她。

天濘茫然地睜開眼睛，也不知是不是感覺到什麼，對著天瀚的方向露出個笑容來，雖然她還沒長牙齒，可這無齒的笑容卻讓天瀚激動不已。

趙宸恰巧走了進來，瞧見大兒子臉上傻樂的模樣，忍不住低聲笑道：「天瀚這是有什麼高興的事？」

天瀚指了指天濘，有些興奮地道：「父皇……」似乎察覺聲音大了些，又連忙壓低聲音小聲道：「父皇，方才皇妹朝我笑了。」

果然還是皇妹好一些，皇弟就有些不討喜了，天瀚暗暗決定，以後要對皇妹更好一點。

趙宸笑道：「皇妹這是喜歡你。」

天瀚贊同地點了點頭。

父子倆出去說了一會兒話，天瀚這才離開了，趙宸便進去看望榮寶珠。

榮寶珠這會兒睡得挺沈，兩個孩子基本上都是由她餵母乳，天濘還好些，天灝就不成了，晚上有些鬧，趙宸心疼寶珠，說是讓奶娘照顧著就好，她卻是不願意。

趙宸坐在床頭，目光柔和地看著榮寶珠，他也不嫌悶，看了好半晌才悄悄起身離開。

轉眼榮寶珠出了月子，宮裡小皇子和小公主辦了滿月酒，來的人不多，都是榮家人跟一些親戚和重臣。

榮寶珠出了月子後，趙宸堅持要給兩個小傢伙找奶娘，不過大概是兩人吃慣了寶珠的奶水，橫豎不肯吃奶娘的，急得奶娘滿頭大汗，最後實在無法，還是由榮寶珠繼續餵奶，不過其餘時候由著兩個奶娘哄著，這樣她也輕鬆些。

一天的滿月酒下來，榮寶珠有些吃不消，等兩個孩子睡下後這才打算去梳洗一下。

趙宸一把抱起她，大步朝著淨房走去，榮寶珠也沒攔著，昏沈沈地靠在他的身上。

到了淨房，趙宸脫了兩人的衣衫，又抱著榮寶珠下了浴池，親自替她梳洗了一番。

趙宸自榮寶珠懷天灝和天濘的時候就沒碰過她，這會兒就算身上有了反應卻也捨不得碰她，怕她累著了。

梳洗完，他替榮寶珠披上袍子，這才抱著她回房，因榮寶珠全心全意地信賴著他，未出淨房她就已經睡著了。

等到孩子滿三個月的時候，榮寶珠的日子才算輕鬆了些，因為兩個小傢伙都不吃夜奶了，她總算能睡個好覺。唯一讓榮寶珠覺得憂愁的是，天灝這孩子的脾氣似乎有些不好，平日裡不愛笑，總愛板著個小臉。不過天濘就可愛多了，不管誰逗她都會露出個笑臉來。

榮寶珠忍不住想，同是一個娘胎出來的，這差別也太大了。

等到孩子們越來越大，性子也就越發明顯了，天瀚、天灝的長相隨了趙宸，天瀚還好，性子溫和；天灝就不成了，那活脫脫真是縮小版的趙宸，脾氣不好，鬧騰；至於天濘，性子就太過淡薄了些。好在幾個孩子不管是什麼性子，一到榮寶珠面前都成了乖巧的孩子。

天灝跟天濘五歲時的年節，榮寶珠和趙宸帶著孩子們一起回了趟榮家。

今兒是初二，高陽郡主楚玉跟盛名川也來了榮家。

之前楚玉同盛名川和離，盛名川為了追回她還特意去了廬陵，任刺史一職，好在一年後楚玉終於原諒他，兩人又在廬陵成親了，之後沒兩個月，楚玉懷了身孕，頭胎生下個男孩，名盛銜。

盛銜比天灝和天濘年長一歲多，這時已經六歲了，跟著爹娘一塊兒來榮家拜年。

這是榮寶珠第一次見盛銜，他的長相隨了盛名川，模樣很是周正，不過這孩子笑容不多，總是抿著小嘴巴，一副小大人的模樣。榮寶珠似乎也沒想到性子活潑的阿玉跟溫和的盛大哥會生出個性子嚴謹的小傢伙，因此笑了半天。

盛銜見到娘口中經常提起的皇后娘娘也沒多大反應，通常是榮寶珠問一句話，他就回答一句，當然了，冒出來的字少得可憐，通常都是回答「是，不是，好，不好」，惹得榮寶珠越發笑得開懷了。

因為榮寶珠跟趙宸帶著三個孩子是後到的，這時三個孩子還在外頭的榮家人手中，因此盛銜並沒有看見天濘和天灝。

過了會兒，榮家幾個出嫁的姑奶奶牽著天濘和天灝一起進來了，人未到聲先至，先傳來的是榮大姑奶奶慧珠的聲音。「就沒見過天濘這麼懂事的姑娘，哎喲，小天濘，等妳長大了嫁到姨母家裡來可好？」

榮慧珠嫁的是寶珠的舅舅岑家，所以天濘若真是嫁到岑家去，那還真是親上加親。不過慧珠這會兒也只是隨口說說，逗逗天濘。

天濘想了想，似乎正在考慮，倒是天灝不耐煩地說話了。「不行！我妹妹不能嫁到姨母家去！」

幾個姑奶奶忍不住想逗逗天灝，榮海珠笑道：「那不嫁到大姨母家去，嫁到五姨母家去可好？」

天灝不願了。「不行，不行，我妹妹要嫁人是我說了算！」

這話惹得所有人都笑了起來，榮海珠笑道：「若是天濘想嫁那怎麼辦？莫不是你還要攔著不成？」

天灝哼了下，面色竟有些猶豫。「我……我說不嫁，天濘就不會嫁。」

他平日裡最寵愛這個跟自己一胎出來的妹妹，在皇宮裡又早熟，自然知道嫁人是何意思，只是聽不出姨母們是逗他的，完全當真了。

榮海珠轉頭去問天濘。「天濘想不想嫁給表哥？」

天濘想了想忍不住搖了搖頭，一旁的天灝得意洋洋的。

榮海珠問天濘。「那天濘為什麼不想嫁給表哥？」

天濘乖巧地道：「因為我還沒有長大，想多陪陪母后和父皇。」

這話讓在場的人又忍不住把小丫頭誇獎了一遍。

盛衍瞧見天濘的時候愣了下，隨後耳朵尖微微有些發紅，好在這會兒都沒人注意他，也沒發現他的窘迫。

榮寶珠笑咪咪地上前，把幾個孩子叫到盛衍面前，朝天瀚道：「這是盛家的小子，比你小，你喚他一聲弟弟即可。」又對著天濘和天灝道：「阿衍比你們年長一歲多，你們要喚他盛大哥。」

天濘甜甜地叫了聲盛大哥，盛衍輕輕點了點頭，喊了聲天濘妹妹。

天灝卻是不叫人，上上下下把盛衍打量了一圈，瞧見他的眼神一直落在自己的皇妹身上，立刻不悅了，往天濘身前一擋，拿眼睛瞪盛衍。

「你看我妹妹做甚！」

「天濘很可愛。」盛衍這會兒話不少，目光還是落在天濘身上，溫溫和和的，不似方才同榮寶珠說話那副嚴謹的模樣了。

天灝炸了。「我妹妹自然很可愛，就算再可愛那也是我的妹妹，不許你看。」

盛衍笑著不說話，看向天濘的目光卻越發柔和了。

過了會兒，幾個孩子們玩到了一塊兒，天濘安安靜靜地坐在一旁，很少說話。

榮寶珠對這個女兒的性子還是很瞭解的，會說話哄人，可是性子挺安靜的，平日裡也就對家人親近些，這時怕是一時有些不習慣這樣鬧騰的場面。

盛銜來到天濘身邊。「我帶妳出去玩可好？」

天濘其實並不想出去，她性子安靜，對於太鬧騰的地方都不喜，更不用提出去玩了，她在宮裡最喜歡做的事情也不過是待在房間裡寫寫畫畫。偶爾天灝會來鬧她，以往她會皺眉，會不開心，可越是這樣天灝越是喜歡鬧她，到了後來，她就能淡定地任由天灝在她耳邊大呼小叫說著話，而自己該幹麼就繼續幹麼。

所以她的生活中除了溫和的大哥，脾氣不大好的二哥，還有溫柔的母后、父皇，很少和外人接觸，更不用說是同齡的孩子了，這會兒她一時不知該怎麼答話，只眨巴著眼睛看著盛銜。

盛銜只覺得眼前的小女孩實在太乖巧、太可愛了，他又忍不住問了聲。「我帶妳出去玩可好？」

天濘想了想，終於點了點頭，盛銜伸出手來，牽住比他還要小上許多的手掌。

天灝當然不同意，奈何天濘只拿水潤潤的眼睛看著他，帶了點祈求，他就洩氣了，悶聲悶氣地對盛銜道：「你小心些，別傷著我妹妹了。」

盛銜笑道：「自然不會。」

大人們看著孩子們玩鬧，說說笑笑，時間很快就過去了。

榮寶珠跟趙宸回宮後，天灝還吵鬧著要跟母后同睡。

趙宸板著臉道：「你都多大了，還要同母后一塊兒睡。」

天灝同樣板著和趙宸有幾分相似的小臉。「父皇更大，那為何每天晚上還要同母后一塊兒睡？」說著又耍賴地朝榮寶珠懷中窩去，撒嬌道：「母后，兒臣今晚想同妳一塊兒睡。」

榮寶珠失笑，趙宸氣結。

「父皇同母后是夫妻，自然是一塊兒睡覺了，你要是什麼時候娶了媳婦，也可以同媳婦一塊兒睡。」

天灝嫌棄道：「不娶，兒臣就要母后，不要媳婦！」

這還同自己搶起媳婦來了？

趙宸黑臉，也不管了，直接拎著天灝的領子，把人給拎出兩人的房間，直接讓奶娘把人領走，天灝走的時候還是不依不饒的，非要和寶珠一塊睡。

趙宸回到寢宮，榮寶珠已經脫了衣裳歇下了。

趙宸把人壓在身下，氣息有些不穩，喃喃地喊了聲寶珠就親了下去，不一會兒裡邊就只剩下滿房春色。

孩子們漸漸長大，天瀚已經十五，天灝和天濘也十歲了。

榮寶珠的容貌卻還如同少女一般，皮膚白皙光潔，就連趙宸也沒變化，這一切自然是歸功於瓊漿。

一國之主自然是忙碌操勞，就算如此，這些年趙宸基本上都沒怎麼生病過，精力依舊旺盛，容貌看著也就三十來歲的模樣，髮絲烏黑。

天瀚經過榮四老爺這些年的教導早就能夠獨當一面，他的性子溫和，甚少見他發怒。天灝長大後性子和趙宸越發相似，脾氣雖然不好，對待家人卻很好，也懂得尊師重道，並不會做出什麼大逆不道的事情來。

至於天濘，她長大後性子越發寧靜，甚少出宮，閨中好友倒是有一、兩個，不過平日裡接觸並不算多，倒是盛銜會經常來宮中找天濘。

盛銜的來意實在太明顯了，他和天濘算是青梅竹馬，兩人從小一塊兒長大，盛銜對誰幾乎都是一副不苟言笑的模樣，但他對天濘從來都是溫和以待。

趙宸跟榮寶珠都曉得盛銜的意思，榮寶珠覺得這沒什麼，她從來不願意多管兒女的感情，況且盛銜還是楚玉的孩子，若是將來天濘喜歡盛銜，兩人在一起的話，她也算放心了。

不過有人可不放心，趙宸對於從小疼到大的女兒，心裡還是捨不得，就算現在女兒還小，他也忍受不住別的男子對她的窺視，因此盛銜每次進宮的時候，他就有些不大樂意。而盛銜同時是天瀚和天灝的伴讀，自幼就在宮中，和天濘的接觸自然很多。

不過趙宸曉得榮寶珠挺喜歡盛銜的，倒也沒多加阻攔，只是心底有些酸酸的。

這日盛銜又進宮陪著兩位皇子讀書，等休息的時候就過來天濘這邊，天濘正在作畫，盛銜也不打擾，安靜地坐在一旁看著，目光全落在天濘的身上。

宮女送了茶水就退下，半個時辰後天濘才深呼吸了一口氣，放下手中的畫筆，轉頭笑盈盈地去看盛銜。「盛大哥，你來了？」

盛銜起身來到天濘面前，伸手撫了下她的髮。「過來看看妳。」

他低頭看向案桌上的畫，是一幅春日百花圖，百花爭豔，絢麗無比。

盛銜笑道：「天濘的畫越來越好了。」

天濘忍不住笑了起來，眼睛彎彎，盛銜心中軟得厲害，到底有些扛不住小丫頭的笑容，低頭在她額前吻了下。

天濘怔住，水潤潤的雙眼迷惑地看向盛銜。「盛大哥，你親我做什麼？」

盛銜笑道：「因為我喜歡天濘，所以忍不住想親親妳。」

天濘似懂非懂地點了點頭，也沒有多說什麼，只聽盛銜說起別的。

等盛銜離開後，天濘更是忘了他親她的事情，對她來說，盛銜就如同哥哥們一樣，有些親密的動作並不算什麼。

天濘不覺得有什麼，趙宸曉得這件事後可發了頓脾氣，不過他沒敢說天濘，只跟榮寶珠抱怨了下。

榮寶珠笑道：「孩子們自己的事情，咱們不要多管，阿銜這孩子有分寸，若他是真的喜歡天濘，就讓他們自己相處就好。以後天濘若是喜歡他，我不會反對，可是天濘若是不喜歡他，我自然是不會同意的。」

天濘這會兒年紀小還懵懂，所以不大懂男女之間的感情，可榮寶珠看得出來，女兒對盛銜的感情並不是簡單的兄妹之情，她不會插手這件事，端看孩子們自己的緣分了。

見趙宸面色還有些沈，榮寶珠賴在他身上勸了兩句，趙宸的氣也就消了。他低頭看身下的榮寶珠，她的面容白皙光潔，根本看不出歲月的痕跡，他曉得她有很大的秘密瞞著自己，自己身上的一些改變怕也是因為她的秘密，可他不願意多問，對他來說，只要她在自己身邊就足夠了。

趙宸輕輕地撫摸榮寶珠一頭黑順的髮，忍不住道：「寶珠，天瀚十五了，能夠獨當一面了，這幾年我交給他不少事情，他都做得很好，我相信他能夠治理好一個國家。寶珠，我想日後退位了，然後帶妳出去遊玩可好？」

趙宸對皇位並無眷戀，他之所有想這麼早退位也不過是擔心她會被世人議論，畢竟寶珠和他這些年的容貌都沒什麼變化，只怕很多人心中都起疑了。

榮寶珠曉得他的擔心，對她來說，他的提議很有吸引力，忙忙碌碌半生，下半輩子，她想和他一塊兒做一對神仙眷侶。

不出一個月，趙宸就宣佈退位，皇位由太子趙天瀚繼承。

榮寶珠和趙宸臨走的時候，她把這些年積攢下來的瓊漿和各種藥丸全部交給了天瀚。

幾個孩子中，天瀚最是穩重，交給他，榮寶珠也放心。

榮寶珠告訴天瀚，讓他莫要多問，只管記住她接下來說的話就好。「天瀚，我得神仙機緣才有了這些神奇的仙泉，這些羊脂玉瓶裡的東西能夠醫死人、肉白骨，這些藥丸也都是用這些神仙水做成的，有解毒丸和養生丸，母后現在把這些全部交給你，只盼著你能好好善用它們。母后和你父皇明日就要離開了，只怕沒有幾年是不會回京的，以後你要好好照顧天灝和天濘。」

天瀚自然也曉得娘身上有秘密，眼下見到這些東西雖震撼卻也不覺得奇怪，只鄭重地點了點頭。

翌日一早，榮寶珠同趙宸就悄悄地離宮了，幾個孩子來送他們一程，連盛銜也來了，他站在天濘的身後，天濘眼睛紅紅的，盛銜不時地低頭安慰她。

直到馬車漸漸出宮，榮寶珠才收回目光埋頭在趙宸懷中，心裡有些傷感，趙宸則低聲地安慰著她。

等榮寶珠終於平靜了些，才對趙宸道：「夫君，這些年來我一直有事情瞞著你。」一邊說著一邊伸出手，手心漸漸滲出幾滴瓊漿。

趙宸並不感覺奇怪，不過心底還是覺得有些震撼。

榮寶珠依偎在他身上，把這兩輩子的事情都慢慢告訴他，到了最後，趙宸只剩下滿腔心疼，他緊緊地摟住了她，啞著聲音道：「寶珠……寶珠……」

榮寶珠能夠感受到他的心疼，這一刻，她終於忍不住露出個笑容來。

兩輩子，她終於找到了這個人，能夠全心全意和她相處一世的人，她只願來生他們還能夠繼續延續這樣的牽絆。

——本篇完

2015年5月出版

么女的逆襲

文創風296~299

前世自小癡傻了十年，
不懂得利用老天爺賜給她的「金手指」，
難怪會糊裡糊塗地賠了自身小命，
如今重來一回，看她還不逆襲為人生勝利組？

卿容傾城，君心情切／昭華

身為備受寵愛的鎮國公府么女，又有個財力富厚的娘親，
想她榮寶珠過起日子來理應是眾人欣羨，
殊不知前世做了十年小傻子導致腦子不靈光，
之後嫁作王妃遭人算計，最終枉送小命。
好在老天疼憨人，讓她重生一回，
懂得利用這富含神力的「瓊漿」作為扭轉人生的利器——
既可救人性命於危難，也能治疑難雜症，還讓自己擁有天仙美貌……
綜觀這一世，若是別牽扯上前世夫君——蜀王就更完美了。
這蜀王何許人也？可是未來奪位的一國之君啊！
世間女子多受他的皮相吸引而趨之若鶩，她卻是想方設法想逃離嫁他的命運，
奈何繞了一大圈，陰錯陽差成了會剋夫的無鹽女，還奉旨成婚做了他的妻，
本想著既來之則安之，怎料到這夫君不按前世的牌理出牌，
他眼底的柔情和憐惜，總讓她迷惘，把持不住自己的心啊……

2015年2月出版

被休的代嫁

文創風 270～272

突來一場車禍，不良於行的她穿到陌生朝代，而且還能站了？

但偏偏穿成怯弱又不受寵的庶女，立馬被逼著代姊妹出嫁！

如今兩眼一抹黑，只好先乖乖出嫁，再想法子被休吧……

嘻笑中寫出真心，吵鬧中鋪陳真情／安濘

不良於行的蕭雲遇上車禍，沒想到穿越來了陌生朝代，還能走能站！
但開心不久她立刻發現身陷險境，姊妹逼她代嫁王爺，
她人單勢孤，只好先嫁再說，
再找個法子激怒王爺，騙到休書逍遙去～～
被休之後做個下堂妻又如何？既來之，正好讓她大展身手，
不如以前世的「專業技能」，開創這朝代的娛樂事業！
只是她已下堂，為何前夫還要追著她跑？
恐怕不是「念念不忘」而已吧；
蕭雲當機立斷閃人去，可是又能閃去哪呢……
最危險的地方就是最安全的地方，前夫的「好兄弟」趙王如今在家養傷，
瞧他是個寡言謹慎的，乾脆去他府上做個復健師，
包吃包住兼躲人，那就平安無事啦……

流浪貓狗介紹所

為流浪貓狗加油 和貓寶貝 狗寶貝

廝守終生(一定要終生喔!)的幸福機會

對人來說，貓寶貝狗寶貝只是生活的一部分，但妳(你)對牠們來說，卻是生活的全部，領養前請一定要考慮清楚——

▲ 尋覓幸福田園的缺缺

性　　別：女
品　　種：米克斯
年　　紀：大約1歲半
個　　性：隨和好親近，吹毛較敏感
健康狀況：已結紮，定期施打預防針
目前住所：新北市中和區

本期資料來源：古代同盟會

第253期推薦寵物情人

『缺缺』的故事：

過年前最後一天上班，許多事情需要處理，特別忙，狀況也特別多。中和區動物之家幼犬室裡一隻約1、2個月大的小狗的右後腳被發現卡在籠子底盤鐵條中，纖弱的腳被磨到幾乎見骨。幼犬室的負責人一向認真照護，籠底也是每日刷洗，不知為何竟發生這種憾事。

或許因是幼犬，以致小狗的腳一時不慎滑下籠子縫隙，卻突然難以拔出，掙扎一晚的結果。由於腳掌腫脹，後腳卡住處皮膚也脫落，不得已只能截肢，術後再將牠交由志工照顧，希望牠平安長大，更希望牠可以找到一個永遠的家。

小狗後來名為缺缺，雖然缺一條腿，但行動一切正常，速度慢了一點，反而讓人陪著散步時不用擔心牠飛奔亂跑。而且缺缺溫和得不可思議，親狗、親貓，也親人。牠可以和諧地和貓咪躺在同一個小窩，也能靜靜地被抱在腿上休息，乖巧的模樣讓人心都融化了。

志工們偶爾會喊缺缺公主，這麼叫便是希望牠能找到不計較牠的小缺陷，真心寵牠如小公主的家人。你願意帶缺缺回家嗎？假如你願意給牠不渝的愛，歡迎來信o2kiwi387@gmail.com，主旨請註明：我要認養狗-缺缺。缺缺還在這裡，眨動水汪汪的眼睛，撲閃精靈般的大耳等著你。

認養資格：

1. 認養者須年滿20歲，有獨立經濟能力，並獲得家人與同住室友的同意。
2. 須確認同居人裡沒有體質對狗毛過敏者。
3. 須能提出絕不棄養的保證，須同意送養人日後之追蹤探訪。
4. 定期施打預防針、定期除蚤，能有足夠時間陪伴狗狗，
   領養者需有自信對缺缺不離不棄，愛護牠一輩子。

來信請說明：

a. 個人基本資料：姓名、性別、年齡、職業、居住地、聯絡方式及臉書或部落格網址等。
b. 想認養「缺缺」的理由。
c. 簡述養狗經驗、所知養狗知識，及簡介一下您目前的飼養環境，
   包括是否有其他動物成員（名字/來源/幾隻/年齡/性別/絕育與否）？
d. 準備如何照顧缺缺，及能給牠的環境、承諾。
   （如餵食主要以何種食物為主、是否關籠、養在哪裡？）
e. 如果狗搗亂破壞家具或隨地大小便，您會怎麼處理？
f. 為什麼選擇狗而不是其他種動物作為您的同伴？您理想中的同伴動物是什麼樣子？
   希望牠的個性或特質如何？
g. 若未來有當兵、結婚、懷孕、畢業、出國或搬家等計劃，將如何安置「缺缺」？

love.doghouse.com.tw 狗屋．果樹誠心企劃

文創風 299

么女的逆襲 4 完

國家圖書館出版品預行編目資料

么女的逆襲 / 昭華著. --
初版. -- 臺北市 : 狗屋, 2015.05
冊 ; 公分. --（文創風）
ISBN 978-986-328-456-7（第4冊 : 平裝）. --

857.7 104004817

著作者	昭華
編輯	黃鈺菁
校對	馮佳美　周貝桂
發行所	狗屋出版社有限公司
地址	台北市104中山區龍江路71巷15號1樓
電話	02-2776-5889～0
發行字號	局版台業字845號
法律顧問	蕭雄淋律師
總經銷	知遠文化事業有限公司
電話	02-2664-8800
初版	2015年5月
國際書碼	ISBN-13　978-986-328-456-7
原著書名	《古代幺女日常》，由北京晉江原創網絡科技有限公司授權出版

定價250元

狗屋劃撥帳號：19001626

網址：love.doghouse.com.tw　E-mail：love@doghouse.com.tw